U0905861
FONGHONG

FONGHONG

断裂

SNAP

BELINDA BAUER

[英] 贝琳达·鲍尔 著

杨刚 译

江苏凤凰文艺出版社
JIANGSU PHOENIX LITERATURE AND ART PUBLISHING, LTD

图书在版编目（CIP）数据

断裂 / (英) 贝琳达·鲍尔 (Belinda Bauer) 著；
杨刚译. — 南京：江苏凤凰文艺出版社，2019.7
书名原文：Snap
ISBN 978-7-5594-3764-8

Ⅰ. ①断… Ⅱ. ①贝… ②杨… Ⅲ. ①长篇小说－英
国－现代 Ⅳ. ①I561.45

中国版本图书馆CIP数据核字(2019)第099091号

江苏省版权局著作权合同登记：图字10-2019-320号

书　　名　断裂

著　　者　[英] 贝琳达·鲍尔
译　　者　杨　刚
责任编辑　孙金荣
策划编辑　王安琪
特约编辑　仰　洁　杜玉华
责任校对　孔智敏
版权支持　张晓阳　王新博
出版统筹　孙小野
封面设计　金牍文化·车球
出版发行　江苏凤凰文艺出版社
出版社地址　南京市中央路165号，邮编：210009
出版社网址　http://www.jswenyi.com
印　　刷　三河市金元印装有限公司
开　　本　880毫米×1230毫米　1/32
印　　张　11
字　　数　250千字
版　　次　2019年7月第1版　2019年7月第1次印刷
标准书号　ISBN 978-7-5594-3764-8
定　　价　42.00元

（江苏凤凰文艺版图书凡印刷、装订错误可随时向承印厂调换）

SNAP

目录

世上有两种人。一种人认为坏事永远不会发生在自己身上；另一种人知道坏事终将要发生……

第一章
SNAP

待在车里，我很快回来

1

1998 年 8 月 20 日

车里很热，座椅看起来像熔化了一般。杰克穿着短裤，每次腿一动，就像粘在透明胶上，哧哧作响。

车窗摇了下来，但一丝风都没有；只有小虫子的嗡嗡声，好像有人在揉纸团似的。头顶有一团云，远远地有一架喷气式飞机飞过，又看不见了，在蔚蓝的天空中拉出一条像粉笔画成的线。

汗水顺着杰克的脖子往下淌，他一把推开了车门。

“不要！”乔伊喊道，“妈妈说了要待在车里！”

“我又不出去，”杰克说，“只是想凉快一下。”

这是一个安静的下午，路上并没有太多的车，但每次有小汽车经过，这款老式丰田车就会晃一下；而有卡车经过时，晃得就更厉害了。

“把车门关上！”乔伊嚷道。

杰克关上了车门，嘴里啧啧几声。乔伊总是喜欢小题大做，才九岁，老是突然泪流满面，或者放声高歌，或者哈哈大笑。她通常是我行我素的。

“现在过了多久了？”她哼哼唧唧地问道。

杰克看了看表。那是去年他 11 岁时得到的生日礼物。

但他其实想要的是索尼的 PlayStation 游戏机。

“20 分钟。”他说。

他撒了个谎。从这辆汽车突突作响，猛地驶上 M5 高速公路上南向的紧急停车带才嘎吱嘎吱停下来算起，差不多过了一个小时了。而从他们的母亲把他们留在这里，自己去找紧急呼救电话算起，也已经超过了半个小时。

“待在车里，我很快回来。”

好吧，她现在还没回来——母亲毕竟不是父亲，杰克对此总是有些恼火。如果是爸爸开车的话，他就会知道这辆车的问题出在哪儿。他不会一直反复转动钥匙，白白耗光电池。他也会有一部手机，不必像个野人那样走路去找什么紧急呼救电话。

梅丽在发脾气，系着安全带坐在座椅上扭来扭去，太阳照在她脸上，让她焦躁不安。

乔伊靠过去，把安抚奶嘴塞到她嘴里。

“见鬼，真热。”杰克嘟囔着。

“你说了‘见鬼’，”乔伊叫道，“我要告诉爸妈。”但她说得没平时那么斩钉截铁。天气太热了，她也有一丝犹豫。

热得发烫。

他们玩了一会儿“我是小间谍”[1]的猜谜游戏。S 代表“天空”，R 代表“公路”，F 代表“田野”，他们把车里能找到的东西都说了一遍后，就开始说些蠢话了，比如 YUF 代表的是“你那张丑脸”。

“闭嘴！”乔伊嚷道。

杰克本打算说“你闭嘴！”，想想还是决定不这样说，因为他是老大，要照顾好妹妹们。妈妈这样说过的——

“杰克要负责。”

所以，最后他说了个字母 D，代表着“尘土”那个单词，然后抬头看着公路，猜想紧急呼救电话离这里会有多远；妈妈怀着孕，挺着大肚子，步履蹒跚，要走多快才能走到那里；她在电话那边又待了多久。这些他统统不知道，但本能地觉得她离开得太久了。

妈妈把车停在路边一排针叶树的树荫下，但日正当空，树荫几乎没有了。

杰克眯起眼睛看着这恶毒的太阳。

如果现在转过脸去，然后再转回来，妈妈就会从弯道处走出来了。他这样想象着，希望它能立刻发生。

转过脸去。

然后再转回来。

慢慢地。

[1] “我是小间谍”是一种猜谜游戏，常常是大人在无聊的时候（比如开车）和小孩子一起互动的游戏，一个人先偷偷找一个物品，然后说开头字母比如 D，然后其他人开始猜，可以比画、描述，直到猜对为止，再换下一个人，以此类推。（本书中所有注释均为译者所加。——编者注）

妈妈就回来了。

妈妈就会回来了……

妈妈还没回来。

“妈妈在哪儿呀？”乔伊闹着，踢了一下椅背，“她说十分钟，都已经十个小时了！”

在前排座位上，梅丽开始哭了起来。

“看看你干的好事！”杰克探过身，手忙脚乱地搂住梅丽，把水杯递给她，但她只吸了一口，就把奶嘴从口中吐了出来，这样她就可以继续哭喊了。

“她讨厌你。”乔伊一脸得意，于是杰克坐下来，让她去试一试，但事实证明，梅丽讨厌所有人，她不停地哭。

一直哭。

梅丽两岁了，但还是经常哭。杰克不是很喜欢她。

“也许她需要换尿不湿，”乔伊留意到，“袋子里有一个。”

“她一分钟后会停下来的。”杰克说，没有去翻袋子里的尿不湿。

乔伊也没管；她没再提尿不湿的事，只是咬着嘴唇皱着眉头盯着路上那个拐弯的地方。

“妈妈在哪儿呀？”她再次问道，但这次的声音是如此小，如此害怕，杰克不得不做些什么，否则他也会害怕的。

更害怕。

“我们去找她。”杰克突然说道。

“怎么去？”

“走路去，”杰克说，“不是很远。妈妈说过的。”

“如果不远，她为什么还不回来？”

杰克没理会这个问题，打开了车门。

“我们没照她的话待在车里，她不会生气吧？”

“不会。我们去找她，她会很高兴的。”

乔伊的眼睛立刻瞪得又大又圆：“她迷路了吗？”

“才没有！”

乔伊的下唇颤抖着：“那我们迷路了吗？”

“没有！没有人迷路！我只是很热，很无聊，想要走一走，就这样。你可以跟我一起走，也可以留在这里。”

“我不想待在这里。”乔伊飞快地说。

“那就来吧。”杰克说。

“那梅丽怎么办？”

“她会走路。”

“但她不愿意走路。”

“那我们背她。”

“她太重了。”

“我来背。”

“路上那些车子怎么办？”乔伊说着，看着那些闪着灯嗖嗖而过的车辆。车并不多，但车速很快。“这太危险了。”她轻轻地补了一句。

当时他们想要和妈妈一起去找电话，妈妈就是这样说的——

“这太危险了。”

“跟上吧，”杰克说道，“一切都会好起来的。我保证。”

乔伊背着妈咪包，杰克背着梅丽。

梅丽当然不想走路。

每辆车经过时，这令人窒息的空气都似乎抽搐了一下，然后又瘫倒在一地的灰尘中。

他们沿着防撞栏朝前走。波纹钢的防撞栏比从高速行驶的汽车上看起来要大得多——差不多有手肘那么高，几乎平齐到杰克蓝色足球短裤的裤边。栏外边尽是草，长长的，似乎都脆了。往前一点地势陡然下降，有大片灌木丛和小树丛，一直延伸到最底部。再远处能够看见树篱，树篱之外是田野、草地、几只羊。大部分田野里空无一物，最近的谷仓也离得很远——看上去就像用砖砌成的瓦楞屋顶的小玩具。

路肩很宽，但并不空，从车上看起来像是空的。所以，当发现路肩上实际到处都是东西时，杰克很惊讶，有可乐罐，有工人丢下的手套，还有一些塑料管和毛绒玩具——压扁了，随意丢在一起，蒙上了一层灰色细沙。

“如果有车停下来怎么办？”乔伊问，“我们应该上去吗？”

“当然不。”杰克哼了一声。人人都知道，上陌生人的车就是找死。

乔伊懂这个，并且对于哥哥也知道这点，似乎松了一口气。

杰克回头看了看他们的车。在刺目的阳光下车子闪闪发光，但看上去已经离得很远了——它就好像是一艘正沉没于深海的船，一旦消失了，他们将永远无法再找到它。

或许他们自己也正在陷落……

梅丽很重，而且因为发脾气变得更重了。她脸涨得通红，烦躁不安，在杰克的手臂里像鱼饵一样扭来扭去。

“太阳晒到她脸了，”他说，“包里有帽子吗？”

他们停下来，乔伊把包放在地上，这样方便找。

“没有，只有一个围嘴。”她把围嘴递给杰克，明晃晃的太阳光刺得她眯着眼睛。围嘴是黄色的，上面绣着一只蓝色的鸭子。杰克把围嘴遮在梅丽的头上，这下她稍稍平静了一些。

他们继续往前走。

“我脚受伤了。”乔伊穿着一双看上去傻里傻气的粉红色人字拖鞋，大脚趾和二脚趾之间夹着一朵塑料花。

“现在不远了。”杰克说，虽然他并不知道到底有多远，但父亲就是这样说的。他扭头瞥了一眼：他们的车在弯道附近，已经看不见了。

现在完全只能靠自己了。

杰克真希望爸爸现在能在这里，这样爸爸就可以抱着梅丽，背上乔伊，还有那个妈咪包。

轻轻松松。

他的手臂有点儿酸痛，于是把梅丽放下，想让她自己走路，但梅丽还是不愿意走路，尽管她会走。她整个身子僵直了往后仰，所以杰克也没办法拖着她走。

杰克想打她一下。

但他并没那么做，他鼓起脸颊，用手背擦去额头上的汗水，把她抱起来继续往前。

一辆卡车鸣着喇叭，咆哮而过，吹掉了梅丽脸上的围嘴，围嘴飘过了防撞栏。

“啊！”

乔伊踮着脚，伸手越过防撞栏去够围嘴，但是又一辆车经过，刮起落在脆硬枯黄草丛上的围嘴，飘下了陡峭的山坡。

“算了！”杰克喊着。

“但那是有鸭子的那条！”

杰克没停步，过了一会儿，乔伊赶了上来。

她不停回头看着逐渐变成一个光点的围嘴。

“真希望有个冰激凌。”她突然说道。

杰克没理她，但他也希望现在有个冰激凌。棒棒糖也可以。嘴干得要命，他甚至在想自己会不会在郁郁葱葱的德文郡乡村中被渴死。

感觉有可能。

他讨厌母亲，讨厌她。他们为什么不能和她一起去？为什么明知道会很久，非要说很快就回来？

等会儿找到她的话，才不要和她说话呢，这样她才会记住！是不是该从这里滑下坡，在一片树篱中找到一扇门，走进一家农舍，喝上杯水，打个电话。

打电话给爸爸。

让他来负责。

等她回到车上发现他们不见了，才不管她担不担心呢……

但他也只是想想。

他们走到了一棵矮小的苹果树下，在斑驳树荫里歇息片刻。杰克一声呻吟放下了梅丽。而她一屁股坐在尿不湿上，旁边是从路肩上滚下来的一个小小果子，亮晶晶的。

“不要把她放在地上，”乔伊说，“地上脏！”

“我才不管呢。她得有一吨重。”

“包也很重。”乔伊扔下包，从树上摘下一个苹果，红红的，但啃了一口才发觉又硬又酸，立刻吐到地上。然后，她拿起梅丽的水杯吸了几口水，再递给杰克，两人轮流着喝，把水杯里的水喝光了。

“我们该给梅丽留一些的。”乔伊说。

“现在说太晚了。”杰克道。

一辆辆汽车从旁边经过，没有谁停下来。

“我们走吧。”杰克说。

“我不想走了，”乔伊说，“太热了。”

“我们必须走。坐在这里是找不到妈妈的。”

乔伊眯着眼睛看了看公路，又长又直，没有任何迹象表明母亲或其他人在路肩那里——只是一个闪闪发光的湖泊，就像沙漠里的海市蜃楼。

“我想回去。”

杰克从口袋里掏出钥匙。“给，”他说，“这是钥匙。”

乔伊没拿。她看看那个弯道，车就在它后面，便叹了口气说：“包太重了。”

“那就把包放在这里，只带一个尿不湿，到时妈妈可以帮她换。”

说干就干。乔伊拿出尿不湿，杰克小心翼翼地把妈咪包塞进苹果树和防撞栏之间一个狭小缝隙里，那里几乎不大可能有人看见，这样他们回来时还能找到。

然后他抱起了梅丽，继续往前。

对面的车道上，一辆蓝色轿车在快车道上减速，司机盯着他们看了看。杰克看向别处，心脏因无根据的恐惧而剧烈颤抖，直到汽车的引擎声逐渐远去。

梅丽在他肩头扭动着，开始大叫起来：“妈妈！妈妈！”胖乎乎的手臂和张开的手指伸向那辆汽车，但车子已经远离，不会回来了。

“她不在那里，”杰克说，“她在这个方向。我们要去找她。”

梅丽慢慢地不叫了，她的手臂绕在杰克的脖子上，脸贴在他肩上，低声哼哼着，身子随着杰克的脚步一起一伏。

乔伊突然停下来问道：“那是什么？”

就在前面，三只乌鸦围着一个血肉模糊的东西，时不时啄一下，跳一跳。

“不知道。”

“是尸体吗？”

那的确是尸体。随着他们走近，已经可以听到苍蝇的嗡嗡声。

是一只死去的狐狸——压扁了，但还没有落灰，橙色皮毛裂开道口子，露出里面光滑的粉红色内脏。乌鸦正在争夺它的眼睛。

杰克看不下去。他拼命抑制喉咙里涌起的恶心感觉，而乔伊则挥着双手去赶乌鸦。

乌鸦拍拍翅膀飞走了，但只飞了几英尺，然后又跳回来。

“呀呀呀！”她喊道，“呀呀呀呀！”

但乌鸦聒噪着，在她身边蹦来跳去，像一帮凶残的歹徒。

她冲向乌鸦。

“乔伊！”

杰克一把抓住她的胳膊，同时一辆汽车愤怒地按着喇叭，撕裂空气般急速地从她身边掠过。

乔伊看着他——脸色雪白，眼睛大睁，嘴巴大张，吓得说不出话。

然后两人都笑了，咯咯地高声笑，像乌鸦一样。那笑声并不有趣，但他们一直笑，就像在比赛谁笑得更久似的，一直到完全笑不出来，脸开始抽痛。

杰克指向乔伊的肩膀。

“那里有电话！”

100 码外，一个橙色的电话亭立在那儿，就像一根小小的棒棒糖。

他们连忙离开那只死去的狐狸，匆匆赶去。杰克走得飞快，几乎是在跑。乔伊紧紧抓住他 T 恤后摆，好像害怕会从他们组成的小火车上被解开、被丢下。杰克的手臂酸疼，汗水流进了眼睛，一阵刺痛。梅丽的双脚悬空，荡来荡去踢着他的屁股，而乔伊在后面的拉扯则让他几乎失去平衡，但他没有减速，一直冲到离电话亭三四十码的地方，然后开始环顾四周寻找母亲的身影——她是在防撞栏这边，还是在草坡上呢，甚至更远的地方？在树丛中，在树篱边，以及远处的田野里，他急切地不断寻找线索。

也许她摔倒了，或者正在防撞栏的另一边等着。也许她正看着他们走近，准备向他们挥手，等着他们去见她。看到妈妈时，他也会挥手，会跟她说话。当然会的。一切糟糕的事情都会被抛在脑后！一想到能够长舒一口气，杰克就感到很兴奋。

“妈妈在哪儿？”乔伊问道。

杰克没理她。

“杰克？”

“嘘。”

他快步向前，皱着眉头。离电话亭还有十码，他停了下来。

橙色的听筒悬垂在半空，快要碰到枯黄的长草，电话线一动不动。

杰克有种非常糟糕的感觉。

全都错了。

全部，都错了。

乔伊突然松开杰克的衣衫，从他身旁掠过。“它坏了！”她说着，伸手去抓电话。

“不要碰它！”杰克喊道，乔伊开始大哭起来。

他们在闷热得令人窒息的空气中又走了差不多四分之一英里。

仍然没有谁停车下来。

没人想管闲事。

车上的人——在车里的一家人——吹着空调，带着手机，喝着可口可乐，开车经过他们，而乔伊在悄悄地抽泣，杰克还背着梅丽。

继续走，他已经感觉不到自己的腿了。

也感觉不到自己的心了。

直到他们走到连接道的中途，一辆车减速，然后在他们前面的碎石带上停了下来。

孩子们停下，浑身发抖，满面泪痕，又热又怕，筋疲力尽。

似乎很漫长，但只是一眨眼间。

车门嘎吱一声被推开，一名警察走了出来。

2

三年后

凯瑟琳·怀尔猛地醒来，她感觉——很确定——家里有人。

“亚当？”

亚当不在家，他在切斯特菲尔德。凯瑟琳知道，因为昨天他才寄来了一张明信片，是一张涂满了讽刺性涂鸦的公共汽车站的照片。

她还是又喊了一声。

“亚当？”

什么都没有，只有那种觉得家里有人、令人毛骨悚然的感觉。窗外的街灯闪烁着熄灭了，让她暂时什么都看不见。

感觉……像是安排好的一样。

“亚当？”她对着黑暗低声叫道。

“啊啊——”

猫咪落在她腿上，凯瑟琳尖叫起来。

“滚下去，奇普斯！”

她捧着愈发明显的孕肚，嘟囔着，笨拙地摆动了好几下，慢慢坐起来，将猫从床上赶了下去。

“不要慌，”她对着肚子坚定地说，“只是猫。”

亚当还养过只猫，叫菲什，在他们相识之前就被一辆汽车压扁了。当然，凯瑟琳听他说起的时候，立刻奉上了一脸同情，心里却暗暗地松了一口气——担心一只猫坐在宝宝的脸上就已经够让人烦了。奇普斯是只白色的布偶猫，毛发蓬松，眼睛深蓝，但凯瑟琳并不是什么爱猫人士。当然这并不是说她爱狗，实际上她没养过任何宠物，连金鱼都没有。在她和亚当在一起的两年里，她很清楚地知道自己肯定不喜欢猫。

但亚当喜欢。他整天都和猫厮混在一起，而猫，还有它的毛发也成天都粘在他身上。凯瑟琳确信猫在他们的宏伟蓝图中占有一席之地，她同样确定那个一席之地绝对不是放在厨房一角供猫拉屎的盒子。

也不是跳到她的床上。

她昨晚多半没把卧室门关紧，让奇普斯找到了重申猫权的机会，可以躺在它的宠臣的枕头上，在装袜子的抽屉里自由地捣蛋。

凯瑟琳嘘它出去，奇普斯傲慢地走出房间，扭头瞄了一眼，仿佛在说，我会记住的。

“看你还有什么本事。”凯瑟琳挑衅地说，又躺回到枕头上。

至少奇普斯让她从惊恐中恢复了过来。

凯瑟琳双手捧着肚子，相比曾经熟悉无比的身体，现在的巨大变化让她惊讶，也很开心。头几个月肚子并没有什么真正的变化，只是有点儿像在动感单车上运动几周之后就能很快消失的那种赘肉。然后，显怀越来越明显，身体向后倾斜都能清楚地看到肚子凸起，就像从花园里抱着一盆植物进来那样。现在，七个月后，从椅子上站起来就感觉像是弯腰把一袋堆肥放进百安居的手推车里。

她已经等不及小宝贝呱呱坠地的那天，小宝贝被放在她的胸口，红色的，被弄醒了，放声大哭……

“我永远不会让任何人伤害你！”

这一激情承诺不是凯瑟琳仔细想过或者痛下决心而做出的，而是心血来潮、平白无故、直接从内心深处冒出来，就像她想象中婴儿从子宫里出来那样，而每次想到这儿，都让她心神激荡，眼含热泪，不由自主地挺直脊背。

她抹了抹泪，叹了口气，骂了奇普斯几句。她很快就将进入嗜睡期，甚至连打打盹儿也不愿错过。

塞缪尔斯医生告诉她，为了自己和未出生的孩子，她需要尽可能平静。

尽可能心平气和。

当医生说出这番话时，凯瑟琳忍不住笑出声来。但是随着怀孕周数增加，她就越能看到心平气和的价值。她开始点起蜡烛帮助冥想，在泡澡时读些蹩脚小说，进行脚部按摩，喝羽衣甘蓝汁，每周参加产前课程，像一只被卡住的甲虫一样仰卧着滚来滚去，而亚当则在旁边帮助她呼吸，适时地推一把，无端地傻笑，对小生命即将降生似乎做好了准备。

凯瑟琳决定看一会儿书，好帮助自己重新入睡。她有一堆有趣的待读书籍，但是泛滥的母性还是领着她去看了《婴儿取名宝典》。这可真傻，她和亚当都喜欢传统的名字，而这本书里到处都是滑稽可笑的名字。再说，他们都已经决定好了，如果是个女孩，名字就叫艾丽斯；如果是个男孩，则叫弗兰克，这是为了纪念她的祖母和他的父亲。虽然她知道自己永远不会叫小宝宝“邦克”或者“克伦普林”，但还是觉得有责任不要忽视任何一个可能性，哪怕极小。

她转身准备去开灯，手突然停在了半空中。

有个声音。

她无法确定这声音到底是什么，或从哪里传来，但听起来像是有人在极力不弄出声音。

有人在屋里。

凯瑟琳的脖子上起了一层鸡皮疙瘩。

她今年 31 岁，成年后一直独自生活，直到两年前遇上亚当才一起住。当你一个人住的时候，在夜里听到一些动静，你不会蜷缩在床单下面，静静地等着自己的“命运”漫步上楼，穿过走廊。当你一个人住的时候，你会爬起床，抓上电筒，拿出棒球棍、喷雾剂，悄悄地溜下楼，去直面……

洗碗机?

那是唯一一个曾经发出很大动静吵醒她的东西。

但她没有开洗碗机……

凯瑟琳没有像以前那样做好准备，而且这次还怀着孕。但除了她，屋里没有别人。她嘟囔着，从床上挪下双腿，摇摇晃晃地站起来。

爬上楼梯，从书架上取下花瓶。那是个厚实的瑞典产的玻璃花瓶，她从来都不喜欢。

把这个花瓶砸向闯入者，一举两得。

她深吸了一口气，然后猛地打开楼梯灯，大声喊道:“谁在那里，赶快离开这所房子！我已经报警了，手上还有武器！”

她开始往楼下走，花瓶提到肩膀的高度，既害怕又觉得愚蠢。走下楼梯后，她停下来，再听听。

什么都没有。

搞错了吗？这也不是第一次了。独自一人在房子里时，每个动静听起来都更响亮、更可怕。如果确定有其他人在屋里，就该打电话报警，但她不确定，尽管电话就在亚当的床头……

她右手握紧了花瓶，小心翼翼地一个房间接一个房间地查看。每通过一个门口，勇气就会大上些许。

客厅、饭厅、厨房。

都没有人。

凯瑟琳把花瓶放在厨房桌子上，放在相机和手机旁边，然后揉了揉脸颊，轻舒了口气——很高兴搞错了。

她突然盯着相机和手机。她记得自己没把它们放在桌子上。自己怎么会把它们放在这里？亚当的笔记本电脑也在旁边，但它应该是在书房的桌子上啊！

凯瑟琳一下子明白了。这些物品放在后门旁边的桌子上，窃贼可以在出门的时候顺手带走！

她惊恐万分，立刻去检查后门。门是开着的！她明明是锁好了的。她刚才大声喊叫时，闯入者肯定从这里跑出去了，甚至没有停下来拿他的赃物！

她马上把后门锁好，然后拼命地抵住门上冰冷的玻璃——手托住脸，看向屋外的黑暗。

没有动静。

她突然倒吸了一口气，看见一个黑色影子从房子的阴影中脱离出来，好像抹了油一样穿过灌木丛和篱笆。

“我看到你了！”她喊道，“我看到你了，你这个杂种！”

她的心跳得像打鼓，但这些话给了她力量。

然后结束了。

他来了，他跑了。

她很害怕，但还安全。

结束了，她喊叫时呵出的热气，在玻璃上凝成一块，慢慢地缩小，最终也不见了。

凯瑟琳从门口退回来，腿直打战，她坐下来，把颤抖的手放在肚子上。

她的脑海中掠过发生的这些事件——在原因和结果之间来回思考，发生了什么？可能发生什么？最终她平静下来，大脑以更正常的速度运转。

她没事。

他们没事。

没发生什么不好的事，不用采取什么措施。

这是最重要的，是一切的基础。

但不止这些。她没有惊慌失措，没有尖叫，没有藏在床底下。她不用靠一个男人把她救出来。她很勇敢，很聪明。

都是她一个人做的。

凯瑟琳几乎忘记了独立的感觉，她回到楼上，心中开始滋生出一丝骄傲。

她走进卧室，把门紧紧地关在身后，松了一大口气，然后走向床边，心猛地一紧，胃部像是被人抓住了一样，紧得胎儿在肚中踢了她一下。

床头灯亮着。

灯不该亮着呀。她的手停在半空中，还记得吗？

她记得没有开灯。

在一蓬灯光下，有一把刀。

不是餐刀。

一把真正的刀。

凯瑟琳不知道自己是怎么走过去的。

她低头看着刀子。

刀刃明亮，一边呈锯齿状，另一边是弯曲的；手柄用珍珠镶嵌出云朵状，映射在一片碧海中……

鲍鱼壳。

尽管她并不确定鲍鱼壳是什么，但这个词就这样从她内心深处浮现出来，感觉恰如其分。苍白的贝壳是如此宁静，如此美丽，刀刃肯定不像看起来那么残酷吧？好像站在远方似的，凯瑟琳看着自己伸出手，一根手指轻轻地触了一下刀尖。

当那种过电的感觉从手臂和脖子上升到她的头顶时，她抽了口气。泪水涌出眼眶，食指肚上渗出一个小小的红球，悬在那里，好像瑞士手表上的红宝石一样闪闪发光。

她噙住手指，颤抖着。

然后她看到了生日贺卡。

贺卡上是一桶花的图案，写着一行字："在这个特殊的日子献给我的女儿。"她母亲选了一张最差劲的生日卡片。她记得过完生日一周后，就把卡片和其他东西一起打包放在了空房间的抽屉里。

然而，现在就在她的床边……

凯瑟琳感到天旋地转，仿佛是一个梦，或者是时间扭曲了。

她打开卡片。

母亲的潦草签名被草草划掉，卡片的空白处新写了一行字——

“我本可以杀了你。”

3

1998 年 8 月

已经过了一个星期。

这一个星期，没人高声说话，除了梅丽，她还是一样经常大哭，直到一位他们叫她阿姨，但并不是他们阿姨的邻居过来把她抱走，“等艾琳回来我再把她送过来。”

当她离开后，本来安静的房子就变得更安静了，连安静本身都几乎变成了噪声。

杰克和乔伊没去上学。不去上学并不像听起来那么有趣。他们要么打牌，要么关掉电视机的声音看动画片，周围都是警察来来去去，就像笨拙的幽灵一样。警察头头留着小胡子，像个牛仔似的。“叫我拉尔夫。”他说，但是杰克和乔伊一句话也没说，只是看着他带着文件和照片进出厨房，同他们的父亲谈些什么秘密的事情。

饿了，就直接吃燕麦片；渴了，就凑着水龙头喝几口；累了，就在沙发上像暴风雪中的企鹅一样相互靠在一起，睡得很不踏实，躺卧不安，梦到炙热、尘土飞扬的柏油路，没人停下来。

没人管他们。

偶尔，他们的父亲会抬起头，好像刚刚记起他们一样，问：“你们两个还好吗？”杰克和乔伊都会迅速点头，因为爸爸忙于应付警察和记者，如果他们说自己不好，也许另外一个他们都不认识的阿姨会像带梅丽一样把他们都带走。

每天早上，报社记者都会接二连三地走进来，踩在垫子上那砰砰的声音就像死鸟从天上掉下来一样。

很多报社记者，每天如此。

他们的父亲坐在厨房桌子旁，出神地读了又读任何人都知道或已经猜到的关于他妻子失踪报道的每一个字——头埋在报纸上，好像这样可以看出更多信息，他的嘴唇不断地嚅动着，手指因为沾上报纸的铅印而变得漆黑。他没扔掉任何一张报纸，生怕错过了什么，将每一份报纸都堆在那里，眼看着越堆越高。

他没让杰克和乔伊读这些报纸，但是当父亲上楼时，他们会偷偷看几眼，知道警方还在继续搜寻母亲，正在寻找线索，但还是什么都没有发现。

比尔舅舅带着他丑陋的妻子尤娜从爱尔兰来了。舅妈假装很喜欢他们，而舅舅坐在厨房里，看着他们的父亲手里拿着一堆报纸在房里走来走去，指着报纸，向他解释着自己对妻子可能遭遇了什么的推断。

推断。

他有好几种推断，杰克都已经听厌了。那些推断在一种颤巍低沉的声音中不断重复，完全不像父亲平时的男中音。而所有这些推断都涉及一个错误、一个误解、一个似乎是显而易见的误传，一旦艾琳回到家解释清楚她这段时间去了哪里，一切都会好起来的。

杰克大声哼唱，这样就不用听父亲那听起来如此可怜的声音了。

“闭嘴。”乔伊嚷道。

杰克哼得更响了。

他们不能出门，因为外面全是记者，有的会来敲门，有的站在酒吧附近的角落里，还有的坐在停在路边的汽车里。

在那里等着。

“他们还在等什么？”乔伊问道，他们俩坐在卧室的地毯上打牌。

“我不知道。”杰克说，虽然他认为自己知道，并且认为她也肯定知道。

但乔伊从地毯上爬起来，打开卧室的窗户，向他们喊道：“你们还在等什么？”

没人告诉她。但第二天，她的照片就出现在所有报纸的头版上。

标题是《被遗弃的乔伊》。

这让杰克很受伤。

也许母亲真的抛弃了他们。也许是他太吵、乔伊太烦人、梅丽太不听话而让她受不了。也许她根本没有去打应急电话寻求帮助。也许她只是厌倦了他和乔伊在后座争吵，把车停在路边，走过那个弯道，伸出拇指搭上顺风车，去过一个全新的生活——更有钱的丈夫、更好的汽车，还有一个新的婴儿——是新的婴儿，而不是杰克、乔伊和梅丽将拥有所有的玩具和拥抱。

只要他想得够久，想得够多，就会变得更加生气，就不会去管母亲回不回家了。

但是，即使在那些时候，他也暗暗希望她回来。

4

三年后

凯瑟琳手里拿着电话，一直坐到清晨。

她曾两次拨打亚当的电话号码，但两次都在电话响起之前挂掉了。

有一次她想报警，但始终没有拨下第三个九。[1]

现在她坐在床边，把奇普斯按在大腿上取暖。

她急切地想听到亚当的声音。在过去的几个小时里，她已经在脑海中进行了上百次他们之间的对话。

“谁？”他会粗声粗气地问，而她会小声地问候一句，然后失声痛哭。

她知道自己会大哭，尽管努力想去控制不哭，只是想到这些就让她泪如泉涌。然后他的声音会变成她熟悉的那个柔和的声音——“凯瑟琳？……”——就是她宣布怀孕时，他的那种声音。当时亚当太开心了！他让她立即在沙发上躺下，乐得手舞足蹈，给她端来茶水，奉上吐司，递来遥控器，然后冲出房门，到一家 24 小时营业的商店买回鸡汤、各种维生素以及新生儿可能需要的所有东西，包括一袋适合 12 ~ 18 个月大婴儿用的一次性尿不湿、六罐亨氏香蕉布丁，甚至还有可以从烟囱中吹出气泡的遥控玩具火车。两天后，他报名参加了婴儿急救中心的圣约翰救护车课程，把自己的大众高尔夫换成了一辆令人恶心的豌豆绿色的沃尔沃，带有侧撞保护系统和自动童锁……

---

[1] 英国的紧急报警电话是 999。

她不能告诉他。

不能告诉他，在亚当已尽其所能保护她和宝宝的情况下，她却在房子里乱窜，做出愚蠢的威胁，只靠一个花瓶来保护自己和未出生的孩子免受持刀闯入者的侵害。

她居然让坏蛋进来了！

她把卫生间的窗户打开了，这样奇普斯想要出去的话就不会打扰到她，而亚当曾经告诉过她一定要把门窗关好的。

但太热了！他说这些话的时候，她的大脑总是嗡嗡作响。窗子那么小，那么高！没人能进来的。

但是有人进来了。空气清新剂被撞倒了，如果她抬头向右看，还可以看到窗台白色瓷砖上的脚印。在黑暗中，凯瑟琳花了好几个小时将一些细节拼凑到了一起，她猜测窃贼就是从那里进来，直接走到楼下，找到那些明显值钱的东西，又打开了后门，确保自己不会被困在房里。

然后他回到楼上……

当她站在楼梯上，挥舞花瓶，吼出空洞的威胁时，他肯定就在她身后。

凯瑟琳颤抖着。

她那不是勇敢，而是鲁莽。现在她能想明白了。

一定是怀孕怀傻了！别人讲过，怀孕可能会导致做出不合理的决定、不合逻辑的选择，而凯瑟琳一直认为那是歧视女性的废话。

而现在她发现自己就像是恐怖电影中那些充当花瓶的金发女郎一样愚蠢，蠢到连先把灯打开都不会。

她让自己处于危险之中，而且更糟糕的是让自己的孩子处于危险之中。

她怎么能告诉亚当呢?

她不能告诉他，也不会告诉他。他会生气的——合情合理。

她的心平气和期将会结束，亚当一直悉心照顾她，一旦离开了亚当，就满是忧虑、内疚，更加恐慌……

她心里越来越慌。

9—9—

她再一次停止了拨号。还是再考虑一下。

警察能做什么呢?窃贼没有带走任何东西，没有破坏任何东西。她甚至都没见过他。如果打电话给警察，就必须重温整个事件——把她的愚蠢告诉全世界——而这于事无补。警察很少能抓到窃贼，每个人都知道，报纸上连篇累牍地报道警方未破的案子。有一个盗贼逍遥法外如此之长，人们甚至给他起了一个绰号：金发姑娘[1]，因为他老是摸进别人房间，躺在别人床上吃东西。如果警察连这个人都没抓住，凯瑟琳不相信警察会加班加点去抓那个碰翻了空气清新剂的蠢贼。

打电话给警察只会让她感到尴尬。

尴尬不堪，大惊小怪。

这是她母亲喜欢用的一个词：大惊小怪。小题大做，胡言乱语。

---

[1] 金发姑娘，又称金凤花姑娘（Goldilocks），是西方童话中的人物。迷路了的金发姑娘未经允许就进入了三只小熊的房子，她尝了三只碗里的粥，试了三把椅子，又在三张床上躺了躺，最后发现不烫不冷的粥最可口、不大不小的椅子坐着最舒服、不高不矮的床上躺着最惬意。因为小说中的窃贼喜欢在被盗的人家吃东西、破坏家具、睡别人家的床，所以媒体给他起了这样一个绰号。

凯瑟琳把手机扔到一边，抱住肚子："我们不大惊小怪，不是吗，克伦普林？"

她为运气不好而叹了口气。她本来不应该在家里的！她和亚当本来要去西德茅斯度周末，庆祝他们结婚一周年纪念日。但房屋租期快到了，而他们一直在为宝宝努力攒钱，所以当出现了加班的机会时，他们选择取消了度假。

即便如此，本该在海景房的大床上醒来，一边俯瞰美景，一边享用美味早餐，现在却被人闯进房间，还受到威胁，这是比伤害更大的侮辱。

她看向窗外，好像窗外的景色能够奇迹般地让她振作起来，但她只看到巷子尽头另一侧肯特先生的房子，旭日初升，给屋顶镀上了一层粉色。

虽然不是大海，但眼前的景象还是让她感觉好多了。昨夜很糟糕，但是夜晚已经结束，黎明给她的恐惧涂上了一种新的、不那么可怕的颜色。

"我本可以杀了你。"

是的，她想，但你没有，不是吗？

这是令人欣慰的事实。闯入者没有杀她。

即使她在楼梯上蹒跚，因为身形肥胖而努力保持平衡，手里拿着一个花瓶摇摇晃晃；即使是轻轻一推就会让她跌倒在走廊上……他还是没有杀害她，而是在从进来的地方逃走之前，一直避开她。

事实上，她把他吓出去了！

也许他只是想吓回来……

凯瑟琳眨了眨眼睛。

感觉似乎有点儿道理。窃贼被她的咆哮挫败，然后摆出一副恶意姿势作为回应，留下刀子和威胁，让她明白他会找上她，以这样或那样的方式。

这是合乎逻辑的。

可能吧……

凯瑟琳打算就这样去开始思考这件事，她也决定这样去想。虚张声势，徒劳无功。如果没发生什么事，那么就不需要让人知道，也不用改变什么。

对她来说，更重要的是，对宝宝来说，这是最好的。

心平气和。

所以凯瑟琳·怀尔没有打电话给丈夫告诉他有人入室盗窃，也没有报警。

她用纸巾包住闪着冷光的刀子，小心翼翼地拿起，伸直手臂握住它，好像刀子会从她手中飞走一样。

她把刀子放到装胸衣的抽屉最里面，把生日贺卡在厨房的水槽里烧掉了。

5

1998 年 9 月

艾琳失踪前的最后一次求助。

杰克的心提到了嗓子眼，轻轻的嘀嘀声、缠绕的电话线上挂着的橙色电话，一下子将他带回极度恶心恐惧的那一刻。

别碰它！……

标题下是一篇奇特的报道，不长，句子长长短短，就像一首诗，但杰克不需要读内容就知道那意味着什么。

他的母亲曾去呼救，拿起过那部橙色的求救电话。她一直在那里，在他们到之前待了有多久？

几年？

还是片刻？

杰克的心因懊悔而抽搐。要是早点儿去找她，要是走得更快些，要是没有玩那愚蠢的“我是小间谍”游戏，要是没有带上梅丽，或者没在苹果树下歇那一会儿，他们就会赶上她，而她也不会不见了。

他得负责！他本可以救她的！

要是……

他深深地，颤抖着吸了口气。

你好？

这个词从面前的报纸上飘浮起来，杰克可以听到母亲说话，听得很清楚，仿佛他们肩并肩站在一起一样。

你好？

有什么紧急情况吗？

哦，你好，我的车出故障了。

请问您的姓名，女士？

艾琳·布赖特。

好的，布赖特女士，你的车现在哪里？

停在路肩上。

驶离了车道吗？

是的。

只有你一个人吗？

我和孩子们。

他们还在车上吗？

是的。

你能让他们从车上下来，带他们离开车道，走到防撞栏另一侧去吗？我会等你的。

呃，不行，我没法去。他们现在没和我在一起。车还停在路边。带他们一起在路上走太危险了。梅丽还是个婴儿，你明白吗？我也不知道离电话有多远，但是他们是安全的。

杰克惊得喘不过气来。

车上安全？她怎么能这么说？她怎么能说他们安全？他们不安全！她不知道他们有多不安全！她不知道乔伊的人字拖让她有多难受，梅丽哭得有多大声，或者他的手臂因为要抱着梅丽几乎都要断了。还有那只狐狸和那些乌鸦，那辆几乎撞到他们的汽车！

她也不知道没有人停下来。没有人过问。

杰克愤怒得就像有人在他肚子里划燃了一根火柴一样。她不在乎他们！她怎么能这样？她离开了他们！乔伊被遗弃了。他们都被遗弃了！

头皮发炸，杰克几乎忍不住了，但他还是屏住气又快速读下去……

好的，布赖特女士，汽车在你的北边还是南边？

嗯，我看看（笑声）。我们准备去埃克塞特——

（汽车靠边停下的声音）

哦，有人停下来帮忙来了……你好……

（声音听不清楚。艾琳·布赖特，不知身份的男子）

布赖特女士？

（无人应答）

在吗，布赖特女士？

（无人应答）

（无人应答）

（汽车驶离的声音）

杰克茫然地盯着最后一行。

汽车驶离的声音

他不希望报道就这样结束。他甚至翻到报纸背面，愚蠢地希望后面还有内容，但当然，没有。

汽车驶离的声音。

妈妈在车里面吗？

他不知道。

显然没有人知道。

但人人都知道，上陌生人的车就是找死……

前门有人敲门。他把报纸推回那堆报纸中间，溜回沙发。

走廊传来一阵低沉的声音，是那位“叫我拉尔夫”的警长，和他一起的是个看上去很开心的年轻女警，她对杰克笑了笑，问是否可以坐在他旁边。

杰克不想让她坐在旁边，但她还是坐下了，而“叫我拉尔夫”跟着父亲走进厨房，胳膊下乱糟糟夹着一堆文件。文件夹、表格、照片，还有个塑料证据袋。

杰克突然感到一阵恐惧和愤怒，喉咙里就像有一大团东西紧紧地压住一样，在里面不停地扭动着。他的脸颊涨得通红，耳朵嗡嗡作响。

他从一个可怕的梦中醒来，但女警帕姆紧紧抓住他的手腕，他知道不挣扎几番她是不会放手的。

“放开，”他咬牙切齿地说道，“放手。”

“杰克……”她温和地说道。

两人都缩开了手。

在厨房门后面，父亲像一只待宰的狗一样发出临死般的哀号。

杰克明白了……他知道了！他恨他们所有人让他猜出他不想知道的事情。

“放开我！”杰克喊着，扭动着，猛地抽出胳膊，脱离了帕姆的控制。他跑出房间，噔噔噔冲上了楼。

乔伊正在她的卧室里和玩偶娃娃一起玩纸牌游戏。她抬头看了看，问道："你喊什么？"

杰克说不出话。他不能说。他就那样站着。

"你想玩吗？"她问道。

杰克不想玩，但他也不知道该怎么告诉她说母亲已经死了。

杰克慢慢地坐在已经有点儿磨破的蓝色地毯上，看着乔伊将牌重新混在一起，这样他们就可以从头开始了。

6

三年后

凯瑟琳整天都在努力让自己忙起来。

她续签了汽车保险，将半桶衣物放进了洗衣机，把烘干温度降低到30℃，这样就不会因为太耗电而觉得过意不去了。她还准备好了一个菜单。珍妮特和罗德星期五将过来，但她并不打算不惜工本大办一场。他们只是普通朋友，可以往来但不必投入过多。她曾在房地产中介公司与珍妮特做过同事，但罗德只是妇唱夫随，将来某个时候他们之间的关系也许可能会更密切一些。凯瑟琳之前只见过罗德一次，他在办公室里打杂，好像珍妮特也不确定他具体做什么。

凯瑟琳觉得可以准备意大利调味饭。这个饭很容易做，但不知何故，吃过的人总是赞不绝口。所以她需要买合适的米、玉米沙拉、羊奶酪、胡桃南瓜和石榴籽。星期五早上去买这些，才能保证新鲜。或许还可以先试一试，免得又出现亚当总称为“猪肉大溃败”的那次晚餐灾难。那天的晚餐要用的是手撕猪肉。她弄错了，弄得猪肉像鞋带一样，还好亚当开了个玩笑，给她解了围，才没人逼着自己把面前盘子里的东西吃光。

亚当从不介意她不善厨艺。他会耸耸肩，吃完所有的饭菜然后说：“下次你会做好的。”圣诞节时，他给她买了一本烹饪书，在做手撕猪肉那页夹了一张情趣内衣连锁店安萨默斯的礼券。

在那之后，她就越做越好了。

在那之后，他们一切都越来越好了……

凯瑟琳拍拍肚子，微笑着，看了看时钟。快到午餐时间了。

现在是十点半。

那给妈妈打个电话吧。

“哦，你好呀！”海伦·皮特说，“我是中什么大奖了吗？”

这是她通常的问候方式——旨在激起女儿的内疚感。但是，不同于通常的恼怒，凯瑟琳从母亲的声音中察觉到一种多愁善感的小小兴奋。

她觉得是迟来的震惊。有点儿傻，真的。

“我知道，”她说。“有一段时间了。”

“几个月了！”

是已经好几个月了。但她母亲是个让人不想同她打交道的女人，没什么耐心，常常自我陶醉，总是喜欢评判他人。她瞧不上亚当，因为他们结婚时他还欠着债，也是从那时起，逼着他白天黑夜地工作，没有任何懈怠。

有一次她告诉凯瑟琳自己要离婚，因为丈夫在看书时要动嘴唇。

“我都要疯了！”她夸张地挥舞着手臂，荡起一股股臂浪，“不可挽回的崩溃！”

无论理由是真是假，崩溃已经无法挽回，所以她丈夫自己搬到了一个安全的距离——实际上是加拿大 ——以期能够找到一点儿平和与安静，恢复自信。所以，凯瑟琳是在单亲的环境下长大的，而且常常在想这样是不是会更好。

不知不觉间，她摸着隆起的肚子，让宝宝放心，他有一对非常爱他的爸爸妈妈。

“你好吗，妈妈？”

“我的手胖了。”她母亲抱怨道。她患有关节炎，这意味着有时会遭遇戴不上钻石戒指的痛苦。她经常向医生抱怨，自己为那些戒指付了很多钱，她觉得英国国家医疗服务体系（NHS）压根就不想让她戴上它们——那就是个劫富济贫的巨无霸，见不得她过得好。

凯瑟琳对肥胖的手指啧啧了几声以表同情，然后换了个话题。

“去帕尔马的度假怎么样？”

“还好吧，”她妈妈说，“虽然我不知道为什么天会那么热。”

凯瑟琳当作没听见这种不满。

“你没去哪儿吗？”海伦含糊地问。

“我们本来这周末要去西德茅斯过周年纪念日，但在最后还是取消了。孩子出生后再去。”

“为什么要取消？”

“亚当要去北边工作。”

“嗯，”海伦不快地说，“希望他去北边只是工作。”

凯瑟琳不吭声。

最后，她妈妈问道:“你还好吗？”迟到的问候总比没有问候好。

“很好。”凯瑟琳干巴巴地说。

“预产期是什么时候？”

她知道是什么时候。凯瑟琳明明在她冰箱上的日历上标记了的！

“现在是八个星期。”

“你经常尿尿？”

“经常。”

“真可怕，不是吗？”

凯瑟琳耸了耸肩:“又不会一直这样。”

她在犹豫是否应该告诉母亲入室盗窃那件事。毕竟，她是女人——一位母亲，虽然是一个不怎么称职的母亲，还可以缓解一些找不到话说的自责感。至少母亲永远不会告诉亚当。

“我要去买点儿东西，”海伦突然说道，“要给你带份鱼派吗？”

“不，谢谢，妈妈，我怀孕的时候不吃鱼。”

海伦哼了一声:“你还是那么讲时髦！”

“这不是时髦。我希望宝宝健康，就是这样。”

“鱼派很健康！没有脂肪，都是鱼肉，还有可爱的酥皮。”

她母亲认为酥皮也是一种食物。

“谢谢，但鱼肉含有汞。”

“真是的！”海伦哼了一声，“你以为以前没人生过小孩！”

“你瞧，妈妈，每个人都不一样。你怀孕的时候我从来没说过你抽烟，不是吗？”

"你为什么要说？"海伦轻快地说道，"你非常健康。"

"我生下来才六磅。"

"那时候是正常的。"

"因为每个人都抽烟！"

"我的上帝，凯瑟琳，不要大惊小怪！人们几千年都是这样生小孩的，也没有谁会对什么鱼肉和香烟大惊小怪的。"

"哦，天哪！"凯瑟琳挂了，怒不可遏。然而，那阵怒气来得快，去得也快，她又不由得笑了起来。

这个电话让她摆脱了有人闯入家中这件事的阴影。即使她告诉母亲，也不应该指望她会有任何同情。毕竟，人们几千年都是这样被杀的，也没谁会对那些刀子和死亡威胁大惊小怪……

第二天，当亚当回到家时，凯瑟琳也没有告诉他这件事——出于同样的原因。

大惊小怪。

7

杰克找到了母亲。

他在路肩上，她也在那里，穿着白色的夏季孕妇装，在防撞栏的另一侧与他保持同步，在热浪中踩过长长的枯黄色草。

"到这边来！"杰克说。

"我过不去，"她说，"我太胖了。"

于是他停下来去帮她，但她没让牵她的手，只让他扔一条红白条纹的带子，就像理发店招牌那样子的带子过去。他一直扔，而她一直没有接到。他得跨过去帮她。他爬上防撞栏，钢制栏杆炙烤着他的双手和裸露的大腿，嗞嗞作响。

但他还是没来得及。

一直都没来得及。

就当他跨过那炙热的锋利的金属栏杆时，母亲滑倒了，膝盖磕在地上，顺着坡下滑了一小段距离。

“妈妈！”

她对着他笑出了声，装出一副这很有趣的样子，但这并不好笑。

然后她又滑了一段，抓住两把草阻止自己继续下滑。

草断了。她一直抓一直抓，草一直断一直断，她顺着坡往下滑，手中拽着枯黄的草茎，直到消失在远处的灌木丛中……

杰克心脏咚咚跳得厉害，醒了过来。

这不是真的！他不在那里！他在这里，安全地躺在床上，脸颊下的枕头闻得到童年的味道，有跳绳和烟花，以及特百惠盒子里装的马麦酱三明治。

如果扭过头，会看到昨晚脱下的内裤挂在室内赛车玩具赛道的急转弯上——蒙扎赛道。法拉利对兰博基尼。他总是选法拉利；乔伊总是用兰博基尼。如果乔伊没注意，他就会偷偷整理法拉利上的刷子，这样车子就能更好地与赛道接触。

他总是赢，胜利的滋味闻起来就像燃烧的线缆那样令人着迷。

呼吸平静后，冷汗顺着额头流下来。

很快，妈妈会叫他去吃早餐，他会假装没听见。

假装还在睡觉。

他闭上了眼睛。上学前再睡几分钟……

杰克？杰——克！

杰克慢慢睁开眼睛，对着浮纹天花板皱起了眉头，那些浮纹设计成繁复的扇子状。

没有意义。无论怎么努力，他都无法假装妈妈在那里。

梦破了，但现实的噩梦还在继续。有时他很难一个个分清，因为无论是醒着还是睡着了，过去的噩梦和各种破碎的梦境一直萦绕着他。有时杰克的记忆是如此黑暗，以至于他无法从中走出来——他也不想。

他慢慢坐起来，揉了揉脸。薄薄的白色乳胶手套钩在他脸颊上柔软的金色皮刺上。

胡须。

他不想长出胡子，但期待着刮掉胡子的感觉。

他甩腿下床，身上还穿着衣服，也穿着鞋子。

他站了起来，过了三年，长高了一些，但是也没多大变化：他还是一个瘦小的孩子，一头金发乱糟糟的，屁股上没什么肉，没法让牛仔裤绷起来。没有胡楂儿的话，看上去可能也就 12 岁。有了胡楂儿，看起来就像一个长胡楂儿的 12 岁小孩。

只有眼睛变得沧桑。

沧桑很多。

杰克·布赖特的眼睛像经常抽烟的人那样细狭苍白，好像所有的颜色都已经随着眼泪流走了似的。双眼之间，有一道深深的抬头纹，这种皱纹一般属于一个 50 多岁、肩负重担的男人。

他一个接一个地打开衣柜抽屉，随机挑出衣服。背心、短裤、袜子、一件儿童 T 恤……他把它们装进背包里，关上了抽屉。

在凌乱的衣柜上方有一个相框。杰克拿起来。一个男孩和一个女孩在动物园，对着太阳笑。冰激凌融化了，顺着胖乎乎的手指往下流，而一只听天由命的狐猴则悲伤地在身后的笼子里盯着他们。

杰克记得那样的日子。至少，他觉得还记得。有时候，他的记忆让他感觉这一切像是有人曾给他讲过的、发生在另外一个平行世界中另一个男孩身上的故事。

他把照片丢在地毯上，一脚踩上去。

一脚。

两脚。

然后他用脚跟使劲踩，直到再也看不出那是什么东西。

他一把将恐龙灯罩从连着的摇摇晃晃的电线上扯下来，捡起床头柜上的锤子，对着玩具一顿乱砸——他在房间里横冲直撞，砸掉木偶娃娃的头，砸烂粉红色的塑料地垫。

他又抓起一把餐刀猛砍在床垫上，砍烂、撕破床单被套，房间里到处都是羽毛、泡沫，一片雪白。

然后，他用连帽衫紧紧地遮住脸，慢慢地走下楼梯，锤子捏在手中。

客厅装修精美，呈乳白和淡蓝色调，电视机开了一整晚。

播放着《人人都爱雷蒙德》[1]。

[1]《人人都爱雷蒙德》是由哥伦比亚广播公司（CBS）出品、迈克尔·莱拜克和雷·罗马诺联合执导的电视喜剧，讲述了一个美国五口之家的幸福生活。

杰克一锤子砸在电视机屏幕上，他砸得那般用力，以至于锤子卡住了，他不得不用把力把它从屏幕里雷蒙德的脸上拔出来。电视机在支架上剧烈摇晃，影像闪烁跳跃成霓虹彩虹，然后伴随着一阵电火花的嗞嗞声，屏幕黑了。

杰克在咖啡桌上跳上跳下，直到桌子从中间断开，东倒西歪裂成两半。他把一家人的照片从墙上扫下来，把各种传家宝、呆萌的陶器等装饰品打得粉碎。

他站了一会儿，胸口随着这股破坏的冲动而上下起伏，他又用刀刺穿沙发和椅子的垫子——将刀捅入织物再猛拉出来，泡沫和木棉从垫子里肆意膨胀出来，一塌糊涂、无法修补、无法复原。

他给雷蒙德这家人上了有关失去的一课。

他走到厨房，从冰箱敞开的门那里开始破坏，一摊水渍在地上蔓延，已经变了色。餐桌一头有些剩菜剩饭，意面配沙拉。锅放在炉盘上，没有洗。他把锅丢进洗衣机里，然后扔进去盘子、餐具和剩菜，开动了机器。

杰克捡起自己找到的东西，将摄像机、珠宝盒、PlayStation 游戏机和游戏带全都放进背包里，还有锤子、一包意大利面，以及在一个碗里找到的六个亮晶晶的红苹果。

他走出后门，翻过花园围栏，迅速离开了这栋被他毁掉的房子。

没有人见过他。

没有人关心他。

没有人想过问他的事情。

第二章
SNAP

我本可以杀了你

1

这是一个杀人的好日子。

英国西南部的辽阔天空蔚蓝而华丽。蜜蜂嗡嗡地飞过，空气中弥漫着干草的味儿。

约翰·马弗尔总督察皱着眉头，拉下了百叶窗。

明亮的天空刺得他的眼睛发痒。当然，这里的天空和伦敦的天空一样，但至少在伦敦是看不到那么多该死的东西。马弗尔不知道哪个更糟糕：是上面的天太蓝糟糕还是下面的草太绿糟糕？他生在伦敦长在伦敦，一年到头看不到几天的蓝天白云、芳草碧树，所以对两者都持怀疑态度。

但他现在是在这里。那些不明白涉及谋杀案时必须变通一下才可能抓到凶手的坐办公室的家伙，将他流放到了这儿。

有时候需要打破些规矩。

而有时这样还是抓不到凶手。

这就是残酷的现实。但似乎没有人理解现实，甚至连警察都不理解。

警务正在发生变化。现在一切都基于统计数据、文书工作、学位、平等，像他这样的老派警察，靠线人、预感，凭来之不易的经验做事，已经是“濒危物种”了。

最终因为一次事件，导致逃离监禁的嫌疑人死亡，马弗尔不幸背了黑锅。真的不是他的错，但谁让他赶上了。虽然没有受致命伤，但他还是伤得很重，躺了一段时间，然后就被从伦敦的重案组赶到了最黑暗的萨默塞特郡。

见鬼去吧，马弗尔已经是第 100 次想起这些了。这事没完。

他被排挤了。必须向一群该死的傻瓜证明自己对所谓的违法行为有了忏悔。而一旦警署再发现他有什么问题，他就得滚蛋。

在此期间，他在汤顿租了一处有两间卧室的房子。房间很小，就像典型的现代房屋那样——有空间容纳现代设施，但没有房间安放个性；可以有洗碗机或壁龛，但不能两者兼得。玩乐高长大的建筑师试图在手帕那么大一块地方，从不同的角度让每个长得都差不多的房子变得整齐，以此为街区注入一些个性，但这只是让这个地方看起来凌乱不堪，更不用说变得有趣了。

马弗尔不在乎。这就是个洗澡睡觉的地方。他只带了三件家具——一张新床，一张松软的蓝色灯芯绒沙发，还有一台大电视，配了六个爱艺环绕立体声扬声器。他花了好几个小时按照自己中意的方式安装扬声器，这样看比赛的时候，罗德板球场的掌声就可以一直环绕着房间。

就好像在现场一样。

黛比保留了家具，但马弗尔并不想它，或者她。有什么好想的？厨房里有微波炉，路边有汉堡王。

他倒是有点儿想那只狗，这令他感到惊讶。

衬衫、西装和鞋子只装满了嵌入式衣柜的五分之一，袜子则在抽屉里滚来滚去。

马弗尔不是一个喜欢小玩意儿的人，但他有个像肺一样形状的烟灰缸。他本打算戒烟，但在戒烟之前，他还是把它放在沙发扶手上，伸手可及。

有天，他觉得可能需要买张桌子，但后来意识到地板是平的，把文件和犯罪现场照片铺在地板上比摆在桌子上强得多，反正没有狗或孩子会来弄乱的。

前门有人敲门，马弗尔拿起夹克。今天是他上班的第一天，他们派人过来载他去蒂弗顿，直到他熟悉了周围环境为止。

他手在门把手上停住了。

门边墙上用胶带粘着一张照片，上面是一个骑着越野自行车的小女孩，有着像高飞[1]那样的牙齿和点点雀斑，棕色短发捋在耳朵后面。

约翰·马弗尔深吸了一口气。

然后打开门去上班了。

马弗尔决定尽快了解这片地区的地形，因为帕罗特警探是个可怕的司机—— 轻踩油门，重踏刹车，车开得又慢还不稳当。帕罗特非常瘦，或者可能是穿的制服太大。马弗尔也不确定到底是大还是瘦，但他估计将一个牛奶瓶从这位先生的衣领处塞下去，也不会凉到他的脖子。帕罗

[1] 高飞（Goofy），迪士尼动画中的经典角色。

特有一个很大的鹰钩鼻，但是当马弗尔叫他“八哥”时，他一丝笑容都没有。

真无语，马弗尔想着。他就是要开玩笑，不会因为帕罗特是个没什么幽默感的家伙就不开玩笑了。这要是在伦敦，帕罗特他要么高高兴兴地接受，要么就忍着。

他们离开汤顿，沿着 M5 公路向前，两侧丘陵连绵起伏，山坡上偶见几头奶牛，然后转上一条双行道，起起伏伏，东转西绕，驶过大约七英里的连绵绿野，然后山路陡降，进入蒂弗顿。

汤顿是个小镇，但至少还是一个城镇，有沥青街道和挂有招牌的商店，以及家用柴油机冒出的烟雾。蒂弗顿是乡下，在山谷的谷底，在马弗尔看来，这里似乎到处都是树篱和绵羊。

他以前去过那里。

好吧，不是那里，但是差不多同样糟糕的某个地方，是童年时度假的康沃尔郡吗？他不大记得了，只记得在感觉像一辈子那么长的路上，他晕车了，躺在后座上，除了与哥哥吵嘴之外，两个星期几乎都没什么可干的。

天气炎热，帕罗特说车里空调坏了，马弗尔把窗户摇下来，一脸苦相。

“闻起来像牛屎。”他说。

“因为它就是牛屎。”帕罗特生硬地说。

马弗尔把窗户摇上来，他们在炎热和沉默中驶完了剩下的路。

雷诺兹警长是个非常聪明的人。

那是得到官方认证的。

他在斯坦福－比奈智力测试中的智商得分为 138 分。参加考试的那天，他身体一直不舒服——每次他都不厌其烦地告诉母亲，带着一点儿嗤之以鼻的味道，然后谦虚地耸耸肩说："否则，谁知道呢？……"

雷诺兹喜欢当警察。他有着极强的正义感，并认为不要浪费才华是自己的责任。其实也并不复杂：他是对的，其他人都错了。还好，他很聪明地知道，如果自己总是对的话，那就不太可能受到所有总是错的人的青睐。他通常能够利用自己的人际交往能力、幽默感和谦逊的态度来应对任何达克效应类型的人，也就是那些无知而不自知的人。

人人都喜欢他。

要是他们再聪明点儿就好了……

现在雷诺兹弯着腰，眯着眼睛看着后视镜，他这辆福特福克斯没有贴警徽。酷热难当，雷诺兹也知道大多数警察都会穿衬衫，但母亲总是说穿衬衫的是在海边卖力气的工厂工人，所以他还是穿着一件轻薄的浅灰色西装，系着白条纹红丝绸领带，黑皮鞋如此闪亮，几乎可以申请专利了。

他对着镜子照了照脸，然后用两根手指稍稍拢了拢厚实的棕色头发。新的总督察今天到任，雷诺兹希望展现出自己的最好一面。

然后他走过街道，敲响了一幢带有半露台的房子的大门。等着开门的时候，他用指尖再次拢了拢头发，确保一切都完美。

一个穿着工装短裤和凉鞋的强壮红脸男子打开了门。

"你是帕斯莫尔先生？"

"你是雷诺兹警长。"

屋里一团糟。一台大电视面朝下地躺在地毯上，三个晒黑的孩子坐在沙发上盯着它，仿佛它随时可能恢复正常。

帕斯莫尔先生指着电视说："几乎是新的，几个月前刚买。我这里所有的收据都有，能够找到那些家伙就好了。"

"我相信会的！"雷诺兹说，尽管他严重怀疑是否能够找回任何一样物品，以便进行比对。他没有告诉帕斯莫尔先生，大多数盗窃案只是以最敷衍的方式进行调查。并不是没有人关心，只是没有人愿意花这么多的时间，还得在找到罪犯后为了挽回损失而不断扯皮。当然，他们会尽其所能，但更多的是对纳税人表现出一种意愿，而不是真正希望追查嫌犯或追回赃物。

偶尔会有人回到家发现一个瘾君子在客厅中间摇摇晃晃的，手里抱着个微波炉，他们会打电话报警。瘾君子会咳嗽着，承认犯下了其他 20 或 30 个可以考虑判刑的盗窃案。然后那些盗窃案将被标记为"已解决"，皆大欢喜。

其他人将只能得到一个报案号码提供给保险公司，然后自己购买新的东西。雷诺兹不喜欢这样，但生活就是如此。涉及入室盗窃案时，他觉得自己的真正作用就两点——录音以及安慰。而第三点作用——找回物品只会发生在电视剧中。即便如此，雷诺兹今天早上还是驱车从汤顿赶到蒂弗顿来调查这桩入室盗窃案。

"他们上楼了吗？"他试着问道。

帕斯莫尔先生还没回答，身后传来一个声音：

"变态。"

雷诺兹转过身。厨房门口站着一个女人，挡住了光，他猜是帕斯莫尔太太。一个高大的金发女郎，脸上有晒伤，但两眼周围一圈都是白的，显然在假期里一直戴着质量非常好的太阳镜，她看上去就像一只白熊猫一样。

“变态，”她又说道，“在我们的床上，真恶心。我们必须把床上用品、床垫统统丢掉。”

雷诺兹点点头，在本子上仔细写了下来。

金发姑娘？

“我能去看看吗？”

帕斯莫尔先生带他穿过前厅来到走廊。他一边走，一边愤怒地挥舞着手臂，砸在还放在楼梯底部的行李箱上，“谁会希望度完假回来是这副模样。”

“确实都不希望，”雷诺兹同情地说道，“买了保险吗？”

“买了，”男人皱起眉头，“但你知道那些浑蛋是什么样的，一直在找不付钱给你的借口。”

“嗯，你做得很好，没有去动任何东西，帕斯莫尔先生，这样方便我们调查。我会给你一个保险索赔的报案号。”

“谢谢。”帕斯莫尔点点头，火气没那么大了。

第二个作用已奏效，雷诺兹上楼去了。

在主卧室，他有了重大发现。床显然被睡过。羽绒被推到一边，所有的枕头都在地板上。雷诺兹掏出笔记本，带着一丝得意，在“金发姑娘”后面划掉了问号。

帕斯莫尔夫人的婚纱照——相比她现在的身材，照片中的她足足少了 40 磅，也白了三个色号——被砸碎在床头柜上。

“见鬼！”

雷诺兹对这声咒骂咧了咧嘴。他迅速跨到楼梯平台，靠在栏杆上，探头一看，走廊上一个身材矮胖的中年男子踢了一个孩子的粉红色行李箱一脚。

“对不起！”雷诺兹严厉地说道，“这是犯罪现场！”

男人瞪着他：“你是雷诺兹？”

“我是。”

“你就不知道把过道清理出来吗？我几乎把脖子撞断了！”

雷诺兹停顿了一下，然后警惕地问道：“马弗尔总督察？”

作为回答，那个男人怒瞪了他一眼：“尸体在哪儿？”

雷诺兹匆匆走下楼梯。“长官，”他哑着嗓子轻声提醒道，“前厅里还有孩子在。”

马弗尔降低了声音，“死孩子？”

“不，长官。”

“那你告诉我干什么？”马弗尔吼道，“该死的尸体在哪里？”

“没有尸体，长官。这是一桩入室盗窃。”

“什么？”马弗尔眨着眼看向他。

他比雷诺兹矮得多也胖得多，更不用说衣着不整了，但是他眼中的一些东西——一丝小猪般的狡猾让雷诺兹站在那里没动。

帕斯莫尔先生推开了通向前厅的门，雷诺兹立马跑过去，在马弗尔开口之前，先开了口。

“马弗尔总督察，这是帕斯莫尔先生。他和家人今天才从葡萄牙回来，发现房子有人进来过，丢了几件贵重物品，很多东西都被损坏了。”

帕斯莫尔先生让开了路，让马弗尔可以看到大电视。他跨过整个电视机将它举起，以便他们能够好好看看受损情况。

“看见了吗？”他说，“砸碎了。”

他让电视机再次掉到地毯上。

“那台电视机是坏的。”最小的那个孩子抱怨道——一个金发女孩，嘴唇有点儿起泡。

“对，”她父亲猛地说道，“有个坏……坏蛋进来打坏了它，砸烂了，我两个月前才买的。”

马弗尔没管他和电视机，而是对雷诺兹说：“我是破杀人案的。当我赶到犯罪现场时，我想着的是一个谋杀受害者，而不是一台破碎的电视机和地毯上的狗屎。”

他愤怒地走了出去。

帕斯莫尔先生脸上带着一丝不解和厌恶，转头看向雷诺兹。

雷诺兹稍稍清了清嗓子，“有个窃贼……”他匆匆地追在马弗尔后面说着。马弗尔此时已经过了一半马路，大步朝着车子走去，帕罗特警探双手插在口袋里，靠在车边。

“德文郡和康沃尔郡向我们寻求帮助，长官，”他对着马弗尔的背影喊道，然后瞥了一眼帕罗特，委婉地降低了声音，“这个罪犯他们抓了一年多还没抓到，他们不想显得……效率低下。”

“为什么？”马弗尔说道，“因为他们效率低下？你不能把破凶杀案的警察浪费在该死的破门而入案子上！”他挥手示意帕罗特到驾驶座上，自己打开副驾驶车门，点燃了一支烟。

“很对，长官，”雷诺兹说，“但是当我们没那么多的凶杀案可以去破时，大家还是要干活呀。”

马弗尔扭过头，眯着眼睛看向他：“你什么意思，没那么多凶杀案？”

雷诺兹微微耸了耸肩：“当然，我们有公平分配过来的案子，但有时会有……你懂的……一个平静期……”

“平静期？”

“是的，长官，”雷诺兹说，“平静期。”

马弗尔看起来完全被凶杀案有平静期的想法搞蒙了，在他努力想要搞明白时，雷诺兹又趁机施加了压力。

“这不是一起普通的入室盗窃案，长官。您肯定在报纸上看到过，记者们叫他‘金发姑娘’。”

“没听说过，”马弗尔说，“什么报纸？”

“《蒂弗顿报》，”帕罗特说道，“头版。”

“看在上帝的分上！”马弗尔叹道，前前后后看了看路，仿佛正在寻找能够与他分享这份轻蔑的人，但路上一个人都没有。

他叹了口气，捏了捏鼻子，压着嗓子骂了句“见鬼”，然后瞪了雷诺兹一眼，充满愤怒，但又无可奈何，以至于雷诺兹觉得他有义务让一让步。

“我明白这对您是大材小用，长官，”他安慰地说，“但我们都非常感激。”

马弗尔总督察脱下他的西装外套，揉成一团，扔进了车里。

“不要做马屁精，雷诺兹。”他一边说一边卷起衬衫袖子，踩灭了烟。

“遵命，长官。”雷诺兹说道，跟着他回到马路对面。

2

“给点儿钱吧，给点儿钱吧……”

那个流浪汉住的地方在几家商店之间的老石拱门下面，这个石拱门通往那家小小的蒂沃利电影院。

无论天气如何，他整天都在那里，坐在一张纸板上，头顶是本周好莱坞大片的海报，双腿裹在一个毛毛虫一样的蓝色睡袋里。

“给点儿钱吧……”

每当有脚从面前经过时，他都会重复说这些话。旁边是一个旧的装冰激凌的塑料盒子，用来装钱。杰克看到他把一些大额硬币拿出来，好让人们产生恻隐之心，给他更多的钱。

更多的意外之财。

“给点儿钱吧……”

人们走了过去。

“给点儿钱吧……”

杰克走了过去，一脚把盒子踢开，踢得那么用力，盒子重重地砸在拱门的墙壁上，硬币滚在人行道上叮当作响。那个流浪汉畏缩着，双肩缩成一团，一只手臂抬起护着脑袋。

“嘿！”有人喊道，“别待在这儿！”

一个穿着赶集时买的粗花呢布衣服的老农民。杰克没理睬他。

“去找份该死的工作！”他扭头摔出一句话，朝家走去。

从外面看，是看不出什么的——房子整洁而正常，和挤在热闹街道旁一排带露台的房子没什么两样。

门外的狭长草坪总是修剪得整整齐齐。修剪整齐的草坪是第一道防线，人们看到房子的外面收拾得整整齐齐，自然也会认为房子里面的一切都是整整齐齐的。

杰克从布伦德尔中学附近一个比自家整个房子都大的车库里搞到了割草机，然后推着它轰隆隆地沿着街道走回家。但找不到任何理由解释为什么有这个东西，或者他可能去哪里，因此，每次有车或有人靠近时，他就会松开割草机，若无其事地继续往前走。

“用那个割草机做什么啊，哥们儿？”

“不是我的，哥们儿。我过来的时候就在那里。”

但没有人阻止他。

没人阻止。

割草机是杰克偷来的最好的东西。

用同样的方法，他从家集市连锁店顺走了一升黑色有光漆，把前门刷了一遍。

他清洗了窗户。

除了路上的杂草。

修剪了草坪。

然后，就像施了魔法一样，人们似乎忘记了他们住在那里。

但在里面……

门开了一半就被卡住了，杰克不得不绕过去。

“该死。”

门后面是一堆报纸。堆不大，但那不是重点。走廊必须保持整洁。

必须！如果有人上门怎么办？虽然很少会有人来，但如果来了的话，一切都必须看起来——正常。

“乔伊！”他喊道，“乔伊！”

杰克愤怒地踢了一下那堆报纸，然后弯下腰，笨拙地抱起来——

就像抱梅丽那样——

走进客厅。

房子没人打理之后，整栋房屋就逐渐被报纸无情地掩埋了。

屋里全是报纸，每天的报纸。他的父亲开了个头堆起了报纸堆，他们之后也从未停止。几年来，报纸堆积如山，摇摇欲坠，无意中形成了一个通道，高度差不多到杰克头部的位置，宽度几乎刚够人走过。报纸遮住了真正的墙壁，挡住了窗户，吸饱了房顶灯泡发出的光，以至于这些光线从未找到过地板——所以在黑暗中老鼠和蜘蛛将它们的家安在了那里。

屋里一股霉馊味和老鼠的便溺味。杰克已经习惯了，除了在最温暖的夏日，室外的空气非常清新，突然来到室内会让他咳嗽不已时，他几乎没有注意到这些。

他已经断开了煤气炉，然后一夜之间它就不见了。房子里几乎看不到什么家具，虽然他知道家具还在那里，在报纸下面某个地方。现在客厅里唯一能坐的地方就是一个沙发垫子，梅丽和杰克轮流坐在那里，周围都是报纸，这样乔伊就没法挤过来占位置了。

杰克已经不记得他上一次看电视是什么时候了。

在楼上的房间，浴缸和他床上都铺满了报纸，堆得像山一样，而梅丽则睡在她用碎纸做成的窝里，活像一只仓鼠。

有时会出现一块神秘的空地，在窗前，或在楼梯的顶部，但似乎没有任何理由，一天或一周之后，空地就会缩小不见了，成为另一堵墙或通道，然后被托付给不确定的记忆。乔伊的房间里曾经有过一张蓝色地毯，他们曾经在那里玩纸牌，但即使是那里，也慢慢变成了一根报纸柱子。

杰克知道是乔伊干的，在他离家出走后晚上偷偷干的，把报纸墙壁和纸堆搬来挪去，以保持住家和家庭的一些概念。他们的母亲在报纸上，他们的父亲不会把报纸扔出去，所以乔伊也不会把它们丢掉。报纸越积越多。这些报纸每周要花他 40 英镑！杰克过去常常将这些报纸偷偷带出去丢在特易购超市外面的垃圾箱中，但有一次乔伊看到他这样做，在后面追着他跑了一条街，让他下不了台。

现在这些报纸之间的空间越来越窄，报纸墙壁越来越近，窗户透过来的光线也越来越暗。

他打开客厅的灯，但除了照亮了报纸堆上的头条新闻之外，和不开灯没什么区别。

他把那叠报纸堆放在齐头高的纸墙上，这堵纸墙包围着休息室，让里面不见天日。

“该死的走廊上还有报纸，乔伊。不要说我没有警告你。”

墙后面有非常微弱的声音，可能是一只老鼠。屋里有很多老鼠。杰克丢了些老鼠夹，有时晚上会听到被夹住的老鼠尖叫。

但那不是老鼠。

他侧身穿过走廊走向厨房，走向桌子——也是从这里，报纸开始汇聚成河，逐渐淹没整个房间，只留下嘎吱作响的桌子上的报纸堆和放水槽、冰箱、洗衣机和炊具的小房子之间形成的一道“峡谷”。当报纸开始蔓延到电炉上时，杰克趁着没有煮饭，从开关中取出了保险丝，这样就不会担心烧掉房子了。最后他也不知道保险丝丢到什么地方去了，就偷了一个微波炉来，现在就放在炉子上。

厨房里的报纸峡谷消失在半透明的后门处，整个房子似乎变成了一条昏暗的消化道。

梅丽已经清出了一条长凳的一头，腿上放着一个碗，她正吃着玉米片，脚光着，偶尔会踩到一只大乌龟的粗糙硬壳。

梅丽已经长成了一个大孩子，面无血色，两肋下陷，眼睛像杰克一样呈灰白色，头发颜色像烟雾似的。她穿着 Hello Kitty 睡衣，但睡衣就像她人一样已经褪色了，也小了两个尺码，她苍白的小腿像棍子一样露在外面。

“嗨。”她打了个招呼。

杰克没说什么。他把意大利面放在柜子里，苹果放在冰箱里，然后检查这堆报纸，看着日期。他找到了一堆想要的东西，盘腿坐在地板上，将第一张拉到膝盖上。

他在翻页，梅丽在吃她的玉米片。报纸边缘是脆的，发黄变色，每翻过一页听起来都像是小虫子的翅膀在炎热的夏日空气中扑扇而过……

小虫子。

小虫子。

他的耳边传来梅丽的勺子碰到碗的声音。

“你还能再闹一些吗？”

她什么都没说，只是叮叮敲着碗，直到吃完玉米片，然后又用碗喝了牛奶。桌子上已经没有地方可以放碗，到处都是报纸，几乎堆到了天花板上，她只好把它放在膝盖上，脚在杰克的手臂旁轻轻地摆动。

“你给我买了书吗？”

“我给你买了些衣服。”

梅丽叹了口气。她才五岁，但已经是一位叹息大师。

杰克皱着眉望着她，“怎么了？”

梅丽翻了个白眼。

“读一本其他的书。”

“我都读了。”

“再读一遍。”

“我全都再读了一遍，读了上万遍了。”

他知道，她的确读了。梅丽是看书狂人。曾经有个家庭教育检查员称赞她“有天赋”，对她赞不绝口，以至于他根本没去关注杰克的拼写或乔伊的糟糕数学。

杰克指着房间画了半个圈：“看这些报纸。”

梅丽扮了个鬼脸：“我一直在读它们。我想看一个真实的故事。”

“我明天会给你买一本书。”

“什么书？”

“我不知道。”

“你为什么不知道？”

“我就是不知道。”

“你能给我买本吸血鬼的书吗？”

“天哪，梅丽！我不知道！”

杰克的目光回到报纸堆中。他又回到了那些小虫子中间，回到了坚硬的路肩上，隔着鞋子他都可以感受到那股炙热……

“你在找什么？”

“找东西。”

“什么东西？”

“关于妈妈的。”

“那是什么？”

“你太小了，不记得了。”

梅丽皱起眉头，噘起嘴唇，然后用脚趾敲了一下乌龟说道：“唐纳德比任何人都大。它肯定记得。”

杰克哼了一下，然后又懊恼地嘟囔了一声。有人在这页上剪下了一篇报道，只剩下一个L形的洞。

他继续翻下一张报纸。

下一张。

再下一张。

剪掉的方形洞比有关他母亲的报道多得多。

“科伊尔夫人的房子里新来了一位老太太，”梅丽说，“她戴着眼镜，有一张旋转的长凳。”

杰克猛地看着她，“你和她说话了吗？”

“没有。”

“你知道该说什么。”

“我又不是傻瓜。”梅丽说。

杰克又翻了一页，看到了母亲的名字。

艾琳。

爸爸恳求准妈妈艾琳。

愤怒的余烬哧的一下又燃起来，在他内心猛然迸开。这些报纸总是称她为“准妈妈”。

但她早就是一个妈妈了。

所有人都忘记了他、乔伊和梅丽。

他扫了几眼这篇报道，都是些老生常谈。

有一张他母亲的照片，又小又模糊，金发，蓝眼睛，微笑着。

但只有她一个人。

杰克讨厌那张照片，但这似乎是唯一见过报的照片，尽管他还记得父亲将一大摞全家福照片交给了警方——那些他们再也见不到的照片。他们骑自行车、站在戏水池边、外出度假的照片，他现在都已不记得去了哪些地方了。

但是其中有一张是全家人都在一起……

身后是大海，北德文郡的风将他们的头发吹起，抚过眼睛——他们曾经在那里租了一间挂在悬崖上的鬼屋附近的破旧小屋……

有一段时间，照片是粘在冰箱上的，后来被换成了燃气账单，或者学校报告，或者乔伊画的猫的图片之类的东西。

现在那张照片不见了，他希望能找到它。他记得有张报纸就用过那张照片，而不是这张令人讨厌的只有他母亲的小照片……

梅丽将瘦骨嶙峋的胳膊肘放在他的肩膀上，他躲了一下。

“我记得妈妈。”

“不，你记不得。”他将她的手挪开。

“我记得，”她坚持道，“她看起来就像那样。”

“什么？又小又模糊？”

“是的。”梅丽挑衅地说道。

杰克没理她。梅丽已经不记得母亲的样子了，至少不像他那样记得。乔伊或许记得吧，虽然她有点儿疯狂，很难知道她脑子里还剩下什么。

报道用的另一张照片中，他的父亲坐在长桌和麦克风后面。

哭着，当然。

他愤怒地放下报纸，又将另一张拉到腿上。

梅丽把小脚放在他背上，扭动着脚趾。“我给你按摩。”

他翻着报纸。

小虫子。

小虫子。

“我长大后，要当按摩师。”

杰克没说什么。过了会儿，梅丽愤然滑下长凳，站到一堆报纸上面，这样就能在水槽中洗碗和勺子，然后放在另一堆报纸上晾干。

当她将前额压在后门上时，厨房里的微弱光线变得更暗了。

“我可以出去吗？”

小虫子。

“杰克？”

“什么？”

“我可以去花园吗？”

“几点了？”

梅丽眯着眼看了看手表。那是一款旧的儿童款天美时手表，红色代表的是已经过了整点多少，蓝色代表的是还差多少分钟到整点。

“10 点过 20。”

“那么，不行……”

“为什么？”

“你知道为什么。”

梅丽哈了口气，在玻璃上写自己的名字。

“好吧，我该怎么办？”

沉默。

“我该怎么办？”

“你可以让一让，不要挡住那该死的光。”

梅丽一边侧身一边说道：“别发脾气！”她多半是在某本书中学到的这个说法，而这显然让她很开心，因为从那以后她一直都这样说。

“我要去撬锁。”她宣布道，把一根小手指插入空的钥匙孔，摇得把手叮当作响。杰克抬头看着她，这样的威胁让她立刻松开手，仿佛它很烫似的，然后从门边走过来，挨着他再次坐下来。

她从一堆报纸中随便抽了一张出来。

“‘虾人’是‘死亡天使’，”她大声朗读，“什么是‘虾人’？像渔夫一样吗？”

“水手。”杰克应道，站了起来。

“一个水手？”

“是他的名字。他是个医生，杀了一群老人。”

“为什么？”

“发疯了呗，我猜。”

梅丽研究着这个留着胡子、戴着眼镜、穿着拉链开衫的男人的照片。

“他看起来并不疯狂。”她说。

“没人看起来是疯子。”杰克说。

“那你怎么能分辨出来？”

“分不出。”他说。

漫长而令人困扰的沉默。

“但你可以一眼就看出吸血鬼来，”梅丽终于说道，“因为牙齿。”

“是的，”杰克耸耸肩，“但只有在他们微笑的时候。”

3

“你怎么了？”

运河边的长凳上，滑头路易斯·布里奇正在刮腿毛。

杰克摇着婴儿车，愤怒地眯着眼睛看着太阳。

“没什么。”

“那拉长个脸干吗？”路易斯说着，刀顺着胫骨继续刮。

滑头路易斯身上没毛。如果刮不掉，他就拔，当着众人面，丝毫不觉羞耻。他头上有一撮黑色的短发，脸上没有眉毛或看得见的胡楂儿，他总是随身带着一把粉红色的小镊子，就像其他年轻人随身携带现金和安全套一样。

即使在深冬，他也穿着工装短裤，露出膝盖，而双手也没闲着，长长的手指在自己的身体上不断调整，沿着他的眉毛、下巴、肩膀、手臂、大腿、膝盖、胫骨，然后回到脸上，在一条无意识的回路中跑来跑去。

检查有没有毛楂儿。

如果找到一根，他立马就会拔掉——随时随地，拔的时候话不会说错，步伐也不会乱。

“管你的，你要多少？”

“150？”

路易斯从牙齿缝倒吸了一口气，就像一个手艺糟糕的管道工面对一个坏掉的锅炉那样。

杰克对此熟视无睹。150 是个公平的价格，路易斯是个公平的家伙。他并不担心。

蒂弗顿不是什么大都市，但也足够大到维持一个小偷和窃贼的圈子，以及两个全职销赃的家伙——路易斯·布里奇，还有他不相往来的父亲布里奇先生。

虽然路易斯只有 23 岁，但在两年前，就在他母亲锒铛入狱后，他就继承了这门家族生意。

布里奇之家

那是木料场外的标志。他手下所有男孩看见都会笑起来，但是“布里奇之家”是合法的，并且能够赚到钱，如果一个人足够小心的话，这些钱也不足以让人产生怀疑。路易斯·布里奇非常非常小心。在他以前还干入室盗窃勾当的时候，他曾进过一次监狱，发誓以后永远不要再进局子。“你知道这是什么吗？”他会拍拍自己的鼻子说，“英国西部最干净的鼻子。”

事实并非如此。

路易斯在五个兄弟姐妹中排行不是老大，但他的鼻子无疑是最弯的。以鼻子弯曲程度来排的话，应该是路易斯、肖恩、塔米、维克多和卡尔文。路易斯机智犀利，野心勃勃，他的母亲让他负责过两次销赃行动，因为维克多太懒、塔米太疯狂，而肖恩又太喜欢海洛因了。

路易斯的孪生兄弟卡尔文是这个家庭的小绵羊。19 岁时，他离家出走，当上了警察。当然，这让他们之间的关系变得很尴尬，但路易斯仍然爱着他的兄弟，两个人彼此都对另一个人的职业选择睁一只眼闭一只眼，而每年他们都会一起去埃克斯穆尔露营。

但是，布里奇先生并不会因此就与卡尔文讲话。他早就不和卡尔文说话了，认为卡尔文背叛了这个家庭——尽管他自己在子女还小的时候就抛弃了他们所有人，和另一个女人生活在了一起。

布里奇家族到处都是荒诞的原则和不断变化的联盟。

婴儿微微动了几下，好像他可能会醒过来，杰克又摇了摇婴儿车。

孩子不是他的，是路易斯的。

名字叫巴兹，巴兹斯特，又叫“巴兹侠”或者“巴兹连体睡衣”。

路易斯手下的所有男孩都得轮流照看巴兹。如果你还没有准备好做这种事，你就还没准备好与路易斯做生意。

杰克不介意。巴兹不惹人烦，只要记得不要在他周围骂骂咧咧就行了。他大部分时间都待在婴儿车里，如果没在车里，路易斯会在他的小牛仔裤的腰带上夹上一条可伸缩的狗绳，这样一来，照看小巴兹就同放一只胖乎乎的风筝没什么不同——他去拿橙汁的话就慢慢放绳，在他要栽在水里或者踩上狗屎时就猛地一拉。

路易斯的女友洛兰有一份正经工作，既然路易斯整天都在家里或木料场里，那为什么还要支付日托费用呢？

所以杰克现在摇晃着童车。

他喜欢在运河边。这里河水平静，也没有什么异味，偶尔一只翠鸟在水面上掠过，就像一块光亮的鹅卵石。

对面的纤道上，一匹花斑马拖着一条运河船缓缓前行，船速极慢，河水好像是在围着向它弯腰，而不是在周围荡起涟漪，船过之后，留下了一个又一个驼背，而不是一圈接一圈的波纹。这匹马叫作“钻石”，那个和它并肩走着的人是斯坦。

他们认识斯坦，但他没有向他们问候致意。

怕有人可能会看见。

“165。”路易斯说。

“什么？”杰克心不在焉，没有听见。

“那就 170，”路易斯说着，拔下膝盖上一根淡粉色的毛，“也就对你是这个数。”

杰克笑了起来，握手成交。

路易斯没有给他钱，杰克也没有给他东西。这不是路易斯的工作方式。他从来不去碰那些货物，身上也不会携带超过几镑的钱。他们分开后，他会慢慢走开，让手下的一个男孩把钱放在一个地方，杰克拿到钱，然后把东西放在同一个地方。

然后在回来的路上，斯坦会去拿到那东西——那匹叫“钻石”的马和他一起——把它带到另一个地方给路易斯。

不是他家，也不是木料场。

杰克从不问在哪里。那是路易斯的事，不是他的事。

都是出于信任。

杰克看着路易斯剃毛。刀刃像火花爆开一样离开他的腿后，那些毛发已然短得都无法弯下去了。

“真锋利。”杰克说。

路易斯在阳光下耍着刀，刀刃闪闪发光。“杰伊·费希尔做的刀，”他说，“我最骄傲的藏品——除了巴兹斯特之外，当然，花了一大笔钱，但它会永远保持锋利。”

然后刀又回到他的胫骨上……

他在这方面的痴迷让人觉得实在奇怪，人们在街上看见他都会用异样的目光上下打量一番，杰克并不在乎他有多奇怪。

因为滑头路易斯·布里奇救过他的命……

在他母亲离开他们两年后的一天早上，父亲去商店买牛奶，就再也没回来。

他们等牛奶等了一个星期。

没有人想着他们。母亲去世后，他们再也没去过学校，就像他们的父亲再也没去上班一样。父亲阿瑟·布赖特称之为“家庭教育”，但那不过是在九点到三点之间不看电视的夸夸其谈罢了。

尽管周围几个邻居在他们母亲去世后的那段时间非常热心，但两年后，他们都回到了自己的生活，处理自己的麻烦。毕竟，孩子们的父亲还在，在当今时代，这比许多人都要幸运得多。

又走到了那个路肩上，还是那句话："杰克要负责。"但这一次他不知所措，不知道是该待在家里还是出去寻求帮助。

首先仍然是不要让梅丽继续哭了……

他告诉她，他们在进行实验，头两天，好像还很有趣，梅丽用粗笔在乌龟唐纳德的壳上涂涂画画；而杰克则向她大声朗读有关越战的故事；乔伊一直是最认真的学生，打开了代数课本，但却一直盯着门，狠狠咬着笔，连墨漏出来沾在嘴巴上都不知道。

杰克用自己攒下的零用钱去买食物，然后用乔伊的，但钱都不多。到了第四天，他不停地在房子里找来找去，找钱，找线索，乔伊坐在沙发上哭了起来。

"社会福利部门会把我们带走的。"

"他很快就会回来。"杰克坚持道。

"我们要进托管所，"乔伊哭了，"然后我们都会被收养的！"

"闭嘴！"杰克嘶声吼道，"梅丽会听到的。"

"什么是收养？"梅丽问。

第五天电停了，第六天食物吃光了。他们饿着肚子上床睡觉，饿着肚子醒来，乔伊还在哭，然后梅丽开始哭，杰克手足无措。

隔壁的科伊尔夫人可能会借给他十镑钱，但既然乔伊提到了收养，杰克不希望任何人知道他们的父亲没有回家，以防真的被收养。他们唯一认识的亲戚是在爱尔兰的比尔舅舅，可他们都同意宁愿生活在一个"盒子"里，也不要和尤娜舅妈生活在一起——连梅丽都这样说，尽管她从未见过舅妈。

第七天，突然响起了敲门声，乔伊嘶声喊道："社会福利！"他们三人爬到客厅窗户下，蜷缩在已经沿着墙堆成了好几堆的报纸后面。乔伊用手指捏住梅丽的嘴唇，梅丽把她的手打开，大声低语："我没说话！"

他们没有应门，几分钟后，他们头上的小窗户发出嘎嘎的刮擦声，然后不知怎么就打开了——令他们惊讶万分，一个没有眉毛的年轻人从打开的缝里慢慢爬了进来。当他发现三个受惊的孩子正抬头看着他，他停在那里，身子蜷缩挂在半空，双腿还在房子外面。

"啊哈！"他打了个招呼，他们都笑了起来。

在放手下来后的几分钟内，路易斯·布里奇首先去了前厅，没去管电表，而是打开了灯。

然后他离开了，带着芝士汉堡回来。

在他们把肚子塞得圆鼓鼓的当儿，滑头路易斯已经用一双窃贼的眼睛搜索了整个房子，在他们父亲衣柜里的网球鞋里找到了一个信封，里面装着 300 英镑现金，还找到了一个文件夹，里面有家庭账单和银行对账单。他花了一个小时来弄清楚每月需要支付的费用，并为杰克列出了一份清单。

"我们已经把电搞定了，"他说道，好像杰克也参与到这一机灵的行动中了，"你觉得你可以搞定剩下的事情吗？"

"不，"杰克直截了当地告诉他，"我才 13 岁。"

"那又怎样？"

"就是我该干什么？"

路易斯上下打量了他一会儿，然后说道："很多。"

就是从那时候，他开始教杰克如何溜进房子而不会被人送进监狱。

首先是基础知识：瘦身，戴上手套，先找准出口，并随时准备好谎言和微笑。然后教会了他破门而入的细节：锁头、铰链、锁扣、防水板，塑料的还是木窗子，飞利浦式还是威卢克斯斜顶天窗；要带哪些工具才不会临时抓瞎；搜索的最佳顺序；什么能卖，什么卖不出价钱；谁能信任（他），谁不能信任（其他人），以及有关刑法的基础知识。

“我兄弟是警察，”他一次自豪地说，“我知道这行当的所有技巧。”

杰克从一开始就表现得非常出色。窃贼不是他曾经想要的工作，但他认真对待，就像他签下了某支英超球队一样。他身材矮小、结实，偷的都是让自己保持这种状态的合适食物——水果、蔬菜、糙米和鸡肉。他偷了有关营养学的书，如果有机会，还偷些有机食品。他减肥健身，勤奋地拉伸，直到他可以用鼻子触到膝盖，用脚跟触到后脑勺。

他偷了很多东西，换成钱以备不时之需，在他房间的衣柜顶有一个秘密袋子，里面装有近 2000 英镑。

对杰克来说，这就像变魔术一样，好像变出了钱一样。

还有食物、衣服和书籍……

他知道这是不对的，但是他的愤怒又让他感觉很公平。

杰克从来没有问过路易斯为什么决定帮助他们，而不是骗光他们的钱，他有的只是感激不尽。所以，在他不信任任何人的生活中，杰克选择了信任滑头路易斯·布里奇——这个小偷、销赃犯……

和撒谎精。

“嘿，路易斯，”他试探道，“你曾经在房子里找到过什么非法的东西吗？”

“你找到了什么？”

“没有，我只是问问。你会去找警察吗？”

“不！”路易斯非常震惊，他停止了刮毛，“没有！哎呀！我的意思是，如果是娈童的东西，我会带几个兄弟去搞清楚，你知道吗？但是警察？门都没有。我唯一一次进去就是因为他们。我是第一次被控成年盗窃，所以我试图和他们交易，给他们一些好的东西，真正好吃的东西。他们接了，晚上就吃了……然后呢，把我当饭后甜点吃了，这些贪婪的杂碎！我在里面待了四个月。相信我，那些警察总能找到你的。”

他看着杰克，直到杰克点头表示理解了警察的性质。

然后他接着说：“你如果对什么有担心，把它给我，懂吗？我来处理。但是看在上帝的分上，不要去惹警察！”

路易斯专注地看着他，杰克慢慢点头，然后站起来伸伸腰。

“好吧，”杰克说，“我得去家集市了。你自己摇巴兹好吗？”

“不，他需要跑一会儿，否则他会整夜都不睡，洛兰会杀了我的。”

路易斯站起来，将困倦的小孩从童车上抱起来：“好了吗，巴兹兄弟？你怎么样？”

巴兹皱了一下脸，把头放在父亲的肩膀上。路易斯轻轻拍着他的背，系上了狗绳，然后从儿子牛仔裤的小口袋里拿出一张折好的纸递给杰克。

“肖恩说他们在泰国要待到星期六。”

“太好了。”

路易斯把巴兹放在地上。小男孩揉了揉眼睛，打了个哈欠，然后直直地走向运河。

杰克走后，路易斯熟练地扯了下狗绳，让巴兹减速，又牵着他跑了个弧形，就像钓上一条枪鱼似的。

4

家集市里什么都卖，但它最大的卖点是混乱。

对一个小乡镇来说，家集市的货架摆放——砂锅、文具、给羊吃的除虫剂等并没有什么不合常理之处，但是顾客多半得是蒂弗顿本地人才能够在其随机的库存和奇怪的布局中找到自己想要的商品，而这一切都是多年来超市慢慢兼并周围商店造成的。一进店门，地板陡然上升，延伸到 50 码以外的商店后面，沿着街道的方向横向分岔出去，通到其他商店的门窗后面，就像一棵又大又壮的杜鹃树。

门铃声在杰克身后响起，他挤进地毯堆成的小山，爬过贺卡、煎锅、棋盘游戏、灯罩、魔杖、保暖袜、垃圾箱，一直爬到商店靠后面的位置，在那里地板和天花板几乎都要碰在一起了，身材高大的常客会知道避免撞头，而游客在这里多半会撞一下头，然后无奈地笑笑，因为这也是商店魅力的一部分。

在那里——比街道整整高 20 英尺，在一墙壁安静的钟下面——杰克拿起一盒乳胶手套，然后转身往下去到收银台。

有几条路线可以从那里下去，他选了条不同的路线。

缝纫线、假花、车用油、冰袋，他加快速度，飞速地经过这些东西……

就在头饰品前面，他停了下来，有些喘气。

然后他稍微后退到那座“山”上，看着一个装满相框的架子，每个相框里面都有同样的虚假家庭在玻璃后面愉快地微笑着：一个女孩、一个男孩和一个沙滩球。

总是沙滩球。

杰克眯着眼睛看着这排相框。

他拿起两个比较了一下，放回去了一个。

他只付了手套的钱。

然后他走向“大忙人”邮亭取消了订的报纸。多兰先生——一个非常郁闷的卖报人差点儿哭了。

在他很少使用的卧室里，杰克穿过堆叠的报纸，越过铺满报纸的床，走到窗前。

他从口袋里拿出偷来的相框，仔细研究起来。

两个孩子和沙滩球与他自己阴郁的环境形成鲜明对比。他们太干净了，甚至连指甲都干干净净。他们的头发洗过，牙齿洁白整齐。他想象着他们的卧室——到处都是玩具、书籍，床上干干净净，家里充满温暖、光明和爱。

杰克把图片从框架中取下来，揉皱丢到地板上。

然后他把空相框摆在窗台上。

不知何故，看着它放在那里，静静等着装上照片，给了他可以找到那张照片补上它的希望。

尽管他知道这很幼稚，但他觉得有了这点儿希望会更好。

希望很难得到，甚至获得一点点希望都要走很长的路……

看到科伊尔夫人花园中有人，他立刻从窗边往后退了一步。

在她去世前一年，科伊尔夫人坐在轮椅上，很少出门。她听不见了，脾气暴躁，没兴趣与任何人或任何事打交道。

杰克喜欢她，帮她买过东西、修剪过草坪，总是以“我父亲叫我来的”

为幌子以避免怀疑。

但现在来了新邻居，梅丽说过的。她就在那里，身形瘦削，站得笔直，戴着一顶草帽，一只手拿着泥铲，另一只手提着一个黑桶，但穿着打扮明显不是来干园艺的，她穿着淡粉色衬衫、白色长裤和凉鞋。

她拿着铲子什么都没做，只是走到斑驳的草坪中心，缓缓地绕了个圈，审视自己的新领域，打量周围环境。

当她的目光转向他这边时，杰克从窗边又向后退了一步，躲在阴影中，让人看不见。

但是老太太仰着脸看着，好像知道他在那里似的。

杰克内心有一丝不安。

即使从这里看过去，这位新邻居看上去都是喜欢管闲事的。

5

该是睡觉的时间了，亚当在后门唤着猫咪。

“奇——普斯！奇——普斯！快来，奇普斯！”

凯瑟琳在那里偷笑。奇普斯总是让亚当低三下四。

她不一样。她一叫，猫就过来，要不然就把它锁在外面过夜。就这么简单。奇普斯深知这一点，所以总是像毛茸茸的白色箭头一样从花园中箭射而出。但它会让亚当缠着它的小爪子，直到这个人被彻底羞辱之后才会进来——吹口哨，说好话，像巴瑞·曼尼洛[1]摇晃沙球那样摇晃

[1] 巴瑞·曼尼洛（Barry Manilow），美国创作歌手、音乐家、编曲家、唱片制作人、指挥家。

猫砂盒子。

电话响了。

“我去接。”她说道，试了两次才让自己从沙发上起身。

“会是谁呢？”她问肚子里的宝宝，而宝宝显然是不知道的。

“你好？”

电话线那头沉默着。

“你好？”她又说。

“奇普斯！快来吧，我的好奇普斯！”

电话那头还是没有声音。

凯瑟琳第三次张开嘴说“你好”，然后慢慢地闭上嘴。那沉默太深沉太阴暗，不可能是电话出了故障。

有人在那里，只是没说话。

那天晚上刀子给她带来的恐惧，就像缓缓流淌的石油一样，顺着她的后颈慢慢往下滴，逐渐将她全身包裹起来。

有人在电话那头微微地喘着气。

也可能是她自己的呼吸声。

好像是从很远很远的地方传来了亚当摇晃盒子的声音，那节奏仿佛他是在巴西的科帕卡巴纳海滩上跳着桑巴舞似的。

“你想要干什么？”凯瑟琳低声问。没有听到回答，她立刻又说了一遍，还是一样的慌张：“你想要干什么？”

那头是微微的吸气声。

还是没有说话。只有她耳边的无尽深渊。

“你想要干什么？”这次她的声音很低，她甚至不确定自己是否发出了声音。

长长的沉默。这个人挂了电话吗？突然电话那头传来一声低语，就像她刚才一样小声，仿佛他也不想被人听到。

“我本可以杀了你。”

凯瑟琳的脸僵住了，她突然感觉不到自己的嘴。

声音中没有任何威胁，就是对事实的陈述，不多也不少。但是她的腿软得像果冻，她只能用一只手撑住墙稳住自己。

最终，沉默变成了嘟嘟的空号声，凯瑟琳知道他已经走了。

慢慢地，她放下电话。

在她身后，亚当问道:“谁呀？”

她没有转身:“什么？”

“谁的电话？”

“哦，”她说，“打错了。”

她转过身来。亚当把猫抱在怀里，到处是毛，自鸣得意。

“希望他们道歉了，”他说，“都 11 点了。”

“是的，”她停下来说道，“她说她很抱歉。”

亚当对着她皱起眉头。“你还好吗，凯瑟琳？”他说，“你看起来脸色不大好。”

她给了他一个疲惫的笑容:“可能是起得太快了。”

亚当将奇普斯从手臂上放回到地板上，轻轻地将凯瑟琳带回沙发，跪在她面前的地毯上，一脸焦虑地望着她的脸:“想喝点儿水吗，还是茶？我现在去泡。”

她点点头:“好的，亲爱的，茶可以。”

她想让他去厨房，去任何地方，这样她就不必假装，不必骗他。

但他留了下来。“你确定没问题吗？”他说，“我现在打电话给医院。去拿包？”

从她怀孕第四个月起，包就装得满满的，放在前门旁边。那时候她还可以穿 12 号牛仔裤，想到有朝一日自己会需要这个包就觉得很神奇。但现在她每天都查看一遍，确保它仍在那里。有时会往里添点儿东西，或者用更好的东西把旧的换出来。

“和宝宝没关系，”她想让他放心，“我觉得，刚刚接电话时起得太快了，有点儿晕。”

她朝他微笑，摩挲着他的手：“亲爱的，我想喝杯茶。”

他棕色的眼睛盯着她的眼睛，所以她闭上了眼，小心翼翼地靠在靠垫上。

亚当又拿了一个，轻轻地垫到她背后。

“好些了吗？”他问。

“谢谢！”她说。

他吻了她的前额，然后吻了她的肚子。

凯瑟琳眨了眨眼睛表示谢意，有时他让她感觉自己像一个公主、一个情人和一个备受珍爱的孩子。

而她在骗他！

好像听到了她的想法似的，他认真地看着她：“如果有什么不对的，你会告诉我的，对吧，凯瑟琳？”

她不假思索地点点头：“当然！”

但她不会。

因为如果告诉他有关电话的事情，那就必须告诉他有关入室盗窃的事情，那他不仅会对开窗和瑞典花瓶生气，也会因为她之前什么都没有说而感到受伤，感到气愤。

所以……她没有告诉他关于窃贼、刀子或纸条的事情，现在也没有告诉他有关电话的事。

凯瑟琳热切地希望自己没有什么瞒着亚当的，但是既然已经开始沿着这条路走了下去，她知道就不是那么容易回头了。

她觉得好像在欺骗他。

“我爱你。”他说，话就像飞镖一样扎在她的心上。

有那么一会儿，她让他紧紧拥着她，尽管她想独自一人。

6

梅丽看了看自己的红蓝色小手表。三点半的时候，她从钩子上取下后门钥匙，抱着唐纳德冲到花园里。

当阳光照到她皮肤上时，她快活地颤抖着，把唐纳德放在草坪上，自己一头扎进温暖的草地，仿佛潜入深绿色的水池。

她平趴着，捧着脸，在她呼吸进绿色、土壤和草根的味道时，小草也扎着她的眼睑和鼻子。

然后，慢慢地，她侧身躺着，这样就可以倾听花园里的声音了。

茎秆在她脸颊下弯曲折断，发出窃窃私语，还有头发在耳朵上擦来擦去的声音。但是如果保持不动，平静呼吸，就可以听到头下的整个世界有甲虫和虫子发出的微小声音，还有，她想象着，蚯蚓穿过土壤的声音，或者土壤滑过蚯蚓的声音。

除了唐纳德之外，她最喜欢蠕虫。杰克用鞋盒给她做了一个蠕虫“旅馆”，在上面用刀切出来小小的门窗，还有拉上来的百叶窗，盒子里填了一半的土壤，这样梅丽可以直接观察蠕虫，不会被草挡住。她通常会抓住它们在“旅馆”里住上几天，然后让它们退房，送回花园中它们原本的地方，而新的客人将很快抵达。

在一个黑色的大笔记本上，她仔细记录着客人抵达和离开的时间，并给它们起了像“史莱克”“瑞格斯”“机灵鬼”“长脚怪”这样的名字。她很确定“长脚怪”是一名常客，尽管杰克说这不太可能。

梅丽闭上眼睛，伸出双臂趴在草丛中，仿佛拥抱着整个星球。她用一只耳朵听着蠕虫和甲虫的声音，而另一只则听着鸟儿的轻柔啁啾声，还有大黄蜂像在乡下小路来来往往一样的嗡嗡声。

这时她听到一阵压在嗓子里的缓缓咳嗽声，然后是咔嗒声和叮当声。

短暂的安静片刻之后，又传来声音：噗噗、咔嗒、丁零当啷。

梅丽抬起头看向篱笆那边。隔壁有人准备开动割草机。

她站起来，小心翼翼地站在阳畦的砖块上，这样她就可以双臂撑在篱笆上挂在那里。

新邻居在那里。一位老太太，穿着不合时宜的浅色长裤和印花衬衫。

“您好。”

老太太抬起头，但是看向的是另外一个方向，所以梅丽挥了挥手，叫道：“在这里。”

“哦，”老太太说，“你好。”

“我叫梅丽。”梅丽说。

“哦，”老太太说，“很好。”

“您叫什么名字？”

“哦，”她又说了一遍，“你叫梅丽吗？”

“是的，”梅丽答道，“我给你说过的。”

“好吧！”老太太说，然后没有说什么，好像不知道有什么可说的。

最后她说：“梅丽是个好听的名字。”

“是吗？”梅丽问道。她从未想过这个问题，大家一直都是这样叫她，就像她的手指或脚趾一样已经是她的一部分。它们不漂亮也不丑陋，只是手指和脚趾。

“您叫什么名字？”梅丽又问了一遍。

“雷诺兹太太。”

“呃。”梅丽说。雷诺兹太太不是一个漂亮的或丑陋的名字，所以现在换她对这名字无话可说了。

雷诺兹太太把启动器装到割草机上，但发出来的声音听起来不像是机器启动了。梅丽知道这点，因为每次杰克为她启动割草机时，那声音又快又响亮，让她不由自主捂住耳朵，而雷诺兹太太的割草机听起来气喘吁吁、病恹恹的。

“我们有一台好的割草机。”她说。

雷诺兹太太没说什么，只是再拉了绳子。噗噗、咔嗒、丁零当啷。

“我会剪草坪，”梅丽接着说，“但是必须让我哥哥为我开动割草机。”

“非常好。”雷诺兹太太说，好像这有什么问题。

“你一个人住在这里吗？”

“是的。”噗噗、咔嗒、丁零当啷。

“我和哥哥姐姐，还有爸爸住在一起。但爸爸的工作很忙，他在一个石油钻井平台上工作。”

“哦，是吗？”雷诺兹太太说着，拧开割草机上的盖子往里面看了几眼，梅丽感觉她并没有真正倾听。

“是的，”梅丽继续说，“所以大多数情况下，只有我们三个。”

“这很好，”雷诺兹太太说，“里面有汽油，还有油。不知道出了什么问题。”

梅丽想，杰克会知道出了什么问题，杰克会在一瞬间修好它。她很想把杰克当作割草机修理工介绍出去，但如果她这么做的话，他会很生气。杰克不喜欢与邻居打交道，害怕他们登门拜访，所以梅丽没有再说割草机。有些话她可以说，但不能跑题。

“我在家接受教育。”她说道。

“现在吗？”雷诺兹太太这回听清楚了。她猛地抬起头，视线从割草机上转向挂在篱笆上的梅丽。

“如果你父亲不在家，谁在家给你上课？”

“我哥哥姐姐，”梅丽说，“我读过很多书。”

“哦，是吗？”雷诺兹太太怀疑地说，“你最喜欢看什么书？”

“吸血鬼。”

“吸血鬼？”

“是的，”梅丽点点头，“我非常了解他们。他们吸血，但只有你邀请他们才会。”

看着雷诺兹太太皱起眉头，梅丽解释说：“他们不能随便进来。这会违反规则。”

“好吧！”老太太坚定地说。她手背在身后，放在窄小的臀部上，瞪着割草机，然后回头看向梅丽，“你哥哥和姐姐多大了？”

“20岁，”梅丽说，“19岁。”

“哦，”雷诺兹太太说，“那很年轻。”

“对我来说不年轻了，”梅丽耸耸肩，然后她说，“你还有孩子吗？”

“还有？”

“对啊，因为你已经这么老了。”

“我才63岁，”雷诺兹太太生硬地说，“你多大了？”

“快六岁，”梅丽说，“所以你有吗？还有孩子吗？”

“我有个儿子。”

“也许他可以帮你修剪草坪。”

雷诺兹太太叹了口气，说道：“也许他可以。”然后将割草机推回花园里的工棚，用挂锁锁上，把钥匙放在天井上一个罐子下面。

“这里没人偷东西。”梅丽说。

“话可不能这么说，”雷诺兹太太说，她挺直身，“那么，除了吸血鬼还看什么？”

“很多。”梅丽说。

“比如说？”雷诺兹太太问。

“嗯……新闻，”梅丽说，“我知道所有的新闻。”

“真的吗？”

话里似乎有某些东西让梅丽觉得雷诺兹太太认为她在说谎，所以她揉了揉鼻子，抓了抓脑袋想想她在报纸上都读到了什么。

“世界上最后一只小沙发死了。”

“什么是小沙发？”雷诺兹太太问。

“一种绵羊。”

雷诺兹太太皱起眉头，然后说：“你的意思是一只野山羊[1]。”

“是的，一只野山羊。”梅丽说。

“那是一种山羊。”雷诺兹太太说。

“这没关系，”梅丽耸耸肩，“因为一棵树砸在了它的头上。”

“是吗？”雷诺兹太太怀疑地说。

“是的，在俄罗斯的海底沉没了一艘潜艇[2]，他们没逃出来，都死了。”

“一艘潜艇？”雷诺兹太太问。

“是的，”梅丽眼带挑衅，继续说道，“我知道关于希普曼的一切。他杀死了很多人，但只杀那些老人。”

雷诺兹夫人噘起嘴唇，似乎要说什么，然后好像又改变了主意：“你是不是不该像那样挂在篱笆上？”

梅丽以前从未想过这件事，但现在她低头看看篱笆，再看看自己和努力在阳畦的砖墙上保持平衡的脚，一切看起来都不错啊。

“我想没问题。”她点点头。

雷诺兹太太手又背在身后，好像生气了。

---

[1] 这里是因为梅丽误将“野山羊（ibex）”的发音读为“小沙发（ibuk）”。

[2] 这里雷诺兹太太表示疑问是因为梅丽不认识“潜艇”这个单词，发错了音。

“好吧，只要你不会弄破它。”她说着，进了屋，关上了后门，连“再见”也没说。

梅丽不知道自己怎么会弄破篱笆。多么愚蠢的说法。那可是篱笆！

她在那里待了一会儿，盯着隔壁花园的丛生杂草，然后小心翼翼地爬下来，以免踩到阳畦的玻璃盖上。里面种着西红柿、生菜和葱，给它们浇水是她的工作，她一天都没有忘记过，因为就算不是晴天，阳畦里面也很热。而她之所以知道，是因为杰克曾经让她躺在里面，然后关上盖子，所以她知道植物需要多少水。

现在，她打开盖子取出一个甜美的小樱桃番茄，丢进嘴里，用她洁白的小牙齿将它咬开。

她被允许这样生吃，因为“沙拉对你有好处”。

她给乔伊也带了一颗。

7

星期五晚上，凯瑟琳的意大利调味饭大获好评。她站在那里，在珍妮特和罗德吃的时候负责搅拌添饭，而珍妮特不停地吃，好像她烧烤了一只独角兽似的。

“你必须把食谱给我！”她说了三遍，“真是太好吃了。”

“就只是米饭，费点儿力气罢了。”凯瑟琳第一次听到时笑了笑。

第二次时她就只笑了笑；第三次就置之不理，而珍妮特也没有再说，虽然她确实搞不懂调味饭和西班牙海鲜饭之间有什么区别，对此大家都是一头雾水。他们花了很长时间才搞清楚里面有没有“鱼肉”的问题。

聊天聊得很尴尬。凯瑟琳很喜欢在房地产中介公司的工作。她一直很擅长和人打交道，也喜欢办公室里大家相互开玩笑，但是现在听到珍妮特谈起这些，却感觉毫无意义。珍妮特说的越多，爆出的料越少，听起来就越发老套。

“所以我对贝文先生说，花园里如果有那个池塘的话，房子他们永远都卖不掉！那是让一家人住的地方！有个池塘的话，那就像一面红旗上面加上了锦鲤！”

珍妮特得意扬扬，但只有凯瑟琳努力微笑表示同意，不过是为了不让罗德说话。

罗德个头中等，小眼睛，面容呆板，说不上丑，但是随着时间流逝，凯瑟琳越来越觉得他无趣了。

她以前只和他见过一次面，并且时间很短，但他一进门就亲吻了她的脸颊，然后揉了揉她的肚子，好像她是一只幸运兔脚！

“恭喜。”他说着，尽管祝福晚了七个月。

凯瑟琳挤出一个笑容，不动声色地避开了他的手，想着在晚上剩下的时间里都要离他远一点儿。

但即使敬而远之，她也不喜欢他。他向亚当大肆吹嘘着汽车，冒出一些专业词汇，却只暴露了他在这方面的无知；他给大家讲了自己工作中遇到的几个白痴，这些人他们既不认识也不在乎，然后因为他们无法提起兴趣分享他的厌恶而感觉受到冒犯。他从来没有尝过这种调味饭，一直要求凯瑟琳讲讲自己的秘密原料，然后试图将“秘密原料”变成一个和怀孕有关的笑话，每次说到这儿，他都要眨眨眼或轻推下别人的胳膊，也不管连应付的笑声都没有。

到了八点半，他已经成了个惹人厌的“大象人”[1]，凯瑟琳已经等不及想让他们离开了。

谈话中的裂痕越来越大，珍妮特试图弥补，结果只是变得越来越绝望，而除了说“请递一下盐”之外，亚当也没有做出任何表示。他偶尔透过门缝瞥一眼电视，有次上厕所用了很长时间，凯瑟琳知道他在厕所里面看书……

凯瑟琳一开始也试图活跃下气氛，但是当她内心被一个更加黑暗的真相占据时，就完全不想费心让那些空洞的对话像球一样在空中被推来挡去，你来我往。

如果她开口的话，就会忍不住把一切都说出来。一切都会倾泻而出。

“你们说的这些我都不在乎！有个人闯进了我们家！他威胁要杀了我！”

一想到晚餐聚会努力保持的表面礼貌会在一瞬间四分五裂，就让她傻笑不已。

“再来点儿葡萄酒吗？”亚当问，她立马给了他一个眼神，示意他不要问，然后意识到珍妮特也发现了这个小动作。

凯瑟琳脸红了。

“你还好吗，凯瑟琳？”珍妮特一脸同情地偏着头问道。

凯瑟琳明白这里面的潜台词——

---

[1] 象人（Elephant Man），是一位身体严重畸形的英国人，本名叫约瑟夫·凯里·梅里克，其身体畸形酷似大象而被人称为“象人”，后据其真实病历创作出小说《象人》和电影。

“你为什么要装出一副痛苦的婊子样？如果你不想我们在这儿，那请我们干吗？”

“对不起，珍妮特，”她说道，“我一直都在期待着今晚，但我太累了。小宝宝，你知道的！”

没有人可以和宝宝争辩。

“当然，”珍妮特笑了，“还在那里一直搅。”

她的意思是，还在那里一直说谎。

他们喝完咖啡后径直离开了，凯瑟琳在门口拥抱了珍妮特，因为她确实感觉很过意不去，尽管还不够糟糕到要恳求他们留下来。

亚当关上门后，凯瑟琳不禁呻吟了一声。

“感谢上帝！”

他拍了拍她的背。

“我很抱歉，”她靠在他胸前说，“我只是没有准备好。可怜的珍妮特，我明天打电话给她道歉。现在我只想洗一个热水澡，然后睡觉。”

他又拍了拍她的背，但没有说什么。凯瑟琳抬头看着他：“你还好吗？”

“还好。”他说。

她从他怀里挣出来一点儿：“怎么了？”

亚当耸了耸肩：“那个罗德是个蠢货，不是吗？”

“绝对的蠢货，”她同意道，又把脸贴在他胸前，“我甚至可以说他对汽车一点儿都不了解！”

“他还摸你肚子。”

“我知道，”凯瑟琳说，“这真的不合适。”

“我不喜欢他。”亚当说。

“我也不喜欢，”她说，“但是珍妮特从来没有谈恋爱超过一年的，所以他的日子也差不多了。”

“很好，”他说，“希望我们再也不用见到他了。”

凯瑟琳笑着离开了亚当的怀抱，准备上楼。

还没走出三步，就听到了敲门声。

是罗德。他的车胎漏气了。

唉！

罗德回来打电话给道路救援，而凯瑟琳走出去安慰珍妮特，并看看轮胎的情况。

在温暖的夏夜，她和珍妮特并肩站在丰田车旁边。

“真要命。”凯瑟琳说。

“罗德才换的新轮胎，”珍妮特说，“我会告诉他退回去，要给卖轮胎的人好看。”

她们都盯着门口，看罗德是否回来了。

还没有。

一阵沉默。

凯瑟琳不想邀请他们回到房子里再待半个晚上，她现在是如此急切地想泡个热水澡。

“你和罗德在一起好像很开心。”

“到目前为止都还好，”珍妮特点点头，手指交叉，“我只能说，他今晚有点儿紧张。他对汽车其实不怎么了解！”

她们都笑了。

“但他对我很好，”珍妮特说，“这是一个很好的改变。”

“那太棒了。”

“是的，确实如此。”

“你知道他是做什么的吗？”

“不清楚！”珍妮特说。

凯瑟琳笑了起来，她作为主人整晚表现得如此糟糕，在这一刻终于能够和珍妮特有了共鸣，让她高兴了不少。

“我会把那个意大利调味饭的食谱送给你。”

“哦，请务必给我。饭真是太棒了。要让罗德吃任何没有油炸的东西实在是太难了。”

凯瑟琳终于不再犹豫。

“为什么我们不进屋里面等呢？”

“你确定吗？”珍妮特问道。

“当然。”

他们顺着停车道往屋子走去，珍妮特突然说道：“不好，你被警察贴条了吗？”她伸手越过豌豆绿沃尔沃的发动机罩，拿起雨刮器下夹着的一张纸，就着橙色的街灯展开一看，然后皱起了眉头。

“是什么？”

“很奇怪。”珍妮特把纸条递给她，凯瑟琳看到那熟悉的潦草字迹，心猛地往下一坠。

报警！

第三章
SNAP

不要在整条河边撒鱼饵

1

雷诺兹警长有点儿不喜欢约翰·马弗尔。

雷诺兹不是一个喜欢评头论足的人，所以他在第一次见到马弗尔时采取了疑罪从无的态度，毕竟，这位总督察初来乍到，刚刚还在一个粉红色的行李箱上跌了一跤。

事情肯定不会那么顺利。

但一个星期后，情况依旧没有好转。

雷诺兹的感觉很清楚，他们之间的相处只会变得更加崎岖不平。

一开始，马弗尔看起来很可怕：体型肥胖，蓬头垢面，耳朵向着不同的角度突出，尽管穿着西装，但看起来那西装并不是量身定做的，不大合身，鼻子里还有鼻毛，仅此一点就足以让雷诺兹不寒而栗。他坚定地认为对一个文明人来说，毛发唯一应该出现的位置就是头上。他自己有一个博朗除毛器，每天早上他都会强迫地用它在鼻腔周围绕上几圈。但马弗尔的鼻毛很多，有时他用拇指和食指掏掏鼻子——在和人说话的时候，似乎怀疑有什么东西从鼻孔跑出来了。

马弗尔浑身上下都是烟味，酒也喝得厉害。不管裤子是什么颜色，他永远穿一双磨破的棕色皮鞋，还有一条领带，看上去不仅是最近任何时候都没有干洗过，更好像从马弗尔第一次将它套在他那高低不平的头上后就没有解开过。

雷诺兹几乎无法直视那肮脏的领带结。

当马弗尔用手擤鼻子时，他禁不住抖了一下。

“醒醒，雷诺兹！”

雷诺兹脸红了，伊丽莎白·赖斯向他眨了眨眼睛。

雷诺兹也不确定自己是否喜欢她。赖斯很漂亮，但一点儿都没淑女的样子。他曾经看到她无缘无故地跑过一个停车场。

而且警员不应该向警长眨眼，除非是在执行任务。

他叹了口气。没有上下级边界了，什么都讲平等，大家都是直呼其名。

所以雷诺兹当没有看见赖斯眨眼，转过脸去。

这是为她好。

马弗尔在地板上铺开了一大张地图。

他们身处蒂弗顿北边一栋小房子空荡荡的前厅中——与马弗尔自己租的房子没什么两样。

他们俯身在地图上，在上面用签字笔标记出数十个红点。

“这些点代表着‘金发姑娘’作案的地方，”马弗尔说，“大多数都在这个地区，所以这就是我们设置陷阱的地方。”

“什么陷阱？”帕罗特问。

马弗尔像房地产经纪人一样用一只胳膊对着房间画了一个圈：“欢迎来到捕获屋！”

“什么？”赖斯问道。

马弗尔咧嘴笑了笑：“这就是我们要抓住‘金发姑娘’的地方。”

“怎么抓？”帕罗特又问。

马弗尔停了一下，以便取得更加戏剧性的效果。

“给他一切他想要的东西！”

他的团队茫然地看着他。

好吧，不是他的团队，而是强加给他的团队。如果他能够选择，他首先就不会选雷诺兹，还有他那铿亮的皮鞋和红色丝绸领带。

他也不会选赖斯警员。马弗尔并不赞成警队里有女性。他曾经在行动中见过一位女的好手，但很确定她是个同性恋。赖斯太年轻、太漂亮，只会让人分散注意力，当然不是分散他的——他已经发誓不去惹女人了，而是团队其他成员的注意力。

地图是由托比·帕罗特制作的，就是第一天去接他的那位警察，而马弗尔后来才知道，帕罗特已经接手“金发姑娘”案将近一年了。他之前是德文郡和康沃尔郡警队之间的桥梁，现在是埃文郡和萨默塞特郡警队之间的纽带。帕罗特一看就不是能鼓动人心的人。他坐在嘎吱作响的椅子上，双手夹在膝盖之间，瘦削的肩膀缩作一团，就像第一次参加嗜酒者互诫会的人的样子。

马弗尔叹了口气。“金发姑娘”团队，没一个有用。

“来吧，”他说，“这个浑蛋牵着警察鼻子跑了太久了！我不想把生命浪费在一个狡猾的小贼身上，我还有杀人凶手要抓，所以把你们的手指伸出来告诉我他到底想要什么！”

当然，他没有什么杀人凶手要抓，但是这个无关真相，只是来激励士气。

“晚上睡觉的床？”赖斯小心翼翼地说道。

“所以叫‘金发姑娘’。”雷诺兹助阵道，被马弗尔狠狠瞪了一眼。

“那是他进去以后，”马弗尔说，“我们知道他喜欢手表、手机、相机、珠宝，都是小巧、轻便、价值高的东西，但我需要知道是什么让‘金发姑娘’选择这个房子，而不是隔壁的房子。”

“独立式住宅。”帕罗特说。

“很好。”马弗尔说。

“但是帕斯莫尔一家的房子带着露台。”雷诺兹说。

“那不是‘金发姑娘’干的。”马弗尔说。

雷诺兹看起来很吃惊：“在床上睡觉、食物被盗、电视砸烂、全家福照片被撕碎，全都是‘金发姑娘’的标志。”

“不，不是。”马弗尔以一种不容置疑的语气说道。

“我告诉你们，”他接着说，“这个浑蛋想要的是私密。一个无名地段的独立式住宅，浴室窗户小，位置高，可以从厨房屋顶轻松进入，后花园有树木遮盖。所有这些犯罪现场都有这些共同点，而这栋房子也具备了所有这些特点。

“现在我们要做的就是把它装扮起来，让它看起来像是有人住过的。我们用他喜欢的所有小东西把房子填满，然后等着他找来。”

“然后他进来偷走所有的东西。”帕罗特皱起眉头，似乎马弗尔在他自己的计划中忽视了这个关键缺陷。

“这就是重点，”马弗尔说道，“因为那时候……他会触发一个无声警报器和隐藏的闭路电视摄像机，这些我们都要安装，所以我们就能把他当场抓住，让他的光辉形象在彩色影像中记录下来，他将很快认罪，上帝知道他身上还犯有多少其他罪行，就这么简单。”

雷诺兹、赖斯和帕罗特环顾空荡荡的房间。

“这是可行的。”雷诺兹说。

“它确实有效！”马弗尔斩钉截铁地说道，“以前我们就这么干过。”

他以前没这样干过，但他听说过。

“很好，”赖斯说，“我们什么时候开始？”

“你和雷诺兹现在就开始。”

“我和雷诺兹警长？”她惊讶地说道。

“雷诺兹警长和你。”雷诺兹纠正她，大家都茫然地看着他。

马弗尔再次开口：“你们俩要在这里过家家，让它看起来像真的一样。可以从埃克塞特的仓库里拿些东西来摆放，不一定要花哨，但要是真的。然后你们接下来一周左右的时间都住在这里，和邻居聊天，在当地酒吧喝酒，来来往往，然后你们就离开，”马弗尔用双手比画了一个引号，“去度假，我们等着‘金发姑娘’来拜访。”

他搓着手，看起来对自己非常满意。

雷诺兹说：“嗯。”

马弗尔转向他：“有什么不对劲吗，雷诺兹？”

雷诺兹看起来很不舒服：“长官，只是我知道赖斯警员有一个……伙伴…… 我不希望有任何……尴尬……”

马弗尔哼了一声，赖斯摆了摆手，不在意地说：“哦，埃里克不会介意的。”

“不要慌，雷诺兹，”马弗尔眨了眨眼，“你又不会搞她。”

托比·帕罗特笑了，但赖斯说：“这可能是一个愚蠢的问题，长官——”

“那就不用问了。”马弗尔卷起地图，表明谈话结束了。

“好吧，我还是会问的。”赖斯耸耸肩，马弗尔想着，她很麻烦。

“‘金发姑娘’怎么摸到这栋捕获屋里来？”

“那是我的事。”他厉声说道，赖斯点点头，没多说。

马弗尔一路心烦意乱地回到汤顿。

该死的女人！他想着，总是问问题！

但这是一个很好的问题，而且他没有答案。

然而。

在他记忆中模糊而遥远的那个康沃尔假期里，马弗尔去钓过鱼。

这是那个假期中他唯一心怀欣喜愿意记起的一部分。他和父亲、兄弟一起。他记得站在当地一家渔具商店“垂钓者”的阴暗角落，老老实实不去碰那满满一屋子的钓竿、成排的伪装色防水衣，以及整墙平铺的小塑料袋，里面装着奇奇怪怪的各种制品：明亮的小珠子和羽毛、银色假鱼、小的铅球和大的铅坠子、荧光色蜈蚣、上千种滚珠轴承、环结和钩子以及许许多多宝蓝色的钓丝，搞清楚这些到底做什么用比弄明白生命的意义还麻烦。

在一个破旧的冷冻柜上，有一串鱼饵，和十岁的他的手臂一样长。

还在位于伦敦南部的家中时，他想象中的钓鱼就是把蠕虫和一块石头绑在一起扔下去，但那天在“垂钓者”里，他大开眼界，看到了钓鱼背后的云谲波诡，店员一直在询问他父亲要去哪里钓鱼、钓什么鱼、这些小男孩抛鱼线能抛多远……

“不要在整条河边撒鱼饵，明白吗？”“垂钓者”店员最后带着老烟鬼的嘎嘎笑声总结道。尽管他当时并不理解这句话，但这句话却像英国西南部的喉音一样，深深地进入了马弗尔的脑袋。

它现在回到了他的身边。

“不要在整条河边撒鱼饵。”

马弗尔确信捕获屋是正确的鱼饵。

但是如果他们想钓到大鱼，他们就必须把鱼饵撒在正确的地方。

2

杰克低头看着从信封上撕下的纸片，检查着上面的名字和地址。

托尼和萨拉·戈麦斯。

上面有一个他之前见过的葡萄酒俱乐部的标志，见过不止一次。葡萄酒俱乐部、P&O 游轮、博登童装的标志、任意数量的马匹目录，这些里面卖的东西，他都买不起。

但他知道那些买得起的人。

至少，知道他们的房子在哪里……

杰克敲了敲门。

当然没人应门，因为葡萄酒俱乐部的两个人现在都在泰国，但是他已经做好了因为找错房子而感到困惑，然后道歉的准备。

“呀，对不起，哥们儿！这些房子看上去太像了！”

但没人应门，杰克也没再敲。他瞥了一眼周围，然后大胆地沿着房子的一侧走进后花园，套上他的乳胶手套。

这是唯一要冒险的时刻。如果有邻居看见他并且走过来，既然他已经放弃了走前门，现在说找错了门似乎就有点儿说不过去了。

尽管如此，他还准备好了一个谎言：“托尼的儿子借了我的自行车，我过来从棚子里推出来。”

杰克希望没有人会怀疑，因为他本质上不是骗子。当然，他本质上也不是一个小偷，但是他很瘦小、匀称，习惯孤注一掷，这样说来入室盗窃也就成了一个行得通的职业。然而，他没有滑头路易斯那样能说会道的天赋，如果不用说话，他甚至都不愿开口。

他走到房子一侧，知道浴室在延伸出来的厨房上方，到屋顶只有一个缓坡。这些新房子都很相似，杰克对此了如指掌。他喜欢猜测接下来会发生什么。浴室窗户经常是打开的，如果没打开，也并不意味着他进不去，只是需要更长的时间。

但是更长的时间就意味着更大的风险，所以他喜欢窗户是打开的。

窗户是开着的……

没有人相信有人可以穿过一个如此小而且如此之高的窗户。

他们想不到，这就是他能登堂入室的关键。

后花园里也有莱兰柏树，这也是意外之喜。即使在光天化日之下，厚厚的绿色树叶也让人几乎无法从周围的房子窥探到他，更何况现在是晚上。

雨水槽也很棒。

就像任何一个称职的窃贼一样，杰克的眼睛会自然地打量任何房子的墙壁，查找排水沟和排水管，几乎是一瞬间就大概估计出住宅的大小。

这条排水管贴着厨房和浴室竖立着。一旦他上到厨房屋顶，杰克只需要沿着排水管向上爬几英尺，倾斜身体就可以将窗户拉开。从那里开始，进行一次伸展、一个短暂的悬挂、一个蠕动，他就进去了。

从离开地面算起，整个过程花了不到 30 秒钟时间。

要是有人看见了，那只能是运气不好。如果是被任何准备逮住他的人看到，那就只有更倒霉了。

杰克像一位俄罗斯体操运动员那样跨过窗台，跳过浴缸，完美地落在浴室脚垫上——可以打十分。他深吸一口气，让屋子的气味进入自己身体，一直蔓延到指尖。

赖特牌手工皂放在柑橘味洁厕得的上面，闻起来像柑橘林里起了大火。

杰克喜欢这些房子的味道，有些是化学品的气味，有些是空气清新剂和假花洗衣粉的味道，但杰克更喜欢闻有家庭气息的房子——浴室里有洗发水，卧室铺有干净的床单，厨房里有食物。即使是杂物间的泥浆、洗衣篮里的袜子，都让他想起自己家以前是什么样子……

以前。

他们的房子曾经也闻得到这些味道。他很确定，不然他怎么会辨认出在曾经偷窃过的那些房子里闻到的香气。有一次他嗅到一瓶西瓜洗发水的味道，是以前他们还是孩子时用过的，他摇了摇，小心翼翼地把它塞进背包里，那小心的样子就好像他在蒂弗顿的房屋里发现了图坦卡蒙陵墓一样。回到家后，他就着水盆用它洗了头，因为浴缸里总是装着报纸，他将洗发水藏在花园里，这样其他人就不会找到，也就无法用了。

当然，梅丽找到了，在挖蚯蚓的时候。她什么都没说，但他甚至都不需要靠近闻那股味道就知道发生了什么——她的头发是那么闪亮。她想跑上楼去，但能跑到哪儿去呢？他在婴儿房的一个盒子“峡谷”里抓住了她，然后因为她拿了不属于她的东西而扇了她一巴掌。

“我讨厌你！”当他风一样冲下楼去的时候，她靠着栏杆对他喊道，把一堆堆报纸踢下来，掉到他脚前，差点儿让他摔倒，“我讨厌你，希望你被卡车压死！”

她当时哭了，他感觉很糟糕，但如果纵容她这次的话，会让她用掉自己的洗发水……

杰克做了晚饭。他仔细地从装满罐头和小盒子的冰箱和橱柜里选择了几样，有一些放在后门旁边摆好准备带回家——干豆、燕麦、沙拉。冰柜里冻着一只散养鸡。冰箱里有啤酒，但他从不喝酒。他害怕喝酒，害怕喝醉了自己会从窗户或什么东西上摔下去。

现在梅丽和乔伊在干吗呢？他做了一个蔬菜煎蛋卷，然后从冰箱里拿出一小块蛋糕。杰克很少吃甜食，因为吃得太快而感到有点儿头晕。

他把脚放在咖啡桌上，看着电视，没有换频道。当你找不到自己的电视时，随便什么频道都很好看。

他一直看，直到从打盹儿中猛地惊醒，然后把空荡荡的蛋糕盒和勺子丢到地毯上，上楼去了。

冲洗干净后，他又泡起了澡，只是为了好玩，为了浮在水上像飞翔一样的感觉，热水漫过耳朵，让他从澡盆底部浮起来，水开始漫过澡盆边缘，涌向地板。

任凭水流。

他洗了头发，冲洗干净后又洗了一遍，头发在指尖下揉得嘎吱作响，只是为了感觉指间的泡沫。

浴室里有四条蓬松的大毛巾，他全都用了一遍。

在主卧室他找到了吹风机。吹干头发后，他站在房间中央，赤身裸体，又用吹风机吹干自己全身湿润的皮肤。现在是他的时间，享受着温暖的气流在身边流动的感觉，脚踩在一整块方形大地毯上，脚下是柔软干净的羊毛，他看向房间的另一边。

整个空间。

他穿上衣服，感觉更暖和了。

儿童房的门上用彩色拼图拼着孩子们的名字：丹和莎罗娜。

莎罗娜的房间是一个叫作“调皮蛋”的男孩乐队的圣殿，名字分别是兰斯、埃德、斯科蒂和“最强”米克。杰克觉得他们看上去一点儿都不调皮捣蛋，自己都可以给他们一人一拳砸在脸上，把他们打翻在地。他将海报从墙上撕下来，一条一条，亮闪闪的。

丹的房间里有一张赛车形状的床。杰克一直想买一张赛车床。他把背包放在地板上，锤子放在床头柜上，没脱衣服也没脱鞋子就躺了上去，为了便于快速逃离。

但这床不像他想象得那么有趣。他一躺上去，就觉得和其他床没什么两样。但不管怎样，羽绒被是新的，上面是变形金刚的图案，而松软枕头上是擎天柱的图案，头刚好枕在汽车人的胸口上。

杰克闭上眼睛，小心翼翼地滑进黑暗之中。

而就在要睡着的当口，当一切都再好不过的时候，他看到了一根细线。

3

周末过后，亚当又离开了，这次是去康沃尔郡。

他以前也因为工作到处奔走，却从未困扰过凯瑟琳。每次离开三四天，向农庄和马场销售马饲料，而她在这里过着自己的生活，期待着欢迎他回家。夜间打电话聊天，收到他寄来的那些有趣的明信片，就足以让人感到两个人是联系在一起的，是安全的。

现在这种感觉不再有了。既然知道这种安全感是多么虚假，所以一想到亚当将离开，想到他离开后的漫漫长夜，她就觉得摇摇晃晃。

万一再来一个电话呢?

再看到一条留言……

甚至找上门……

“我会想你的。”她在车道上说。

“我也会想你的，”他一边把行李放在副驾驶座上一边说道，“一直都想。”

“在海边玩高兴点儿。”

“我会给你寄明信片的。”

“不准是带色情的。”她说。

“你真破坏气氛，”他皱着眉，然后笑着紧紧拥着她，尽量不影响到肚里的胎儿，问道，“你会照顾好自己吗？”

“当然。”她说，因为说其他还有什么意义呢？他只会更担心她，但还是要去上班。

“照顾好我们的宝宝。”

内疚刺痛了凯瑟琳。他是不是知道了什么？她几乎可以听到他的下一句话：“因为你没有下一次。”

她告诉自己，你是在疑神疑鬼，他不知道，因为你并没有告诉他。

“我会的，”她认真地说，“对我来说没什么比这更重要了，亚当。”

“我知道，”他说，“你确定你没事吧？”

她努力微笑：“我会想你的，就是这样。宝宝很快就要诞生了，我只是，你知道……”

“歇斯底里？”他提醒道。

“好吧，”她耸耸肩，“我毕竟是个女人。”

“那倒是。”他明智地点点头，两人都笑了。

“说真的，凯瑟琳，”他说，“我讨厌现在离开你。你知道你可以随时打电话给我，任何事情，我会直接跳上面包车回家来。马上就回来，不管在哪里！”

“我知道。”她说，脸因羞愧而发烫。

亚当再次吻了她，坐进面包车里，副驾驶座位上放着“红绸马”牌马饲料，慢慢开走了。凯瑟琳站在路边挥手，看着车转过弯后再也看不见。她一下子感到孤独，觉得更冷了，好像明亮的朝阳已经躲到了云层之后。

她抱着肩膀，看着路的尽头。

没什么在动。没有人出来倒垃圾，或者哄着孩子去上学。

她快步回到屋里，但屋里感觉不像以前一样安全，关上前门时，凯瑟琳不知道自己是把危险关在了外面，还是关在了里面。

和她一起……

她在门口站了一会儿，听着房子变得愈发安静。

她觉得该烤一个蛋糕来吃！

她好几年没有烤过什么东西了，但香蕉蛋糕的温暖和香味正是她现在所需要的，能让自己感到舒适安全。

她每走一步都和宝宝聊天，每过一分钟都感觉更加正常，半小时后，她自己身上、厨房里，到处都粘上了面粉，但烤箱里却烤出一块蛋糕，还有一种成就感。

然后，她看见了没有放入蛋糕的香蕉。

“该死！”

怀孕怀傻了。

她不知道该笑还是该哭。

“都怪你！”她骂着自己肚子，然后猛地抬起头来。

花园里有什么东西引起了她一些注意。篱笆上有什么东西？他们的花园并不大，但周围的围栏很高大——六英尺长的木板，外面是手帕大小的一块公共用地，长满了树木，遮蔽着边界。

她看到了什么？她不确定。也许是一只大鸟？

不，比鸟大多了！凯瑟琳打开后门，缓缓走过仍然沾着露珠的草坪。

天空晴朗无云，今天天气会很好，甚至割草机的声音也只是丰富夏日的体验，而不会破坏它的平和。

她走到篱笆前，太高了，她看不到外面。有些地方，邻居家的松树紧紧挨着篱笆，将重叠的板条分开了一点儿。

她沿着篱笆走，踩过灌木丛，用手指轻轻压住没有修剪的松树枝叶，然后笨拙地弯下腰，把眼睛凑到一个节孔前。

只能看到树枝。

她又走了三四英尺，凑到两块木板的缝隙前。

透过缝隙，可以看到旁边的街道，对面是一片受到精心照料的草坪。草坪中间停着一台割草机——没动，但是仍在运行，本该推着它的那个人不知道在哪里。

凯瑟琳皱起眉头，然后猜想他是不是在附近哪里方便方便。

她看到了什么？一个男人的脑门正移向邻居家的松树丛，在寻找一个私密的地方。

而她在这里，窥探着他。

她挺直腰，忍住不笑出声来。

她真傻。如果有人真的打算杀了你，她很确定他们不会先打电话给你，或者留下相应的便条！他们只会……嗯……杀了你。

她快步穿过花园走回屋子，故意不看身后。她才不会这样做呢，她已经做出了自己的选择，而她的选择就是相信窃贼在虚张声势。他一直试图吓唬她，但凯瑟琳拒绝害怕，因为这意味着他会赢。

篱笆上可能是一只猫。奇普斯是这个王国无精打采的守护者，那些更强硬的猫经过时经常会停下来嘲笑它。

她紧紧关上后门，盯着花园——那里没有人。

从来没有。

凯瑟琳额头靠在玻璃上，安慰地摸着肚子："我们把他赶出去了，不是吗，克伦普林？我们把他赶出去了。"

她对自己的愚蠢微微一笑。

现在，她在做什么呢？

哦，是的——烘烤搞得乱糟糟的，也许还有时间将香蕉放到蛋糕里……

凯瑟琳转身看向烤箱，愣住了。

烤箱打开着，饼模倒扣在地板瓷砖上。

面糊溅得到处都是。

4

雷诺兹警长非常期待看到马弗尔。

他在捕获屋里干了一件大事，非常期待从马弗尔那里得到一句"干得好，雷诺兹"，哪怕他会说得非常生硬。

伊丽莎白·赖斯和他一起去过警局库房，结果在挑选赃物的时候表现出惨不忍睹的品位，她找到厨房里用的开瓶器、一些全家福照片，还自己从家里带了一台 PlayStation 游戏机。

而他呢，以他一贯的天赋在就像阿拉丁故事里的洞穴一样的赃物仓库里寻找合适的物品，那里没多少家具，所以除了床之外，他还随便挑了些中世纪风格的柚木家具、带天鹅绒和羊毛的扶手椅，看上去颇为搞笑。仓库里还有几十幅版画、绘画，大大小小的灯具，质量参差不齐的饰品，所以他没有管这些。但是说到小玩意儿，他找到了能找到的所有高端货色，都是夜贼的最爱——苹果笔记本电脑、数码相机、索尼电视以及经典的 B&O 立体声音响。如果没有找到失主，仓库里的所有东西都会拍卖，所以雷诺兹登记的时候特别注明自己将竞标那台 B&O 音响。

他还找到了窗帘，绿色天鹅绒的，全衬里，虽然这样一来窗帘会变得很重。他站在凳子上去挂窗帘时，凳子一直在摇摇晃晃。

花园里放有一辆山地自行车和一个滑板，那是马蒂的，这个脸上长着雀斑的儿子是从赖斯的妹妹那里“借来”的。书架上摆着几张马蒂的照片，还有一张赖斯穿着珊瑚色比基尼在海滩酒吧的照片。

她的小腹很平坦。

雷诺兹身上很难找到轻松随意的味道。他能找到的最不那么正式的照片，还是几年前他穿着宽松的灰色短裤，在湖区徒步旅行时照的。照片里，一轮水汪汪的太阳正从一个个水坑里弹射而出。

“好腿，格伦！”赖斯笑了，雷诺兹的脸一下子就白了。

他是格伦，她是米歇尔。这是赖斯给他们选的秘密名字，为了打掩护，马弗尔命令他们，在任务期间不得以级别相称。

雷诺兹认为这是一个很大的错误。

不过，他睡主卧室，而赖斯则在马蒂不会在那里睡觉的房间里摆了一张单人床，所以他希望这也暗示了一种“长官”的地位。

然而，他们不得不共用浴室，赖斯已经嘲笑过他的洗浴用品了，称之为“大批用品”。

她带了一把牙刷。

只带了一把牙刷。

“你带牙膏了吗？”她问道，确认他有牙膏后，她说：“哦，很好。我猜你就会带。”

他就当没听见。

赖斯从马弗尔那里连哄带骗搞到了200英镑的额外费用，他们去了家集市一趟。雷诺兹花了很多钱买那些让房子成为家的带有个人风格的装饰品——蜡烛、花瓶、相框和其他各种各样的小玩意儿。他从家里带来了一块旧手表——一块指针已经不走的宝路华，甚至还有几十本书。这些不是诱饵，而只是作为与开瓶器和PlayStation游戏机相对的文化品位展示。他精心挑选了一番，希望给赖斯留下深刻印象，但却白费心思。她知道普希金，仅仅是因为“他也制作伏特加”！

雷诺兹像一座孤岛一样叹息一声。

尽管赖斯什么都不知道，但他对结果还是很满意的。

电话、照片、相机、游戏机、冰箱里的食物、舒适的床……“金发姑娘”会喜欢的。

如果他摸到这儿来的话。

如果他摸了过来，他们肯定会抓住他。

在他和赖斯甚至都还没有从“蒂弗租车”租来的卡车上下来之前，警察局的技术人员已经在这里安装好了摄像头和无声警报器——在门上、角落里和门槛上。

“不要去动那些摄像头，”技术人员告诉他们，“一英寸都不要动。”

雷诺兹听到这番话，噘起嘴唇，心想这番话没必要讲。

他差点儿就搞坏其中一个摄像头，只差一点点，但他不会去动它们的。他是规则制定者，不是规则破坏者。

凳子倾斜了，他紧紧抓住墙壁寻求支撑，感觉到心都快跳到嗓子眼了。

“还好吧？”赖斯瞥了一眼说，然后回头看着电视，她正在玩《侠盗猎车手》游戏。除了与邮递员调情那会儿没玩之外，他们从埃克塞特回来后，她就一直在玩这个游戏。

“我不知道为什么要安窗帘，”她说，“我们不就是要让窗子开着吗？”

“晚餐吃什么？”他问。

“晚饭？”赖斯皱着眉头盯着电视屏幕，仿佛她从未听过这个词。

“是的。我认为我在做这所有工作的时候，你可以去弄点儿吃的。”他尖锐地说道。

“哦，你是说下午茶，”她说道，“我觉得我们可以去买麦当劳。”

“我不吃麦当劳。”他说。

“什么？”她怀疑地说，“人人都吃麦当劳！”

他纠正她道：“我想你会发现并不是人人都吃。”

这就像和孩子说话一样。而且，就像一个孩子一样，赖斯没有努力做好自己分内的事情。他好心想提醒她，但他发现如果没有明显的等级关系来做缓冲的话，做到这点很难。

不过，他一定会让马弗尔知道。雷诺兹不是一个马屁精，但是让你的上级知道谁是团队中有价值的成员，而谁是在得过且过，这并没有错。

“这里有香甜粟米片，”赖斯说，靠在不知道是谁家被盗的沙发上一会儿东一会儿西，好像正在开着车乱撞行人，“我只买了早餐。我以为我们会出去吃，因为我们要试着让别人来偷啊——啊，该死！”

电视里传来刺耳的刹车声、撞车的声音、飞起来的邮箱碰撞的声音，赖斯懊恼地扔下了游戏操控器，起身走到雷诺兹旁边看他挂窗帘。

当她拿起绿色窗帘厚厚的褶皱时，他以为她终于来帮忙了，但她却将窗帘紧紧地裹在他的腿和肩上。

雷诺兹僵住了。他们现在用天鹅绒绑在一起，她的手臂贴着他的臀部，很温暖。

“你干什么——”

赖斯笑嘻嘻地举起相机，拍了两张照片。

雷诺兹在闪光中抖了一下。

“我们需要一张照片，”她说，“这样看起来更真实。”

“是的，”雷诺兹说，“好主意。”

当马弗尔拿着六包装的吉尼斯黑啤推开门开走进来时，赖斯把自己从窗帘上解了下来。

“乔迁礼物，”他说，“希望你有一个开瓶器。”

赖斯走去厨房，马弗尔坐下来，拍着腿上的吉尼斯啤酒，就像在拍京巴狗一样。

“来点儿吉尼斯，雷诺兹？”

“不，谢谢你，先生。我不怎么喝黑啤。”

“没想到。”马弗尔说。

马弗尔四下打量着房间，雷诺兹从眼角余光瞥着他，发现他在注意看每一件小东西。

“我不知道为什么要装窗帘，”马弗尔说，“我们不是该把窗子打开吗？”

赖斯回到房间里。她在桌子上放了两个大小不匹配的品脱啤酒杯，将开瓶器递给了马弗尔。“今天刚拿过来。”她说。

“干得好，赖斯。”他粗声大气地说道。

5

23 号搬来了新人——格伦、米歇尔和他们的儿子马蒂。

肖恩还没见过那位儿子，但看到过他的山地自行车躺在前花园里。那是一辆很棒的自行车：专业、昂贵，就扔在草丛中。

活该上面有划痕。

米歇尔很可爱，可爱又健谈。深色头发、白皙皮肤，鼻子上有可爱的雀斑。肖恩没时间找女朋友，但如果他要找女朋友的话，就是这个类型。

当他告诉她要在包裹上签字时，她很感激。

他还没见过格伦。

他们没有养狗。

肖恩口袋里装满了喂狗的零食。无论是大狗、小狗、愤怒的狗、友善的狗、可怕的獒犬、叫嚷的梗犬，或者无精打采的拉布拉多犬……一旦他把手从口袋里掏出，它们都会听从肖恩的摆布。即使是看起来很谨慎的德国牧羊犬，哪怕主人家的门上贴着“会咬人”的标志，也会从狗窝里溜出来，因为一点点粗磨狗粮就背叛了自己看家护院的职责，所以看起来还有点儿不好意思。

养不养狗无关紧要，只是一个方便切入的方式。人们喜欢谈论自家的狗，叫什么名字，一些讨喜的小动作什么的。

会不会咬人……

他们也喜欢谈自家的猫，室内、室外、猫洞、窗户……

天气炎热，肖恩身着短裤，但穿着长袖衣服。

短裤露出强壮的棕色毛腿。长袖是来遮住注射针眼。

肖恩 16 岁时开始服用海洛因，15 年来去了戒毒中心 14 次。每次都在被释放后的几天内复发，他的家人终于明白了，肖恩在第一次将毒品用针管送进血管、飘飘欲仙时就注定了：

他永远戒不掉海洛因。

怎么可能？怎么会有人戒得掉？

所以肖恩成为一名有正常工作的瘾君子。作为一名邮递员，他干得很好，还找了兼职来增加收入。有时是干装饰，有时是帮人装电脑。

有时是小偷小摸。

在他年轻的时候，他在蒂弗顿地区就是一个传奇，因他称之为“恶作剧”的另类举动而闻名遐迩。

有一次他偷了一辆上面有只机械猪的嘉年华彩车。

还有一次，他领着警察沿着纤道进行了一次平静的追逐，站在被盗驳船的甲板上，他指挥着警察行动，为追捕者大声鼓气加油。

但不都只是无害的胡闹。他曾经盗窃过一批最先进的医院病床。当病床从一辆卡车上卸下时，肖恩和他的同伙将病床装上停在另一个出口的另一辆卡车。所有这些只需要三件很容易偷到的搬运工服装，还有良好的时机，所以当真正的搬运工推着一张床进入医院时，肖恩的同伙已经准备好等着去推下一张，然后向左急转，拐进另外一条走廊。隔一张床就偷走一张，一共偷走了九张。肖恩有一位客户在波兰等着，这次抢劫差不多赚了近 8000 英镑。

但这太麻烦。从线报到规划到执行，需要付出很大的心力。对最大抱负就是睡觉睡到自然醒的某人来说，这实在太费力了，所以现在肖恩更喜欢那些尽可能不费力的工作。

一份不需费任何力气的工作就是表现得友好和善。肖恩脸上露出诚实开朗的笑容。友好对他来说是自然而然的事情，每天投递的路上，他对顾客、对他们的狗和猫，都一样友好。

所以肖恩很受欢迎，也是一个值得信赖的人。当有人自己不便去邮局、递给他一个包裹让帮忙的时候，这些包裹总是能够到达目的地。当肖恩把一张卡片插到门缝里说在垃圾桶那里放了一个包裹时，那包裹一定是在那个地方。如果是一些垃圾邮件没有送达到他们那里，他们也不会抱怨，甚至都没有留心到肖恩根本就没给他们递送。

站在门阶上短短的几分钟交谈，蒂弗顿的人们告诉了肖恩各种秘密……

住在洛曼路的科布登夫人告诉他，她丈夫离开了，跟另一名男子跑了。

住在墓地附近的辛格先生承认，在棚子里试图灭鼠时无意中毒死了邻居家的猫。

而考利荒地的莉萨·特里维西克告诉他，她总是觉得他“很有趣”。那是早上七点半，但她已经微醺，化好了妆，所以他接受了进去小酌一杯的邀请，在接下来的六个月里他享受了多次小酌，直到她丈夫出了监狱。

肖恩从未说过同性恋科布登先生的闲话，从未告诉隔壁的安吉尔夫人那只猫“狄戈尔”是因吃老鼠药而被毒死的，而且每当他在“老兵之家”酒吧中看到里基·特里维西克时，都会请他喝一品脱的啤酒。毕竟，他们是同学，而且肖恩觉得没有理由因为搞了兄弟的老婆就和兄弟闹翻。

肖恩发现保守秘密很容易，因为他根本就不关心，不关心其中任何一个。

他唯一关心的是海洛因，以及如何获得海洛因。

因此，当人们告诉他曾经向保险公司撒过谎，或者他们的女儿曾经是他们的儿子时，肖恩只是做好自己的工作并且守口如瓶。但是，如果他们要求他把包裹放在工具房，因为他们要去泰国一周，或者去西德茅斯庆祝周年纪念日，或者只是外出一夜参加保柏集团的小活动……

那么，肖恩·布里奇会把这些消息传给他的小弟弟路易斯，而路易斯会为每条消息付给他 30 英镑。

6

杰克找到了他母亲。

他在路肩上，而她在一块满是奶牛的田里，正对着橙色的紧急呼救电话在讲话。

她向他挥手，他也挥了挥手。

“为什么电话在田里？”乔伊问。

“他们把电话就装在这里。”他说。

他们站在炎热的太阳下，看着母亲挂上电话开始向他们走来，但是她一走，田地就开始倾斜，所以她一直在往下走。起初还好，她越走越快，但很快斜坡就变成一座山，她不得不开始奔跑，失去了控制，于是伸出手臂就好像是在走钢丝一样，而且田地继续倾斜，从一座山变成一堵墙，而她却停不下来。

“妈妈！”杰克喊着，开始向她跑去，他想去抓住她，但来不及了，太慢了。她刚刚从田地上飘了起来，跑向天空，四肢不断扑腾，白色的孕妇装裹在身上，在风中猎猎作响，然后她摔了下去，向下向下向下——杰克闷哼一声醒了过来。他在黑暗中喘息了一会儿，想知道自己在哪里，她在哪里，是否还有时间接住她……

然后他紧张起来。

非常微小的声音。

房子里有人。

他立刻起床，默不作声地挪动，飞快地到了窗前，速度是早就练出来的。窗子很容易打开，出去就通到车库的屋顶，这就是他为什么会选择这个房间的原因。

他戴着乳胶手套，用指尖挂住窗台，感觉脚趾已经够到了下方的瓷砖。他一放手，就往下滑，顺着槽往下滑——背部着地，包紧紧抵在胸前，这样他就可以用脚跟稳稳地踩到排水沟里。

像这样的新房子，是不会踩不住的。

踩住了。

他转身、晃身、挂住、落地，然后像猫一样轻柔地跳到后院的露台上，旁边是他在走廊里找到的自行车，一辆蓝色的艾迪·麦克斯牌公路赛车，怎么也值 100 英镑。

杰克把包甩到肩上，站在屋子的阴影下，等待着。

很低的声音。

车门关得很轻，多半是怕吵醒邻居。

他们原本应该在坎布里亚郡呀。

也许是那边下雨了。

他一直等着，直到听到前门传来关上的声音，然后就骑上自行车溜了，经过周围沉睡的乐高一样的房屋，从山上下到老城区。

这辆自行车既快又轻，骑着感觉就像在飞翔。

是去卖 100 英镑，还是干脆自己留着？

天空变得粉红。“大忙人”邮亭已经亮了一盏灯，当他闪过时，杰克可以看到多兰先生正在一堆斜斜堆起的巧克力后面打电话。

杰克在离家 50 码远的地方看到了乔伊。

她穿着脏兮兮的粉红色睡衣，赤着脚，蓬松的头发挂在脸上，在人行道上拖着两摞报纸，腰几乎弯成了 90 度，在安静的黎明时分，发出瀑布般的吼声。

“呀呀呀呀呀。”

“呀呀呀呀呀。”

杰克在她身旁把自行车丢下。“你在干什么？”他低声吼道。

乔伊没看他，也没停下来。

“呀呀呀呀呀。”

“见鬼！”他骂了一声，抓住了其中一堆。她把他推到一边，他又搡回去，掰开她的手，把报纸从地上抬起来，吃力地抬着走了 20 码到前门处，扔了进去。

再回去抬第二个。

乔伊直起身，看着他抬。

“进去吧。”他说道。

她进去了。

他关上门，“你在做什么？有人看到你怎么办？警察来了怎么办？他们会把我们带走的！”

乔伊瞪着他，气喘吁吁，乱糟糟的头发后面几乎看不到她苍白的眼睛。

梅丽穿着短裤走下楼梯。“发生了什么事？”她问道，但他们都没看她。

乔伊弯下腰将一摞报纸拖进前厅，杰克踩住它，掰开她的手，硬塑料胶带刺破了她的手指。

“呃！”

她低头看着手心里的鲜血，然后冲向了杰克。

“啊啊啊！”她喊着，“啊啊啊！”抡起手臂舞向杰克，好像他是路肩上的那只乌鸦。

“啊啊啊！”她继续大声喊着，脸对着他的脸，既生气又害怕。

杰克推开乔伊的脸，她的手一下子抹在杰克的脸上，一手的血。

杰克打开她的手，后退了一步，用袖子擦了擦脸，高喊道：“你疯了！你疯了！”

在楼梯底部，梅丽喊着："停！停！"

乔伊转身走进前厅，弯着腰，穿过报纸墙上的隧道，疯狂地踢打着，就像穿着肮脏的粉红色睡衣的美人鱼。

杰克站起来，颤抖着。

"警察来了吗？"梅丽泪流满面地问道。

"闭嘴，"杰克说，"闭嘴吧。"

门口响起了敲门声。

他们俩转过头去看，通过小小的玻璃窗，可以看到一个灰色头顶。杰克吃力地站起来，将走廊里的报纸堆拖到前厅，发出两声巨响。

那人还在敲门。

他们没有走开。杰克看着梅丽，竖起手指放在嘴唇上。

她点点头。他打开了门。

"都还好吗？"穿着睡衣的爱管闲事的新邻居问道。

"都好。"

"我听到有人在喊叫。"

"是的，"杰克说，"是我在叫。对不起。"

老妇人的目光像飞镖一样扎向他，似乎在寻求解释。

目光越过她的肩膀，杰克看到了自行车，仍躺在街上被丢下的那个地方。

"我从自行车上摔下来了。"

他从她身边挤过去，把自行车扶起来。

"哦！"她让到一边，让他把自行车推进屋，"你没事儿吧？"

"没事，谢谢您，"杰克说，"我很好。很抱歉打扰到您。"

他半闭上门，但老太太还一直在说。

“你爸爸回家了吗？”

“他一直在工作。”

她手背在身后，好像一句话都不相信。

“你知道，我搬到了隔壁。我叫雷诺兹太太。”

“好的，”杰克说，“您好。”

“你好。”她说，他以为她要说“再见”了。

一段漫长的沉默。

“您好，雷诺兹太太。”从楼梯处传来梅丽的声音。

“你好。”她说。

“我是杰克，”杰克说，“这是梅丽。”

“我们见过面。”雷诺兹太太说。

更长时间的沉默。

“雷诺兹太太的割草机坏了，”梅丽突然说道，“也许你可以修好它？”

“好的，”杰克说，“如果你愿意，我可以来看看。”

雷诺兹太太皱起眉头，仿佛这不是什么好消息。但是除了“谢谢你”之外，她没有做任何表示。

“好吧，再见。”梅丽说道。

“再见。”杰克说。

“再见。”雷诺兹太太不情愿地说道，杰克关上了门，前额抵在门上。

该死。

那天晚些时候，他又走回到“大忙人”邮亭那边，恢复了报纸递送，这让多兰先生非常高兴。

在一个低矮架子上的盒子里，装着塑料的吸血鬼假牙，上面还渗着血。杰克给梅丽挑了一套。

他伸手进口袋准备掏钱，但多兰先生轻轻拍了他手一下。

“牙齿是送的。”

7

“隔壁肯定出了什么事。”雷诺兹太太说。

她站在后窗，两手各拿着一个盘子，就像正义之秤一样。

“嗯？”雷诺兹含糊地回应道。

他的母亲是一个积习成癖的喜欢站在窗帘背后观察别人的人。住在之前那栋房子里的时候，她一直认为邻居家在种大麻，让他爬过一堵墙，透过棚屋窗户去窥探，而这仅仅是因为邻居丈夫留着马尾辫。

而且听觉敏锐。

他当时出来，不得不假装他母亲不存在的猫在花园里不见了，而当马尾辫男人表示要帮忙找时，他却不知道猫是什么颜色的。

他现在想来仍然觉得慌乱，不想旧事重演。

因此，他假装没有听到她在说什么，努力不被卷入她那爱管闲事的妄想之中。

似乎有效。

雷诺兹在想赖斯这个周末在做什么。

格伦和米歇尔去参加雷丁音乐节去了。

雷诺兹对参加音乐节之类的想法不感兴趣，但赖斯之前已经去过两次，说他如果真的去过，肯定也会喜欢上的。

“就像喜欢巨无霸汉堡一样吗？”他讽刺地问道，她只是翻了个白眼，他同她父亲一样，都那么古板。

实际上，赖斯和埃里克一起去看电影了，而雷诺兹则陪母亲一起吃晚饭。他们用豌豆和鳕鱼裹上面包糠后烘烤，加上薯条和柠檬片。自1992年以来，她晚餐一直都吃这个。

“你听到我说什么了吗？”她尖声问道，“我给你说，这里有事要发生！”

“对不起，”他说，“什么事？”

“说来有点儿好笑，”她回答道，“有一个男孩和一个小女孩。女孩告诉我她的父亲在上班，她的哥哥姐姐照顾她，但我从未见过她父亲或姐姐，她说她哥哥有20岁，但我唯一见过的那个男孩看起来最多12岁。”

他和她一起走到窗边，天黑了，看不清隔壁花园的情况，更不用说可能在其中的任何孩子的年龄了。

“好吧，”雷诺兹说，“他们看上去是不是没人照管？”

“他们很瘦。”

“呃，现在有太多的肥胖小孩了。”雷诺兹说着，把盘子从她手上拿下来放进洗碗机里。

“有天早上，我不得不六点钟就起来！”他的母亲说，“有人大喊大叫把我吵醒了。那个男孩说他从自行车上摔了下来，但绝对不只是摔下来这么简单。那个小的完全是个野孩子，一天不是挖泥巴就是剪草坪。

除了吸血鬼和杀死老人之外，她其他什么都不说！”

雷诺兹没有说什么，让那小小的情节剧悬在空中，然后被风吹走。

有时这种做法是奏效的。

“用什么配布丁？”一分钟后他问道。

“苹果馅饼。烤软就行了。”

“嗯，好的。”他说着，让她继续，自己溜到放电脑的另一个房间里。他为她买了电脑，所以她可以给她在澳大利亚的妹妹发邮件，但是他注意到最后发送的一封邮件就是当时他向她展示这一切是如何操作时发送的那封信。

“我不觉得写一封信有什么问题。”她抽抽鼻子。当他告诉她电子邮件几乎可以立即将信息发送到澳大利亚时，她皱着眉头：“那多烦人。”

赖斯把拍的照片用电子邮件传给了他。在前厅穿衣服和脱衣服的那两张、她站在 B&O 音响前面的那张、他在壁炉架上摆照片的那张，还有，他们用绿色天鹅绒绑在一起、她手臂抱住他腿的那张……

她笑得很开心，闪光灯照亮了她的雀斑。

当雷诺兹清醒地意识到她碰到他时，他面红耳赤摇摇晃晃，但在照片中看起来都非常自然，好像伊丽莎白·赖斯很高兴自己的胳膊搂着他的腿，他也很高兴她的手放在那里。

他们看起来好像正在打闹。

他们看起来像恋爱中的人儿。

雷诺兹希望赖斯没有把这张照片给埃里克看。她说埃里克不介意，但雷诺兹见过他，觉得他是那种可能非常介意的男人。埃里克经常穿着灰色运动长裤和一件“金吉姆”健身房的 T 恤，大冬天也是光着膀子，就好像即使是短袖对他来说也太婆婆妈妈。他和雷诺兹差不多高，但肌肉非常强壮，以至于他的头和颈组合在肩膀上看起来就像是个圆溜溜的穹顶——这个穹顶里面可能有的是一只填好馅的维多利亚时代的野鸡，而不是大脑。

雷诺兹不想惹任何麻烦，尤其是像伊丽莎白·赖斯这样的人。她不会把打湿的浴垫挂起来；电视不看了也不关电视机，甚至离开房间也不关电视；她不会把香甜粟米片袋子夹好来让它们保持新鲜，只是皱皱巴巴揉进盒子里就行了；刀丢在水槽里，上面还沾着黄油和马麦酱，说这就是“洗了”；洗发水倒着放，他的洗发水；还有他的牙膏——她用起来就好像是她自己的牙膏一样，雷诺兹甚至还没法藏起来，因为房子里没有其他人，所以她知道肯定是他干的——这会让他看起来很小气。

她还抱怨头发堵住了浴室排水口。

雷诺兹坚持说那不是他的头发，他的头发一直牢牢地长在头上，谢谢！

赖斯回之以微微一笑，让他忍不住想要打她一下。

雷诺兹知道共同生活会很困难，但没想到会这么难，他为“建房”阶段结束而感到宽慰。当然，他们还得来回奔波，直到抓住了“金发姑娘”或者放弃了尝试，但是为期一周 7 天 24 小时与赖斯生活在一起的时间终于结束了，雷诺兹觉得好像经历了一场风暴，他甚至都开始感谢母亲的鳕鱼面包和柠檬片带来的这座安全避风港。

“加奶油还是加冰激凌？”她喊道。

“奶油，谢谢。”雷诺兹回答道。

“我忘了告诉你，”她接着说，“割草机动不了。你能看看吗？”

“周末！”他喊道。

他思索着要不要给母亲看赖斯用胳膊搂着他腿的那张照片。她对他一直独身很是不满，如果她认为他实际上和某个人住在一起，那么她就很长时间不去烦他。只要说是轮班，就可以很轻松地让她在几个月内都见不到那所谓的女朋友，而如果她坚持不懈一直追问的话，那么毫无疑问他那时已经与赖斯分手了。雷诺兹并不是一个天生喜欢骗人的人，但是他已经厌倦了母亲看见电视广告里的婴儿就变得泪眼婆娑，然后开始说起他那敦实的表兄弟朱迪思，那家伙像海龟一样一串一串地生孩子。

并不是说雷诺兹不喜欢女人，或者不想要女人，只是因为他一直认为自己能比认识的女人做得更好。如果能在未来的某个时刻做得更好，那么拿现在可以得到的东西做些什么呢？

他不是动物！

遗憾地叹了口气，他确定如果给母亲看赖斯的照片，只会带来一连串的问题。

但他还是保存了照片。

当然，他也会保存其他的。也许他会创建自己关于“金发姑娘”案调查进展的记录，可能在将来的某个时候派上用场。比如为他以后进行的每项调查做一些参考，或者在案子结束之后，给《蒂弗顿报》写一篇特写。

但就目前而言，他只保存了那一张……

电话在口袋里响了起来，他不安地抖了一下。

是马弗尔。

“你在哪儿？”他喊道，“房子里有人！”

8

这栋房子属于格伦和米歇尔·李，他们去了雷丁音乐节，要到周日才回来。

杰克敲了敲门，当然没有人应门。

他大胆地走到房子的一侧，翻进后花园。

正如预期的那样，排水沟非常棒。

肖恩没有提到猫，但是卫生间的窗户是打开的……

伸展、挂住、蠕动，进去了。

窗台上有很多洗漱用品，要避免碰到。

他下楼，脚步轻到自己都听不到，把后门打开了，以防万一需要快速离开。路易斯的声音在他脑海中回响:“在进入之前要确保你可以离开。”

然后他走进了前厅。

他做的第一件事是拉上那丑陋的绿色窗帘。说起来容易做起来难，因为窗帘挂得太糟糕了，根本没办法拉紧，但杰克并没有太在意。他打开了灯。如果站在房子正面看的话，这还没有在黑暗的房间里打手电筒可疑。任何知道格伦和米歇尔都不在的人，会以为有人在那里喂猫，如果他们足够在意邻居的一举一动、觉得自己什么都一清二楚的话。

他环顾房间，很是失望。

这个地方家具很少，似乎格伦和米歇尔刚搬进来不久。当然他们有大电视和 B&O 音响，但他不可能把其中任何一个装进背包里。

不过，咖啡桌上还有一台相机。佳能 Ixus，值 40 英镑，便于携带。

他把它放进包里，继续找。

书架上有格伦和米歇尔的照片，两张单独的照片。格伦的膝盖苍白，满是疙瘩，看起来像是那种宁愿往他的眼睛里插针也不愿去参加音乐节的人。

米歇尔坐在海滩酒吧里，穿着珊瑚色比基尼，喝了很多杯子上插着小雨伞的饮料。

格伦配不上她。但杰克觉得这也很好，说不定他给她买了昂贵的珠宝作为补偿呢。

如果是这样的话，杰克会找到那些珠宝的。

他沿着书脊扫视了一下：普希金、加缪、道金斯。

没有吸血鬼。

有一块手表。杰克摇了摇，举到耳边，但指针没走。不管怎样，拿上再说。宝路华毕竟是一个大牌子。他戴上表，如果被抓住，包里的相机是不好说清，但手表不就该在手腕上吗？

他转身上楼，希望能找到更好的东西。至少会有一张床，没有报纸，没有老鼠屎。

他几乎快走出房间，突然停下来，直觉告诉他有些不对劲。杰克再次小心翼翼地回到房间里，缓慢而困惑地转了一圈，寻找令他不安的来源。

然后他停了下来，心脏怦怦直跳。

壁炉架上有一个相框，里面是两个孩子的照片……还有该死的沙滩球。

在他的大脑搞清楚为什么或怎么会之前，杰克的直觉告诉他要跑。

所以他跑了。

飞快。

9

马弗尔暴跳如雷。

“到底是怎么回事？”他一直在叫喊，“到底怎么回事？”

其他人都没说话，只有托比·帕罗特在看监控视频时多次嘀咕“哦，天哪”，但这似乎只让马弗尔更加愤怒。

“他是怎么知道的？”他喊道，“他是怎么知道的？”

“你们两个？”他一边说，一边指着雷诺兹和赖斯，依次瞪着他们，显然觉得其中一人应该背锅，然后又盯着电视屏幕，点击回放，雷诺兹感觉已经不记得是多少次回放了。

这次，马弗尔笨拙地模仿了闯入的整个场景，他们差不多百分之百肯定是“金发姑娘”干的。

“看见了吗？”他说，伸手去够一个假想的浴室窗户。

“他从窗户进来的，虽然雷诺兹你千方百计想用那该死的百利发乳把浴室给挡住。”

赖斯使劲憋住笑，把它变成了一个小小的喷嚏。

“走下楼梯，没问题，”马弗尔继续说道，在现场走着，“穿过后门，”他装着打开门，“然后回到这里，拉上窗帘，打开灯……”

相对于电视上那个身材轻盈、戴着帽兜的人影，马弗尔沉重地缩在窗帘旁边，假装拉上它们。“我第一眼看到这些鬼东西时就知道这是个错误，”他气愤地说，“窗帘给了那个自大的浑蛋掩护，让他很轻松地搜索这个地方，还不会引起怀疑。”

雷诺兹的脖子都红了，半是尴尬半是愤怒。他看得出这是怎么回事，马弗尔正在编造一个案子，不是针对“金发姑娘”，而是针对他。

“他开了灯，”马弗尔在门口的开关旁说道，“然后拿起相机放进包里，效率惊人，然后找到了手表并摇了摇……”

他握着拳头放在耳边，站在架子旁，眼睛搜寻着窃贼从那里能看到什么或听到什么，然后他走向门口。

“在这里他停了下来。”

雷诺兹拳头捏紧了放在身边。他知道出了什么问题。他知道“金发姑娘”看到了什么——他们第一次看到这些镜头时就已经知道了。

现在他所能做的只是坐在那里等马弗尔看到它。

总督察转向了“金发姑娘”转向的地方，面对着壁炉架。“那里的东西……”他说，“看——他看到了……”

雷诺兹咬紧牙关，咬得吱吱作响。照片。

照片！该死的照片！百利发乳是无稽之谈，窗帘是借口，但照片是他的错，他一个人的错。他在家集市买了这个相框，心里想着要把里面的照片换掉。那不是什么大事，只是件小事。雷诺兹为自己注意到细节而感到自豪，因此他还想过换哪张照片，也许是他和赖斯在一起的那张。

不管是什么，他是打算换掉它的。

但他有那么多事情要做！他自己布置了整个该死的房子！每一处装饰、整理和设置都是他独自完成的，而赖斯就坐在那里什么都没做。他仍然记得，窗帘除了因为太重，因为凳子摇摇晃晃，而需要很长时间才能挂好外，还因为午饭以后他就没有吃过任何东西，而赖斯没有买任何吃的当晚餐，只有那该死的香甜粟米片！

雷诺兹委屈得想哭。他是真的在做事。这不公平！就是不公平！下一秒马弗尔就会看到相框里那张买来时就配好的照片，然后据此得出结论，然后大发雷霆喷得他狗血淋头……

安静是如此之长、如此之重，雷诺兹死死控制住自己不要跳起来，冲过去将相框扔进壁炉，然后用陶瓷碎片切腹自杀，他感到万分紧张和难受。

当马弗尔用力拍打壁炉架时，他们都抖了一下，那张有罪的相框面朝下倒在了壁炉上。他把它摆正后问道："他到底看到了什么？"

"我不知道，先生。"赖斯说。

"我也不知道，先生。"雷诺兹说。

"问倒我了。"帕罗特说。

马弗尔叹了口气，最后一次环顾房间，感觉就像龙卷风后一个男人站在一屋子的碎片中。

他似乎完全不知所措，完全失败了。

最后，他捏着毛茸茸的鼻子说："然后回到那个该死的画板上。"

就是它了。

雷诺兹不敢相信自己有这种运气。

他看着马弗尔走到门口，看着他愤怒地推门而出，走到停车道上，像《警界双雄》里的主角一样对着死胡同大喊大叫。然后他关上门，靠着门蹲了下来。

马弗尔真的不知道！他不知道相框是灾难链中缺失的那个环节。

他不知道是雷诺兹搞砸了整个行动，花了警队几千英镑，是他们未能抓住那个瘦小的蟊贼的原因，这个小蟊贼现在让两个警队看起来像傻瓜一样。

雷诺兹决定不告诉他。

他回到前厅，发现伊丽莎白·赖斯一手拿着家集市买来的那个相框，另一只手拿着沙滩球的照片。

“我从来都不喜欢这张照片。”她说着，当着他的面，将照片揉皱扔进了壁炉。

帕罗特大惑不解地皱起眉头看着她。

雷诺兹直视着她：“我也不喜欢。”

那天晚上，马弗尔一边看着米德尔塞克斯俱乐部以可耻的方式在一场所谓的板球比赛中输给了约克郡，一边进行了评估。

捕获室失败了。

他不知道为什么会失败，但他确信一定是“抓捕金发姑娘队”哪里做错了。

肯定不是他，他一切都是对的。不，有人搞砸了，一旦他发现是谁，是怎样搞砸的，他会抽了他的筋，剥了他的皮。

他的钱要记在雷诺兹头上。毕竟，是他选择了房子里的所有东西，一个人在那里装扮。马弗尔知道这些，是因为雷诺兹大肆宣扬，甚至把他拉到一边告诉他赖斯就是一个懒虫。

原话当然不是这样说的。

“没有对行动做出有意义的贡献。”他是这么说的。

该死的自作聪明的家伙。

好吧，马弗尔想着，雷诺兹用他自己的那些鬼东西砸了自己的脚——因为如果赖斯只是贡献了一台游戏机、一个开瓶器、自己穿着比基尼的照片，那么他不觉得她有什么错。

米德尔塞克斯的击球手一个猛击将球击向了自家三柱门上的横木，动作与其说像是板球球星葛瑞斯，不如说像棒球传奇贝比·鲁斯，马弗尔哀叹着，关掉了电视，愤怒地给自己倒了一杯威士忌。

无论谁犯了错，捕获屋行动都失败了。这意味着他失败了。而最糟糕的是，当他需要给出令人惊叹的良好的第一印象时，他失败了。马弗尔太清楚一个糟糕的案子——一个愚蠢的行动——可以让一名警察立马成为一个笑柄，让他曾经有过的任何晋升的希望彻底完蛋。

他情绪激动地盯着手中的詹姆森威士忌，感觉自己的背靠在墙上，仅仅才过去几周，他又撞到了另一面墙上。

然后他喝了一口酒，想了想，见鬼。

走投无路，凭直觉办事，侥幸成功——这就是他一直以来奏效的办事方式。在大伦敦，他的破案率与警队中的最佳水平相媲美，是伦敦警察中最棒的。那可是谋杀案，而不是这个什么破门而入的狗屎案子！他不打算承认自己栽在一个叫什么“金发姑娘”的罪犯手下。他肯定不会在汤顿或蒂弗顿或者什么鬼乡下地方任职三周后就承认失败的。这里到处都是绵羊和羊粪，自己很难搞清楚状况 。

六个星期，他想着。如果捕获屋失败，六周至少是合理的时间长度，留面子的时间。他觉得六个星期之后，再告诉库利莫尔总警司，他们准备充分，但是如果继续的话就可能得不偿失，收益递减，这样说应该是合适的。

马弗尔在头脑中大概合计了一下花销。

捕获屋行动已经启动并运行了三个星期，每周的运行费用大约要花埃文和萨默塞特郡警方 4000 英镑，包括租金、账单和加班费。如果是六周而不是三周的话，意味着要花费 24000 英镑而不是 12000 英镑。

这到底是怎么回事？马弗尔想着。这就是纳税人想要的。

因此，他告诉雷诺兹和赖斯再过一个星期左右，看看他们是否可以引诱“金发姑娘”回到捕获屋。

而他接下来向库利莫尔总警司报告时，说一切都很顺利。

第四章

SNAP

一个糟糕的选择

1

凯瑟琳·怀尔在买东西，也在思考有关性的问题。

不是用肮脏下流的方式，而是以科学的方式在思考。

她得出的结论是，在所有社交场合，怀孕都会让女人从性的枷锁中解脱出来。

凯瑟琳知道自己年轻、相当漂亮，但男人似乎不再觉得她很有吸引力。他们已经不再与她调情，而是开始提供帮助。起初她还怀念那种别人不知道她结婚了还来追求她的兴奋感觉，但很快就接受了有别人帮着开门、看医生时在候诊室里有人让座。

女人对她也更甜蜜了，笑容出现得更快，更加关心她的背部、她的脚、她的膀胱。她越来越鼓胀的腹部好像是一个紧紧拴住的小小飞艇，宣告她已经完成了所需要的所有性行为这一事实，是一个受保护的姐妹，而不是竞争对手。

性已经在所有方面都消失了，凯瑟琳享受着余下来的更为友好的世界。

现在，她拿起一盘斯蒂尔顿奶酪，天马行空地想知道究竟自己的这些想法是新颖的，还是只对她来说是新颖的。

然后她把奶酪放回去，责骂肚中的宝宝：“你不能吃蓝纹奶酪，傻！”

她把一块上好的结实的切达干酪放进手推车里，然后推到肉类区，一个穿着厚厚的深紫色毛衣的高大男人正在嗅着培根，她转身走到面包区，密布着果酱和糖霜的雷区。

“你喜欢什么？”她问。

旁边的中年妇女问道：“你说什么？”

凯瑟琳脸红了：“对不起，我在和宝宝说话。”

那女人低头看着凯瑟琳的肚子笑了起来。

然后她弯下腰直接对着凯瑟琳的肚脐：“我打赌你喜欢煤炭，对吧？我家都是煤炭恶魔。我的嘴巴像黑桃一样黑！”

凯瑟琳对着肚子竖起拇指：“这位要点一周的冷牛油豆，早餐、午餐和晚餐都是！”

“疯了，是不是？”

“疯了。”凯瑟琳愉快地表示同意，然后推着车朝着“基普林先生”蛋糕专柜走去。宝贝想要杏味果酱挞。

“宝贝不能吃果酱挞，”她严厉地说道，“回家后，你可以吃一个苹果，真好吃！”

然后，她露出笑容，叹了口气。她在对谁开玩笑呢？

购物并不好玩，因为它已经成为这也不能买那也不能要的障碍之旅。她的手推车里装着很多绿植，就好像推着一个小型温室围着超市转悠。

也许她该去咖啡馆，享用一杯茶和一些蛋糕。

如果是胡萝卜蛋糕，那不就是每天五蔬果之一吗？也许她该吃个鱼肉馅饼。

够了！

凯瑟琳突然觉得自己饿得要死，莫名有点儿想哭。她迅速走向收银台付了费，购物车里有一半的东西其实都不是她想要的。当她意志更坚定时，她会再来超市一趟，权当休息。

刚下了一阵雨，然后太阳再次出现，就像是报复一样，晒得汽车闪闪发光，周围的柏油路开始蒸腾起水汽。

凯瑟琳打开豌豆绿沃尔沃的后门，从手推车里拿出第一个包。包散开了，买的东西全掉到停车场地上，四下滚动，辣椒、洋葱、卷心菜、韭菜。

她快哭了。

哦，够了，她想着，快点儿捡起那堆狗屁健康食物，然后回家休息。

但是一个男孩突然冒出来，灵活地东拿西捡，钻到车下，拾起掉在地上的所有东西，一股脑儿全都交给她，她的手臂上就像开了个杂货店似的。

“啊！”她说，“谢谢。”

他点点头，没有什么表示也没等着她请求，迅速把其余的东西从手推车里搬到了汽车里。

当她看到与怀孕有关的助人为乐又一次发生时，凯瑟琳感觉好多了。

“你真是太好了，”等他搬完了她说道，“你在这里上班吗？”

“不，”他耸耸肩，“刚好路过。”

“我真幸运。”她说，想着是否该给他小费。如果是她祖母，肯定会给他小费的——让他在那里站上老长一段时间，然后在钱包里翻找半天，终于找出一枚面额小小的硬币。

“要是我祖母在就会给你小费。”她笑着说。

“我不用小费。”他说道。她以为他会离开，但他没走，只是站在那里，脸色苍白、身形瘦削，穿着邋遢的牛仔裤、阿迪达斯运动鞋和蓝色连帽衫。她起初觉得他大约 12 岁，但现在看来年龄可能还要大点儿，因为他的下巴和脸颊已经微微冒出一些绒毛。他有一双狭长的浅灰色眼睛，看起来很饿。

“我给你买块蛋糕吃好吗？”她突然说道，“我自己其实也想吃。”

她打算好好请自己吃一顿。为什么不呢？为什么不请他呢？当是回报他的小小善举，也可以交个朋友。

她挺着的大肚子让这个提议显得合情合理。

但是当他说“好”的时候，她仍然感到有点儿惊讶。

他们端着托盘排队五分钟后，凯瑟琳就对这次邀请后悔了。

这个男孩不善言辞，也几乎没有眼神接触。

他们怎么一起吃蛋糕？

“这个也算是你每天五蔬果之一。”凯瑟琳一边开着玩笑，一边从胡萝卜蛋糕上切下来一点点。

男孩没笑。“我每天都吃五种蔬果，”他说，“我得保持健康。”

他看起来并不健康，太瘦了以至于显得营养不良，但他没吃蛋糕。

可能在吸毒，凯瑟琳想着，并立即责备自己怎么会对帮助她的人有这种不可思议的想法。

她因内疚而开始喋喋不休。

"我也得保持健康，"她说，"当然，是因为宝宝。但即使我还没……你知道的……"

男孩看着她的卡布奇诺点点头。"我母亲说你不应该喝咖啡，"他说，"当你有喜的时候。"

凯瑟琳被他用的"有喜"这个词逗笑了。这个词从一个年轻人的嘴里冒出来真是有点儿老派了。

"这是脱因咖啡。"她笑着说。

"吸烟也不好。"他接着说。

"幸运的是，我不抽烟，"她点点头，"但是我母亲怀我的时候就抽烟。我生下来还不到六磅。"

"那很糟糕吗？"他问道。

"是的，相当糟糕，"她说，"当然，她说这很正常。那个时候人们不像现在这样了解，不是吗？

好像他知道似的，她想着。他还是个孩子，对那个时候的理解可能也就是去年过的圣诞节吧。

凯瑟琳生命中第一次觉得自己老了。一位肥胖的老太太蹒跚而行，像母亲一样照顾着陌生人，因为没有了性方面的吸引力而让人产生信任。

男孩盯着眼前的茶，但并没有喝它。沉默让时间似乎拉长了。凯瑟琳吃了一块蛋糕，然后迅速地又吃掉一块。她想快点儿吃完，这样就可以走了。

“我必须回去了，但你可以慢慢享受剩下的蛋糕。”

“我不知道我出生的时候有多重，”男孩终于说道，“我想我曾经知道，但已经忘了。”

“你妈妈知道的，”凯瑟琳说，“精确到盎司！”

“她死了。”他说。

“啊，”她说，“我很抱歉。”她真的是很抱歉。他的母亲已经去世了，但更为遗憾的是她提到了这点。多尴尬呀！

又是一阵沉默，然后男孩说：“她被谋杀了。”

“天啊！”

凯瑟琳还能说什么呢？还有什么可说呢？在那个重磅炸弹之后，唯一合乎逻辑的事情就是询问何时、如何、是否抓住了凶手、你还好吗之类的。而这些都不应该是你向一个你才遇到的陌生人，或者是咖啡店里的任何人问的问题。

但这个男孩第一次直视着她，仿佛想让她提出问题一样，好像只要她敢问他就敢说。

凯瑟琳咬住嘴唇。她不想问，也不想知道。

她不得不把这一切转回到更正常、更正式的话题。她僵硬地开口：“我为你的失去感到抱歉。”

男孩没有回她的话，只是继续直视她的脸。她避开了他的眼睛，看着柜台，仿佛当有人告诉你他的母亲被谋杀了的时候，看着松饼就是世界上最自然的举动。

“一个陌生人用刀杀了她。”

凯瑟琳感到恶心，上下颠簸，晕头转向，像是在怒涛中的一条小船上。她紧紧抓住桌子两侧，以便挺过这场自找的风暴。

“别说了，”她低声说，“请别说了。”

但这个男孩并没有停止。相反，他前倾身子，让他们之间的空间变为乌有，轻声说：“她也怀孕了。”

血液一下子涌上了凯瑟琳的脑袋。她紧紧抓住桌子的边缘，手指因太过用力而变白了。

“什么？”她说，像聋人一般耳朵对着他，“你说什么？”

“你听到了我说的。”他说。

凯瑟琳听到了。这就是她的嘴巴张开，呼吸几乎停止的原因。不知不觉中，她展开手护在肚皮上，护住尚未出生的孩子。

“她被那把刀杀了。”

“那把刀……”她的声音突然嘶哑了，她又开口试了一次，“你放在我家里那把刀？”

“不！”男孩看起来很惊讶。

“不，”他接着说道，“我在你家里找到的那把刀。”

即使是从泥泞的徒步旅行靴中取出的它，杰克·布赖特也知道自己找到了一把刀。

壳质刀柄像水面上的油一样闪闪发光。刀刃一边是锯齿状，另一边是弯曲的。

杰克皱着眉头，被这一发现弄糊涂了。

然后，当他感到女警帕姆抓住他的手腕时，刀在惊慌失措中咔嗒一声掉了。好像听到了土崩瓦解的生活那惨无人道的号叫，他知道——不知何故，但他就是知道，那把刀——杀了他的母亲！

然后，他那茫然的脑袋在驱魔人的叫喊声中嗡的一响：

“谁在那里，赶快离开这所房子！”

凯瑟琳起身起得太快。她的肚子撞到桌边时，不由得抽搐了一下。人们都看着他们。她想打这个男孩一耳光，但是她俯下身子，试图尽量只让双方听得见。

这就是礼貌。

这就是英国人。

她颤抖的身体出卖了她。“如果你敢再次靠近我，”她平静地说，“我会报警。”

男孩看着她，眼睛像肮脏湖面上的冰一样冷，一样灰。

“不，你不会。”

2

杰克愤怒得像过电似的。

他闯进了凯瑟琳·怀尔的家，在床边留下了一把刀，还有一张威胁要杀死她的纸条。

她会看见它们。她会报警。警察会调查，找出关系，真相大白。

那个杀了他母亲的男人终将被抓住。

对杰克来说，这一切应该都没有任何疑问……

但它一直没有发生。

现在他什么都没有。刀不在手边，杀人凶手也没有找到。

他就不该把刀留在那里！他应该随身带着，直奔警察那里告诉他们自己在哪里找到它的，它意味着什么……但他没法那样做，因为他不知道这意味着什么。亚当·怀尔就是那个声音低沉的男人吗？身份不明的男性？他不知道，也不知道该如何找出答案。只有警察可以做到这一点，但他不打算向他们求助，因为就像路易斯说的那样，他们总是会逮住你。如果他因入室盗窃而进了局子，那么乔伊和梅丽会在当天就被社会福利部门带走的。

杰克不能让这种情况发生。

他希望她报警，告诉警察关于刀的事情，还有那张纸条、厨房地板上的蛋糕、深夜的电话。

她为什么不报警？

“该死！”他喊道。

小小的警局附近有一个电话亭。

“报警，火警还是急救？”

他不知如何说好。

橙色电话悬挂在电话线上。

“你好。报警，火警还是急救？”

他深深地吸了一口气：“你好。”

“你想要报警，报火警还是叫救护车，先生？”

“我想报告……”他说，“我想报告……”

他想报告什么？杰克不知道。谋杀案？他没法报告谋杀案，因为谋杀案已经发生。他想报告的是凶手，但没有证据。

他知道证据在哪里，他的内心感觉到了，在他脑海里的黑暗中这一切都有意义，但是一旦他将它带到光明下以便自己能看到它，证据就将灰飞烟灭，就像梅丽的吸血鬼一样。

他不能冒风险。

“先生，你能告诉我紧急情况的性质吗？”

杰克挂断了电话。

然后把电话狠狠地砸到了亭壁上。

凯瑟琳记不得是怎么从超市开车回家的，但她还是回来了。她的身体抖得厉害，牙齿上下打战，手指摸索着去解安全带扣，心里越来越恐慌。

该死的平心静气！她必须告诉亚当！她不得不报警！她现在对在水槽里把卡片烧了内疚得要死。她仿佛再次看到那张纸变成了灰，被冲下了塞孔。

白痴！

但她还有刀。有刀就够了。他们可以从刀上取下DNA。警察可以从任何东西中提取DNA。

还很快！她在电视上看过。让他们盯住那个小浑蛋，那个撒谎、偷窃、跟踪的小狗屎。如果他不惹她，她也不会管他，但现在她才不在乎警察是否会在街上击毙了他！她才不在乎呢。她现在只想要那把刀离开房子。

安全带终于打开了，她把自己拖出车外。

她试了三遍才把钥匙插进锁孔里。

她以孕妇能够允许的最快速度上了楼，胸膛因为恐惧而剧烈起伏。

奇普斯从床上掉下来，但她没理睬。她打开装胸衣的抽屉，手伸进里面。

找不到那把刀。

她再次检查，这次慢了许多。

刀没在那里。

她把抽屉全拉出来，把里面的东西都倒在床上。

一团丝线、丝带和蕾丝。

刀不在那里。

她猛地打开内裤抽屉，袜子抽屉，放毛衣、放 T 恤、放牛仔裤的抽屉。

没有。

但刀肯定在那里呀！一定是在那里！她把它放进去的。

是不是掉到下面去了？多半是……

她把所有的抽屉拉出来，随意地堆在床上，就像用木头和棉花堆成了吵吵闹闹的层层叠，然后笨拙地蹲下去，撑着床，检查木衣柜的里面。

是空的。

刀不见了。

小浑蛋已经回来过把它拿走了？什么时候？为什么？是为了得到他所谓的证据，还是只是为了把她搞迷糊？是为了告诉她，他可以随意出入吗？只是为了吓唬她吗？

这套把戏以前是奏效的，现在又再次起作用了。

她不安全。

她的宝宝不安全。

他们都不安全！

凯瑟琳颈后的皮肤起满了鸡皮疙瘩，一种无法形容的恐惧充满全身。

“你在找这个吗？”

她尖叫起来。

3

凯瑟琳一只手按住心脏，防止它跳出胸腔。

“天啊，亚当！你在这里做什么？”

“你在找这个吗？”他又问了一遍。

她低头看着他手中的刀。残酷的刀刃，壳质的刀柄。

凯瑟琳一时间想不出任何谎言。

“是。”

“它怎么在你内衣抽屉里？”

“你翻我的内衣抽屉干什么？”

“不要东拉西扯，凯瑟琳！”

凯瑟琳很惊讶。亚当从未如此粗鲁地对她说过话。他很少骂人。

她笨拙地站起来，扶着衣柜角让自己站直，然后坐到床边，撩开眼前的头发。

他一眨不眨地看着她。

她深吸了一口气：“有人把它留在了床边。”

“谁？”

“我没有告诉你，是因为我不想让你担心。”

“谁？”

“亚当，有人闯进来了，你在切斯特菲尔德的时候。”

“窃贼？”

“是的。”

“一个窃贼闯进来，把这把刀放在你的床边？”

“是的。”

“你没有给我打电话？”

“我不想让你担心。”

“你没有报警？”

她犹豫了一下，亚当笑了。

因为它听起来很愚蠢。凯瑟琳知道这点，感到脸因羞耻而发烧。

“他们能做什么？我用瓦莱丽送给我们的那个可怕的花瓶把他赶出了屋子。我从来没有见过他。他什么都没拿！”

“所以一个窃贼闯进来，只是为了把这把刀放在你的床边？”

他的讽刺刺痛了她。

“还有一张便条。”她挑衅地说道。

“写了什么？”

“亚当——”

“到底写了什么？”

“我本可以杀了你。”

她几乎是吼出来这些话。

一阵沉默，凯瑟琳极力忍住不哭。一切是如此可怕，如此出乎意料。亚当居然会如此残忍对她。她抬头看着他，希望他伸出手抚摸她，抓住她，告诉她他爱她，她做了正确的事情，一切都会好起来的……

但他没有。他只是站在那里，愤怒得满脸通红。

“它在哪里？”他冷冷地问道，“我看看。”

在那一刻，凯瑟琳很困惑，以至于她不知道他在说什么。

“什么？”

“那纸条。”

“我……我烧了。”

“你烧了吗？”

“我烧了，在厨房的水槽里。”

“我不相信。”

她眨了眨眼睛看着他：“什么？”

“你骗我。”

“我没有！”

“你有！”他喊道，“这没有道理！一个窃贼闯进家里你不打电话给我？不报警？除了留下这把刀之外他什么都不偷？就在你床边？你说有一张纸条但是你烧了？我不是白痴，凯瑟琳！”

“亚当——”她伸手去牵他的手，但被他甩开了。

“你有外遇了吗？”

“什么？”凯瑟琳傻了眼。

“有人进了你的卧室，你在这事上撒了谎。你有了外遇吗？”

“外遇？”她努力想抓住这个要点。

“这就是你不和我做爱的原因吗？你有了别人，对吗？”

“我怀孕将近八个月了，亚当！”

“告诉我实话，凯瑟琳。”

“我在告诉你实话！”

“是谁？”

“没有谁！”

“告诉我是谁。我不会生气，我只需要知道。”

“没有人。亚当，你简直不可理喻。”

“别给我说什么不可理喻！”他喊道，“我想保护你！你和宝宝！而且这段时间你一直在骗我，别以为我不知道！那个电话！什么打错了。你当着我的面骗我！所以不要说我不可理喻，凯瑟琳，告诉我真相。”

他的嘴唇颤抖着，电光石火之间，凯瑟琳意识到亚当不仅仅是生气……

他被吓坏了。

她欺骗了他，因此他得出了错误的结论，但这不是一个不合逻辑的结论，并不荒谬。

“这是事实，亚当，请相信我。我没有告诉任何人有关入室盗窃的事情，因为我认为他们什么也做不了，我只是无法面对发生的事情，害怕大惊小怪。是我没道理，而不是你。我现在知道了。相信我，我真希望当时打了电话给你，打了电话报警，但我没有。时间越长，要告诉任何人就越难！”

她拉着他的手，这次他没有甩开。

“我向你说谎，自己也感觉很可怕。但我只是想忘记它，保持冷静。为了宝宝……”她把他的手放在自己的肚子上，“为了我们的宝贝……”

他站了一会儿，低着头：“他是谁？”

“上帝，亚当！他只是个男孩！”

亚当从她手里抽出手来。

“你说你从来没有见过他！”他的声音中又有了指责的味道。

“那天晚上，”她说，“他闯入的那个晚上我没见过他。”

“但你在那以后见过他？”

凯瑟琳深深地叹了口气，点了点头。“就在今天，”她说，“就刚才，在超市。亚当，他只是一个男孩，一个瘦弱、邋遢的小孩。”

“你为什么会在超市见到他？”

“我没见到他，他是到停车场来找的我。”

凯瑟琳停顿了一下。

精心措辞。

当亚当对背叛显得如此警觉时，她不想说她给那男孩买了咖啡和蛋糕。

“他承认他溜进来过。”

“还有什么？”

“就是……”她犹豫了。

“还有什么？”

“他讲了一些他母亲被那把刀谋杀了的疯狂故事……”

她低头看着刀子，现在亚当的手松开了，恶毒的刀尖正对着地板。

“这把刀？”他看上去很困惑，举起它让她看了一下，仿佛可能还有另一把似的。

她抽着鼻子：“是这把。这就是我直接回家找它的原因。”

“你打算怎么办？”

“我不知道。把它带到警察局，让他们去处理。就是……不要留在屋子里。”

亚当没有说什么，只是盯着手中的刀。

“他说他在这里找到的。”她试探性地说道。

他点点头，盯着刀。“当然，”他说，“因为这刀是我的。但是老实说，我都好久没有看到它了，还以为丢了呢。”

他叹了口气，坐在她旁边，拉起她的手。

“对不起，我不该对你大喊大叫，凯瑟琳。你吓了我一跳。”

“对不起，亚当。对不起，那天晚上我没有打电话给你。”

“我现在知道是怎么回事了，”他说，“你一个人，担惊受怕，担心保护不好宝宝……一次要处理的事太多了。”

她激动地点点头。这正是她的感受。一次要处理的事太多了。

“你做了一个糟糕的选择，就是这样。”

“是的。”她点点头。

一个糟糕的选择，这么多后患。

“那天晚上是他打的电话……”

“我猜就是。”他严肃地说。

“而且我觉得是他扎了罗德的轮胎。珍妮特在我们的车上发现了一张便条，写着‘报警’。”

“听起来像是神经病。”亚当认真地说。

“也许是吧，”她疲倦地点点头，“也许他只是因为我把他赶出去了，想回来找回面子。无论是哪种方式，如果他想吓唬我，那他是真的得逞了。”

她感觉下巴发颤，亚当终于把她抱在怀里。凯瑟琳终于让自己得到了她所爱的男人的安慰，感觉如此美好、温暖和安全，真希望能在几周前就让这一切发生。

“你怎么在这里？”她在他怀里抽噎着问。

“什么？”

“你怎么不在康沃尔郡？”

“哦，那地方的工作取消了。我以为我回来能让你大吃一惊。”

“嗯，你当然做到了！”

他们都微笑着，微微颤抖地微笑着，亚当摸了摸她的头发。

“我们应该报警吗？”她低声问。

“如果你不想，那就不报。但我应该和他谈谈。”

她惊讶地坐起来：“和那男孩谈？”

他坚定地点点头：“我们需要知道他是否真的很危险，或者只是一个讨厌的小混混，和他差不多体型的都可以把他吓倒。”

“你是他的两倍！”凯瑟琳说，“你可以把他揍扁！”

亚当扬了扬眉毛，做出一个可笑的表情，好像这可能是一个不错的选择。

“说真的，亚当。我不希望你做……”她本来想说“傻事”，最后说出的却是“英雄”。

“英雄？”他笑道，“我吗？”

“不要让我担心他会报警抓你。”

他用两根手指指着他的太阳穴：“以童子军的名义。”

“你什么时候当过童子军？”

“在我脑海里，我有所有的徽章。”

凯瑟琳微笑着，亚当吻了她一下。

“别担心，”他说，“我只想跟他谈谈，只是为了确保他不会再来。”

4

“你认为他还会回来？”赖斯问。

雷诺兹坐在早餐桌旁看着赖斯。她正在把碗里那来自地狱的香甜粟米片碾碎，他不得不自己出去买了酸奶、浆果和燕麦片。

“不。”

“那为什么我们还在这里？”

雷诺兹耸了耸肩。

“我倒是不介意我们待多久，”赖斯说，看了看厨房，“比我自己的地方大多了。我喜欢。”

雷诺兹给麦片粥里加了些盐：“你不想埃里克吗？”

“不想。”赖斯说。

雷诺兹等着听她会再说些什么，但她似乎并不认为需要进一步解释。既然如此，所以他就问了为什么。

“不知道。”她说，就像一个讨厌的少年。

他不打算死皮赖脸，但他认为这很有意思。

“今晚去哪儿呢？”他问道，小心翼翼地保持中立的语气。他们几乎每天晚上都会出去，希望“金发姑娘”会回来。

"看电影。"赖斯说。

"有什么好看的吗？"

"谁在乎？"她带着顽皮的笑容说道。

雷诺兹起身暴躁地把剩下的粥倒进垃圾桶里。今晚他将和母亲一起用餐。

再次。

但今天是她的生日，他打算带她去一家提供鳕鱼面包的餐馆。尽管如此，还是比待在家里、不得不倾听她对隔壁魔鬼孩子的偏执抱怨要强。

电话响了。帕斯莫尔先生说保险公司对他的索赔有疑问。

"但是我给了你报案编号呀。"雷诺兹说。

"我把它交给了保险公司的小伙子，"帕斯莫尔先生说，"我告诉他你认为是'金发姑娘'干的，但现在他们在推来推去。"

"根据是什么？"

"根据是，他们不想付钱。"

"好吧，"雷诺兹说，"恐怕这是你和保险公司的事，帕斯莫尔先生。这与我没有任何关系。"

"但现在他们说这不是入室盗窃，而你说的这是入室盗窃。那怎么能和你无关呢？"

"一旦我们给了报案号，剩下就是户主和保险公司的事情。除非房主有任何不当行为，否则我们不会参与保险索赔的。"

"你意思是说我在骗保险公司吗？"帕斯莫尔先生说道。

"我没那个意思。"

"那么，调查怎么样？"

雷诺兹停顿了一下。告诉帕斯莫尔先生关于盗窃的真相是不合规矩的，所以他小心翼翼地措辞道："我不能透露办案细节，先生，但对'金发姑娘'的调查正在进行中。"

"那会涉及我的案子吗？"

"如果发现你的案子与'金发姑娘'有关，那么当然。"

"我记得你说过它们是联系在一起的！"

"那还有待确定，先生。"

"你们怎么确定呢？"帕斯莫尔先生问。

"好吧，"雷诺兹说，"当我们抓住他时，我们会审问他的。"

电话对面是一段长时间的沉默。

"你们审问他？"

"是的，先生。"

"你们相信他？"

"好吧，先生，"雷诺兹说，"通常任何被逮捕的犯罪分子，面对他认为会在法庭上提呈的证据，都会要求将其他罪行一并纳入判决。在这一点上，罪犯如果表示他没有进行特定的入室盗窃，是没有什么好处的，因为这意味着他在以后会因此再被审判并分别判刑，并可能在监狱中再待一段时间。"

"好吧，"帕斯莫尔先生说，"我仍然非常惊讶你会相信一个罪犯说的话。"

"这叫作忏悔，"雷诺兹说，"我们所做的一切都是为此。"

就算帕斯莫尔先生注意到了语气中的这种讽刺，他也忽略掉了："你们还有多久才能抓住这个'金发姑娘'？"

“正如我所说，先生，我不能——”

“行，好吧！”帕斯莫尔先生不耐烦地说道，“所以，在我们都在等待一个小偷被抓住的时候，说实话，我就必须忍受保险公司称我为骗子是吗？称你为骗子，雷诺兹警长。”

“我被叫过更难听的，”雷诺兹说，“这是真的。”

“好吧！”帕斯莫尔先生说，然后挂了电话。

雷诺兹清了清喉咙，然后在粟米片袋子上夹了一个夹子，拿起车钥匙。

赖斯向他眨了眨眼：“热情约会，格伦？”

“米歇尔，别忘了把窗户打开。”

5

杰克都记不得自己有没有不生气的时候。

愤怒总是在那里，有时不明显，就被忽视掉了，有时如此明显而且疼痛难忍，就像一个疖子破了，喷涌出暴力的冲动和痛苦的仇恨，让他内心一阵空虚。

空虚只是一会儿。

他总是会再次用愤怒将它填满，很容易就满到了边缘。

他希望它会停止。他希望他能够停下来。他每次醒来，都觉得疲惫，躺在陌生人干净舒适的床上，他总是孩子气地希望出现奇迹，可以把时钟拨回到路肩那天之前。

有时他觉得自己好像从未离开那条路，或那一天。自从母亲失踪以来，他好像一直被困在那里，从那以后发生的一切都是梦，海市蜃楼一般，他不知该如何逃脱。

有时候他想要摆脱这一切的渴望是如此强大，以至于他都打好了包，计划好了去往某个地方的路线——随便哪个地方，可以让他忘记过去、找到工作、回到学校、从头开始的地方。

他不会想念任何东西。

不想念这栋房子或这个城镇。

不想念乔伊，任她在无用的新闻地牢里腐烂。

他当然不会想念自己——这个肮脏、愤怒、鬼鬼祟祟的小贼，每天都从噩梦中醒来，走进疲惫和悲伤，然后从那里潜入愤怒、仇恨和毁灭。

然后又筋疲力尽。

有时他想知道，如果母亲知道自己在做什么，会说些什么……

见鬼！他应该离开这个地方。他早就应该离开了。

只有梅丽才能让他回家。

只有拦着他要书看、要饭吃的梅丽。

如果他不带书，谁给梅丽带书看？那些好书，而不是什么斑点狗和戴帽子的猫之类的愚蠢的儿童书。还有谁能理解她的生活中需要吸血鬼，需要乌龟唐纳德在怀里，需要有蠕虫酒店和修剪草坪？

没有人。

但无论如何，没有人被领养。

他不能放弃她，因为她已经被遗弃了，两次。

这是让他感到最愤怒的……

“我他妈的恨我妈妈。”

巴兹在玩过家家，所以这时说脏话是可以的。

路易斯摇了摇头：“不，你不会。”

“她不爱我们。”

“她爱你们，”路易斯坚定地说道，“你知道的。”

“胡说。如果她爱我们，她为什么离开我们？”

“伙计，”路易斯小心翼翼地说，“她并不想离开你们。她被谋杀了。”

“活该！我甚至都不在乎了。我甚至不在乎谁杀了她。”

在挑衅的沉默中，路易斯用拇指缓缓摸着自己的腿。

两个学童穿着宽大的蓝栗色校服，背着闪亮的皮革书包从旁边经过。他们停下来用三明治喂了一会儿鸭子，然后往前走了。

“我有阵子也讨厌我妈。”

杰克没有看他。

“我曾经很生她的气，总是进牢里去，留下我收拾残局。你得把所有球抛在空中，不然它们会掉下来。工作、院子，以及所有的麻烦，没有人帮我。我的意思是，你知道塔米和维克多是什么样的人，肖恩呢，就是一坨屎！我的意思是，我爱他们所有人，但他们是没用的浑蛋。”

杰克点头表示同意。

“每个人都认为这是美差，留给你生意做，钱进来就完事，但不是这样。这是痛苦。我并没有要求它，我也不想要它，我就像，婊子！”

他笑了，然后接着说：“但是现在我有巴兹，我知道——”

他停了下来，耸了耸肩。

“什么？”

路易斯说得更慢:“我知道你只希望他们安全快乐，对吗？而且我知道你会尽力而为，但你并不是总能做到，甚至一半都没有！所以，无论如何，现在当我去看望母亲，或者只是收到她一封信时，我，就像，有人在提醒我她有多难，她在努力，即使她一直在搞砸事情。我知道她在努力，因为她爱我。然后所有那些愤怒的狗屁都消失了……”

杰克瞪着运河:“你想说什么？”

“天哪，我不知道！”路易斯笑道，“我甚至都不知道是否有意义。我只是说，当你有一个孩子的时候，突然间你就会明白犯错是多么容易，明白了吗？而你会原谅一切，知道吗？”

杰克什么也没说。

“但你不能去看望你的母亲或收到她的来信。因此，你永远不会被提醒她爱你……你懂吗？”他耸了耸肩，“她死了。”

杰克在木凳一头挖着什么。

“这不是她的错，”路易斯接着说道，“或者是你的错。这只是杀死她的浑蛋的错，明白了吗？”

杰克点点头。

“所以你恨所有人，”路易斯说，“当作是他。”

6

“她在剪草坪，”雷诺兹太太叫道，“快来看。”

雷诺兹叹了口气，盯着厨房的天花板，然后起身踏步上楼，走到卧室的窗边和母亲站在一起，因为他知道他最终还是得这么做，所以不妨把它弄清楚。

隔壁的确有一个小孩子在用一台大型汽油割草机修剪草坪。手柄和她的头一样高，她双肘架在上面，并以一个可怕的角度倾斜着，以使机器移动。割草机经常会被卡住，她就猛力往前推推，直到它再次移动，然后倒着推向另一个方向，以避免在这个小花园的两端转来转去。她不时地停下来让割草机自己跑，自己从地上移走一块大的棕色“岩石”。在第二次之后，雷诺兹才发现那不是一块岩石，而是一只乌龟。

“你看到了吗？”雷诺兹太太责备地说道。

“我不知道你在担心什么。”他说。

但他的母亲决心找她的新邻居的碴儿，如果不能批评割草，她还有别的可以批评，她从不缺少批评的弹药。“她也是个可怕的小骗子，像黑猩猩一样挂在篱笆上。她总有一天会把它弄坏，然后谁来赔钱？肯定不是她那个邋遢的兄弟！”

“到时再说吧。”他安慰母亲道。

但这没起到一点点安慰的作用。她哼哼两声，意思是这还没有结束，跺脚下楼去了。

雷诺兹站在窗口又看了一会儿。

他看着小女孩停下来，用T恤下摆揩去脸上的汗，露出苍白的肋骨。

瘦得像根针！

然后，她把乱糟糟的头发撩到耳后，露出脸颊，再一次靠到割草机边。

“我给你说，”他自言自语道，“她剪草坪剪得还真不错。”

7

门口响起了敲门声。

亚当。

他不是五分钟前才去了勒德洛吗？而且他不是有钥匙吗？即便如此，凯瑟琳开门时还是如此期待的。

但不是亚当，是那个贼。

她像触了电似的，嘴巴大张着，喘息声大得使得在马路对面洗车的肯特先生抬头看了一眼。

“你想要干什么？”

“刀。”男孩直截了当地说。

他看起来和在超市停车场那天差不多。同样没洗过的牛仔裤，同样的蓝色连帽衫，同样的自己剪的头发，还有那双肮脏的灰色眼睛。

凯瑟琳摇了摇头：“我没有刀。”

“它在哪里？”

“我没有。”

“放屁！”男孩转过身来，四处张望，好像附近的人可能会给出一个更符合他心意的答案。

“那是我丈夫的刀，”她说，“他对这件事情非常生气，所以如果我是你，我不会在这里闲逛。”

“但我需要那把刀。”

“好吧，他找到了，现在我不知道它在哪里，”她说，“所以你运气不好。”

然后她关上了门。

男孩迅速伸出手阻止门关上。门在凯瑟琳身边反弹开，让她吓了一跳。

“我能找到它，”他说，“我能进来吗？”

“不，你不能！”她怀疑地说，“如果你现在不离开，我会报警。”

“去呀，”他说道，走进门，“给他们打电话。”

“我会的。”

“那快去！”

凯瑟琳犹豫了，她没料到会发生这次谈话。她不确定自己期待过什么，是威胁，还是道歉？两者似乎都不太可能，但两者似乎都比一个窃贼要求她报警更加可能！

“这太愚蠢了，”她说，“快离开！”

“你还好吗，凯瑟琳？”肯特先生喊道。他停止了洗车，双手拿着大团黄色海绵放在胸前，活像游行时端着一把步枪。

“没事，”她回应道，希望自己的声音大小恰到好处，既让他保持警惕但是又不至于让他过来卷入其中，“谢谢你，肯特先生。”

有效。他继续洗车，但经常瞥一眼，怀疑的目光中又带着安抚，似乎在说：“有我在呢。”

凯瑟琳回头看着那个男孩，他继续说，好像他们并未被打断过一样。

“这不是愚蠢，”他说，“我的母亲被杀了。杀了她的刀在你家里。”

男孩眼中的某些东西和坚定的口气是如此诚实，以至于凯瑟琳愤怒的风帆一下子没有了风，突然间，她唯一能感到的就是可怜。无论男孩的母亲身上发生了什么——无论她是被谋杀还是死于癌症，或是抛开家庭去过新的生活，他显然都受到了伤害。

“你母亲叫什么名字？”她温和地问道。

男孩看起来很谨慎，但还是说了：“艾琳·布赖特。”

“你呢？”

他犹豫了，再次环顾了四周，想找到另一种质问的方法，或者是找一个谎言。

他都没找到。

“杰克。”他终于说道。

“杰克，”凯瑟琳更亲切地说，“刀子属于我的丈夫。他实际上丢了，所以非常高兴能找回来，但肯定有100万把这样的刀。”

“不，”杰克强有力地摇了摇头，“就是那把。”

“你怎么知道的？”

“我不知道怎么知道。”他皱起眉头，然后突然开始摇摇晃晃起来。他咬着嘴唇望向花园，泪水模糊了他的双眼：“我就是知道。”

凯瑟琳心里感到一阵剧痛。他是个小偷，但他还是个孩子。

“但这不合逻辑，不是吗？”她温柔地告诉他。

“你才不合逻辑！”他回击道，“如果你合逻辑，你就会打电话给警察！”

“这可能是真的，”凯瑟琳笑着说，“但我怀孕了，恐怕你没注意到。有时候逻辑会退居二线。”

那个男孩敏锐地看着她，好像她说了一些真正重要的东西。

“你什么意思？”

她耸耸肩：“孕妇会做些疯狂的事。”

然后她半笑着，但他没笑。他只是站在那里，皱着眉头，好像在想别的什么，别的人。

“杰克，”她坚定地说，“你必须明白，你闯入我家，对我来说是让我非常不安的。你很幸运，因为孩子很快就要出生，所以我们都不想因为这不安而去找警察。真的，我们只想忘记它，所以我们准备算了，但是现在你让我们很难办！”

凯瑟琳在那里想着。这就是告诉他了！

但这个男孩看起来并不像是在听她说话。

“你说你丈夫找到了刀？”

“是。”

“那他一定是一直在找它。”

她茫然地看着他。

“这是合乎逻辑的，”他慢慢地说，好像自己在努力搞懂这个问题，“如果他找到了，那他一定是一直在找。”

“我没明白——”

“就是说他一定知道刀不见了，所以不可能是丢了！”

凯瑟琳张开嘴想反驳他，但又闭上了。

她确实明白了……

“他骗了你。”男孩说，凯瑟琳因明白真相而脸色通红。

“你翻我的内衣抽屉干什么？”

亚当从未回答过她的问题，只是要求她回答。

好多只蝴蝶在她的肚子和胸里乱撞，在她的喉咙里扑扇着翅膀。

现在她觉得……迷失了。

突然间，现在是那个窃贼带着可怜的神情看着她！

“我可以进来吗？”他说，“拜托！”

她犹豫了。

“我本可以杀了你。”

他本可以杀了她。

“拜托？”他又说。

凯瑟琳·怀尔打开门，让他进来了。

8

杰克已记不得上一次从前门进入陌生人的家是什么时候。

不是从前……

在白天，一切看起来都不一样。房子里光线明亮、空气清新、空间宽敞、安宁平静。

窗明几净。

客厅——他曾在那里拿起过电话——以紫红色作为主色调，还有一大块心形地毯，书房，他曾经放在厨房桌子上的笔记本电脑又回到了书桌上，两个文件盒里满是文件，角落里还有一卷打开了的圣诞节礼物包装纸。

在明亮的厨房里，水槽上有一个愚蠢的标志，写着“底层民众”。一只毛茸茸的白猫擦过他的腿，匆匆走到碗边，哀怨地喵喵叫着。

凯瑟琳·怀尔站在房间中央。她脸色苍白、眼神迷茫，看起来像这栋房子里的陌生人。

“你要坐下吗？”他小心翼翼地问道。

她坐下了。

杰克不想待太久。他曾耐心观察和等待，等到亚当终于开着那辆一侧有红玫瑰花饰的白色面包车离开了，但是他已经习惯了快速进出一个房子，在房子里站着不动已经让他感觉到不安。

他回头看向前门和楼梯。

“我可以找刀吗？”

“不行。”

“但这就是我来这里的原因。”

“等等，”她说，“让我想想。”

杰克很沮丧。如果她不让他找到那把刀，让他进来是什么意思？他本该再次偷偷进来找到他想要的东西。他差点儿就这样做了——跑到楼上开始搜索凶器。

她能做什么？

报警？

但如果他把刀拿到警察那里是最好的解决办法，那么他上次来这里就那样做了，还有机会说服她去报警。

不用威胁杀死她。

他希望路易斯在这里，带着他能说会道的天赋——路易斯可以和任何人攀谈。

他要拿到刀，他得让她相信他！

“他也扎了那个男人的轮胎。”

“谁，亚当？”她皱起眉头，“别傻了。”

“我看到他做的。他走出来，用刀扎了两次，然后进了屋。”

凯瑟琳·怀尔脸色苍白。她紧紧抱住肚子，仿佛紧紧抓住水流湍急河流中的岩石。

“你必须报警。”他急切地说。

“我……”她刚开口。

猫咪突然拱起背摆出警戒的姿势，亚当·怀尔走进了房屋。

杰克愣住了，瞪大眼睛，然后冲向后门。

锁上的！

该死！

他转动钥匙，猛地拉开。什么东西猛击在他后脑勺上，让他一下子飞出了房子。

“亚当！不要！”

杰克晃晃悠悠，膝盖撞在了露台上，他又爬起来，这股冲力让他几乎又摔出去。

继续跑。

有人抓住连帽衫的后兜拉住了他。杰克试图挣开。那个男人又一拳打来，很重，打在耳朵上。

“亚当，不！”捂住嘴的声音，“亚当！停手！”

亚当没有停，还是抓着他，喊道:“你这个小浑蛋！你这个小浑蛋！”

杰克反过身，扭扯着正面对上他，向后一躲一拉，将自己从连帽衫和 T 恤里剥出来——衣服在亚当的手上晃荡。杰克光着上身穿过草坪，穿过花坛，翻上篱笆，从顶部跳到远处冷杉树的柔软的绿色枝丫的臂弯中。

一个大拳头在半空中抓住他的脚，打断了他的弹射。他往前一栽，捂住脸，笨拙地摔倒，掠过树木，撞上篱笆。

他在土里弹了两下，头昏脑涨，盯着无云的蓝天。

这时亚当·怀尔像一只愤怒的熊一样越过篱笆，杰克挣扎着站起来，再跑，跑过邻居的花园，沿着房子的一侧，穿过前面的小草坪，在那里有一个女人正在修剪一朵玫瑰。

“啊！”

杰克跑上街道，双眼模糊，肺部吸入空气，双臂摆动得如此厉害，以至于他觉得自己会飞起来，飞过剩余的路一直飞回家。

不然得死。

“你个小浑蛋！我杀了你！”

杰克冒险扭头瞥了一眼，亚当还在追。

身体比他壮，年龄比他大，在愤怒的驱动下不停在追。

杰克继续跑。

保持呼吸。

不时看看身后。

直到终于后面没人了。

他才慢下来，才停下来检查了下手臂、胸部和背部的擦伤、划痕以及即将出现的瘀伤，还有从嗡嗡作响的耳朵中流出的鲜血。

他绕了很远的路回家，沿着运河走，在河边洗干净了脸上和胸部的鲜血。耳朵疼得他瑟瑟发抖。

他的膝盖在露台上撞伤了。他感到有点儿想吐，后脑勺不停地跳。

但亚当·怀尔杀了他母亲。

现在杰克知道这是真的。他在那个男人的眼里看到了，在他的拳头下感受到了。杀死他母亲和他未出生的妹妹的那双野蛮的手猛击他、抓住他、从他背上撕下衬衫。

我会杀了他！他想着，被这些话带来的快感震惊了。

杰克习惯了愤怒，但他以前从未感到杀气腾腾。

现在有了。

他的血液咝咝作响，他的手指在期待中抽搐着。亚当·怀尔跪在地上，在他恳求怜悯时，他会把他打死。他会放下锤子，先掰断他的爪子，从头顶划开头骨，打破他的脑袋，打烂他的牙齿，刺破他的眼睛，用血淋淋的小手把他的蛋蛋揪下来。把他丢在路上，等着乌鸦来啄食，就像亚当·怀尔把他母亲丢在路上九天一样。

九个漫长炎热的夏日……

在一个路侧停车带旁的矮树丛中。像废品一样，像垃圾一样。

他穿过小镇，苍白的血液像潮湿的溪流，流淌过胸口和肋骨，他的耳朵每走一步都痛苦地喊叫。

流浪汉在他经过时抬起头。

“你在流血！”他说道，准备起身，但是杰克径直跑过去，一直跑回家。

他可以听到割草机的声音，并且很高兴梅丽不会问问题。

他跑到楼上，把另一件连帽衫从门后的钩子上取下来，他把衣服挂在这里，这样老鼠就不会在衣服上撒尿了。

他抓起背包和他的锤子。他会从浴室的窗户进去。他们想不到的。不是今晚。他会杀了亚当·怀尔，而他愚蠢的妻子尖叫着，希望她会打电话给警察。

他忘掉了所有的疲倦，也忘掉了所有的恐惧。

只剩下了愤怒。

他把背包挎在肩膀上，然后转身准备离开。

“我饿了。”

该死！

难怪突然没了动静，割草机没动了。

“没麦片粥了。”梅丽说着。她把唐纳德像个盾牌一样抱在胸前，乌龟的鳞状脚趾搭在她的锁骨上，老老实实地看着她。

“那就吃点儿别的。”

“没有别的了，而且我饿了。我们都饿了。”

“见鬼，梅丽，”他厉声说道，“你能消停会儿吗！”

她抖了一下。他不在乎。但不一会儿，她盯着他的那双大大的眼睛中流露出受到惊吓的神色，让他感到内疚。

“这不是我的错，”他厉声说道，“别再唠叨了！”

“我只是——”

“我会给你带些东西当早饭，好吗？”

她嗫嚅着：“但我现在很饿。”

“早上会有吃的，梅丽！天啊！”

“好的。”梅丽悲伤地点点头。她把唐纳德提起来，转过头，用自己瘦小的肩膀擦了擦鼻子。

她可以等早餐。

“还有书吗？”她希望。

“不要逼我。”他吼道，冲下了楼梯。

9

凯瑟琳·怀尔在等亚当回家，心里面前所未有地害怕。

不是害怕她可能会在考试中失败或者撞车或者在从商店回家的路上被抢劫，而是害怕她的整个未来。

她等着，耳朵警惕地听着每个声音，眼睛搜寻着花园，然后是公路，又是花园，然后又是公路，寻找亚当或男孩的任何影子。她打过电话给亚当，而手机铃声在随意停放在车道上的面包车里响起。

这些事件一直在她脑海中重放，就像一部她没法不看的恐怖片。她从没见过亚当这么生气，从未见过有人这么生气。如果亚当抓住这个男孩怎么办？如果他把他打成肉酱怎么办？或者把他追到铁路线上，在那里把他剁成碎片，或者把他推到运河里，像石头一样沉下去怎么办？如果遇上路人见义勇为怎么办？如果手铐咔嗒一声铐在亚当的手腕上，而她还坐在这里犹豫不决怎么办？

更糟糕的是，杰克杀了亚当怎么办？用刀子或棍子或一大块混凝土反戈一击怎么办？如果亚当这么长时间没回来是因为他已经死了怎么办？

当她在脑海里惊慌失措地从一个可怕的结局冲向另一个可怕的结局

时，泪水在凯瑟琳的眼中不停打转。

如果亚当死了，她会变成什么样？

或者因为谋杀罪被捕了，她会变成什么样？

随便哪种，她会变成什么样？

她很想要笑出来——这些听起来很戏剧化，然而这是她能想到的全部。时间一分一秒地慢慢过去，先是一个小时，然后是两个小时，而亚当还没有回来。

她几乎要忍不住打电话报警。

她真的差一点儿就打了。

假如真的发生了最糟糕的事情，她并不想马上就听到；如果没有发生，她也不想提醒警察，她那肌肉发达，身高六英尺两英寸的丈夫在攻击和追打一个瘦弱的男孩。

一声警笛响起，她僵住了，但警笛声很快就过去了。

不是来找她的。

拜托，不是来找她的亚当的。

她的亚当，曾发誓爱她、尊重她，买了婴儿香蕉布丁和吹泡泡的玩具火车。她的亚当，努力工作支付账单，放弃了自己的跑车，买了带有侧撞保护系统的沃尔沃，从德比、沃里克和法尔茅斯给她寄明信片，歪歪扭扭的字迹和有趣的涂鸦让她傻笑，感到安全，并且崇拜。

她的亚当，任凭她哭着请求停止，还是残忍地揍着一个男孩，撕下他的衬衫，并在篱笆和路上追打他……

像一个疯子。

凯瑟琳祈祷着。她觉得这样做很蠢，但还是这样做了，童年以来的第一次。

乞求那位受冷落的神灵帮助她：让亚当安全回家，没有发生任何令他们余生都将后悔的事情。

10

离开家时，杰克对梅丽很生气。但当他闯入布鲁克夏那边的房子时，剩下的只有对自己的气愤。

她饿了，这是他的错。他被分心了。找到刀后，他心烦意乱。没有怎么工作，没带食物回去，没带书。他的注意力被转移了。

他生气地咬紧牙关。要负责照顾好一切，就得无情。

难怪父亲放弃了。

威廉斯一家去了巴黎迪士尼乐园，他们的厨房里只有少量的食物，橱柜里都是些垃圾食品。

最后，杰克把一袋橙子和一品脱牛奶塞进背包，把剩下的垃圾从冰箱里拿出倒进洗衣机里，想着这相当于帮个忙。

楼梯顶端有一个书架，杰克经过它时，双手将那些书名不怎么样的书统统扫出书架，掉落到地板上，然后再看看有其他什么，毫不关心自己踩在被撕破的封面和撕裂的书页上面。

只有两本有关吸血鬼的书，梅丽已经读过这两本，但他找到了斯蒂芬·金的《它》。这很好，很厚，而且梅丽也可以开始扮演小丑……

他自己从未读过这本书，但他大约在八岁的时候，和父亲一起看了根据小说改编成的电影，他们两个人都被吓坏了。每个正常角落都潜伏着恐怖……然后母亲大声喊道说他太小了不能看，但已经晚了，杰克看得很高兴。这部电影已经成为他们共享过的东西。

他觉得这意味着什么，但这些都已经是过去了。

突然间，杰克像是被打了一拳，一下子绊倒在光滑的硬壳封面上，他一把抓住栏杆保持住平衡，弯下腰，气喘吁吁，怅然若失。

他想念父亲。

他想念他几乎都快忘记的父亲，想念他在变得软弱、恐慌、只会哭哭啼啼之前那善良、有趣和坚强的父亲。他想念，在他们小的时候，他和乔伊会像猴子爬树一样爬上父亲的肩背；想念父亲用餐巾纸轻轻地将沙鼠“露比”包起来，装在一个鞋盒中，然后在周围撒上一些葵花籽；想念当杰克用放大镜聚光，在客厅地毯上烧了一个洞的时候，父亲用沙发盖住洞，这样妈妈就发现不了……想念在公园学会骑自行车的那一天，父亲的手一会儿扶住他一会儿松开，但仍然足够近，以便在他快摔倒时能一把抓住……

杰克感到惊慌失措，不知道为什么。

有一分钟他站在陌生人家中的楼梯上，感觉像一个小男孩从一辆失控的自行车上摔下来那样头晕目眩，然后他又踩在书上滑了一跤，几乎是摔下楼梯匆匆离开了房子。

差不多是凌晨三点，整个蒂弗顿唯一的声音就是回响在潘尼尔市场里他的橡胶鞋发出的脚步声，他经过半个月亮酒吧的新月形标志，经过金街，在那里一只仓鸮猛地掠过他，飞得如此之低，他几乎可以用手指够到那苍白的羽毛，然后它扑棱着翅膀向爱德华七世的雕像致敬，消失在运河上。

他继续跑，除了知道梅丽现在饿了，其他什么都不知道。她现在饿了！他的工作就是照顾她，他的工作就是抓住她，让她不会摇晃着摔倒……

他穿过超市停车场，安全灯下一辆无人照顾的手推车是令人瞩目的明星；他又经过那家专卖没人买得起的豪车的汽车专卖店，最后气喘吁吁地回到自家门前的街上。

在新粉刷的正门前，杰克停了下来。他放下书和背包，已经感觉不到自己的腿。

小玻璃窗破了。

透过它，可以看到房子着火了。

11

亚当走进前门时已差不多午夜了，当他走进来时，凯瑟琳一下子扑了过来。

“你不要！”她连喊带打，“你不要再这样做了！我都要疯了！如果你没有回来怎么办？如果他刺伤了你怎么办？或者你杀了他怎么办？我和宝宝怎么办？我们怎么办？”她每说一句就打他一下，手臂上，肩膀上，当愤怒得到宣泄，她耗尽能量，最终落入他的怀抱，不停地哭。

“你把我吓坏了！”她抽泣着说，“你这个大男子主义的蠢货！”

“我很抱歉，凯瑟琳，”他说着，轻轻地抚摸她的头发、背部、她的肚子，“我只是没忍住。我是个大男子主义的蠢货。我很抱歉，很抱歉吓坏了你。”

他安慰她，低声哄着，直到她终于不再哭泣，然后给两人倒了茶，在厨房桌子边，笨拙地坐在木椅上，而不是在客厅里轻松地躺着，因为在那里气氛似乎又太宽容了。

“你去哪儿了？”

“我没抓住那个小浑蛋——”

“感谢上帝！”

“所以我去了酒吧。”

她很惊讶。亚当不是一个喜欢喝酒的人，她也没有闻到他身上的酒气。不过，她因为哭泣，鼻子整晚都充斥着泪水的味道。

“哪家酒吧？”

“半个月亮。”

他一直跑到了镇中心。他一定非常努力地想抓住那个男孩，肯定非常生气……

凯瑟琳对可能发生的事情感到不安。

“你为什么在这里，而不是勒德洛？”她说，脑子里刚刚想到这点。

亚当叹了口气，双手疲惫地搓着脸：“凯瑟琳，我知道有些事情发生了。我一直在注意房子。”

她的眼睛睁大了：“你在监视我？”

“当然不是，”他惊讶地说道，“你是我的妻子！我想确定你没事。我很担心你，并且有充分理由。凯瑟琳，这小孩威胁要杀了你！他在我们家里！如果我不在这里会发生什么事？”

凯瑟琳咬着嘴唇:“我不知道。”

“所以我不会无所事事地等着它发生。”

“但是工作呢？”她问。

“你不用担心我的工作,”他说,“我加了那么久的班，他们还欠我一个月的加班费。”

凯瑟琳犹豫了。亚当只是一名推销员，并不是不可替代……

然后她就放过了这点，闷闷地点点头。让他自己担心工作的事情吧。她没办法；她没有多余的能力担心任何事情。

亚当用手盖住了她的手，她没有抽出来。

他发出一声巨大的叹息，如释重负:“无论如何，他头上挨了我一拳，吓了一大跳。我认为他不会再回来了，如果他再来，我们就打电话报警抓住那个小杂种，行吗？”

他的笑容有股安心的力量，凯瑟琳看着他的眼睛。那眼神是如此善良，很难将它们与攻击杰克联系起来……

“行。”她低声说。

“很好。”他说道，然后他们一起上楼去了。

亚当去洗澡，凯瑟琳准备睡觉。她拿出睡衣，铺在床上，坐在它上面，自己都没有注意到它大得像一张床单。

然后她拿起电话打给珍妮特。

她们聊了聊天。她因忘记了给珍妮特意大利调味饭食谱而道歉；珍妮特告诉她，自己已经卖掉了带池塘的房子。她们就是闲聊，没别的。

“罗德怎么样？”

“好极了！”珍妮特热情地说道，“你知道吗？我真的认为他可能就是我一直要找的那个人。”

“真为你感到高兴，”凯瑟琳听到自己说，“这可是超级新闻。”

“谢谢！”珍妮特说道，然后开始喋喋不休地说罗德对她有多好，他做了多少事情，挣了多少钱，因为她仍然不确定，哈哈哈……

“他的车轮胎怎么样了？”

珍妮特明显有一个慌乱的停顿，她要停下谈论罗德与自己的黄金未来，重新调整到凯瑟琳询问的爆胎的事情上。

“哦，”她说道，听起来有点儿无精打采，“那根本不是轮胎的错。它被人扎破了。”

凯瑟琳缓缓转身，盯着床边墙上的镜子：“真的？”

“就是！你能相信吗？在那条安静的小路上，就在你家门外！他们说是非常尖锐的东西在两个地方扎破了轮胎胶皮，所以他没有退到钱。”

“当然。”凯瑟琳说。

又一阵沉默。

她不确定与珍妮特的谈话结束了没有，但她知道自己挂了电话。

慢慢地，她脱下了衣服。

浴室里淋浴的声音停了，她可以听到亚当吹头发的声音，哼着歌曲——披头士乐队的什么歌，然后是刷牙的声音。

在走廊的暗淡灯光下，凯瑟琳赤身裸体地站着，盯着巨大的肚子——亮闪闪的、舒展的巨大肚子，足以容纳他们欢天喜地翘首以待的婴儿。在过去的几个月里，她曾多次享受这个角度——惊叹于肚子渐渐隆起，慢慢地连脚都看不见了。

她总是感到喜悦和惊奇。

但今晚喜悦并未到来。惊奇也没有。

相反，杰克·布赖特的话在她的脑海里盘旋，那些话让她鬼使神差地邀请他进了他们的房子……

“如果他找到了，那他一定是一直在找。”

亚当说刀已经丢了，但他知道它不见了。

并且努力地寻找它，最后在她的内衣抽屉里找到了它。

然后就此骗了她。

今晚凯瑟琳低头看着紧绷的肚子，没有看到喜悦和惊奇，而是感到一种奇怪的恶心。

因为这是第一次，在和他们宝贵的孩子一起成长的时候，他们两人间种下了一颗小小的怀疑的种子。

她恨杰克·布赖特在那里播下了种子。

第五章
SNAP

太过于巧合就不是巧合

1

杰克把钥匙猛地拉到头上，当挂钥匙的细绳勾住他的耳朵时，他嗞的吸了口气，然后呛出一口烟。

他撞开门，火焰就像快乐的小狗一样向他猛扑过来，在门撞到坚固的东西并反弹回他身边之前，一股精灵般的灰色烟雾已经吞噬了他。

都怪乔伊和该死的报纸！

“梅丽！”他喊道，“梅丽！”

他屈着手臂遮住脸，穿过火场，然后四肢趴下，在地板上终于可以呼吸，也能看到点儿什么了。

火只在门后面，火焰几乎舔到天花板上，沿着地毯往前蹿，但烟雾浓得让人窒息，扑向楼梯……

杰克呛得弓着身子。他摸到客厅门的把手，把门关上阻止火蹿进去。

如果火进到里面，这房子就真的没救了。

他手脚并用，匆匆爬上楼梯，一直低着头，一路咳嗽。

“梅丽！”他嘶哑地喊道，“房子着火了！”

她的房间里已经到处是烟。她在那里，几乎埋在碎纸里，就像一只宠物仓鼠。

他粗暴地摇晃着她，他吓坏了，害怕自己回来得太晚，她再也不会醒过来。

“怎么了？”梅丽生气地叫着。

“房子着火了！”

杰克把她从窝里拉出来，拽着她的手拖进浴室，砰地把门关上。

“好臭。”她打了个哈欠，然后猛烈咳嗽起来。

“那是烟。”杰克说，抓起一条毛巾，在水池里打湿，然后打开窗户，把梅丽抱到窗台上。

“你爬出窗户，从厨房屋顶滑到花园，然后离房子远远的。你明白了吗？”

“为什么我不能留在这里？”梅丽说，“火又没烧到这里！”

“因为大火会过来找到你的。”

“火不会动！”她说着，看起来很是怀疑。

“不，它会，”他说，“比你跑得快。”

梅丽的眼睛因恐惧而睁得大大的：“但唐纳德怎么办？”

“它会没事的。”

她开始哭起来：“但是它跑不快，火会找到它的！”

杰克犹豫了，然后他大叫一声：“见鬼！”深吸一口气，又回到了楼梯处。

这里的烟变浓了。他走了两步，踩在什么东西上摔了一下，原来是唐纳德，还在慢慢地爬。

当杰克将宠物的硬壳塞到她怀里时，梅丽的小脸一下子明亮了起来。他站在浴缸的边缘，举起她，将她和唐纳德从窗户放到缓缓倾斜的屋顶上。

“坐下，”他说，“小心。”

梅丽转身抬头看着他，一只手搭在窗台上，另一只手抱着唐纳德。“你要去哪儿？”她问。

“去找乔伊。”

“但是到处都是火！”

“快走！”他说，“别回来！”

他砰的一声关上窗户让她无法回来，然后犹豫了一会儿，盘算了一下，做出选择。

装钱的袋子藏在他卧室衣柜的顶上，有没有时间去拿出来扔出窗外让梅丽接着？

没有。

该死！

杰克用滴着水的毛巾盖住头，跑到楼下。

火焰把前门已经烧成了一个拱门，但还有一阵才会烧到走廊上。然而，当他进入前厅时，烟雾在他身后急切地滚滚而来，挤在一起，沿着报纸通道爬行，像一支庞大的灰色搜索队穿过报纸“峡谷”。杰克砰地关上了门，但是烟进来得很多，他咳嗽起来，看到更多烟偷偷摸摸地从门下和铰链之间溜进来。

“乔伊！”他对着墙喊道，但是他一开口就呛得不行，她可能没听见。

希望这就是她为什么没有回答的原因。

杰克挤开报纸墙。纸墙没有让步，一寸都没有。

“乔伊！”

他跪倒在地。

当他开始穿过“隧道”时，他才意识到这里是有多紧。

他不得不趴在地上，像铁丝下的士兵一样用手肘将自己一点儿一点儿往前拉，尽管“隧道”的两头非常近，但就是这么点儿距离，移动也很困难。这些报纸始终压着他的肩膀、臀部和头部。他以为“隧道”很脆弱，很容易被推倒，但现在他在里面，感觉绝对牢固。客厅的前面离墙只有几英尺远，然而他觉得在任何时候他都可能会卡住而无法向前或向后移动。他会在这里窒息，然后燃烧，消防员将不得不拉住他的脚踝将他烧焦的尸体拉出去。

他向上帝祈祷梅丽在花园下面是安全的。

湿毛巾有助于呼吸，但让他看不见。

他擦了擦眼睛，但双眼很快就再次充满泪水，因为烟雾和该死的灰弥漫在空气中。

“乔伊！”他再次尝试。

没有回答。他继续前进。

可能穿过纸墙最多就20秒钟，但似乎持续了一生。

终于他的肩膀自由了，拖出了腿，跟着站起来。他四下挥舞毛巾让自己能够看到周围。街灯透过乔伊从其他房间偷过来的窗户，照亮了她半个房间。

她不在那里。有一张报纸整齐堆叠而成的窄床，乔伊的羽绒被在上面，小鹿斑比和兔子桑普也在那里。他好多年没见到了，但立刻就认了出来。床旁边是为他们还未出生的妹妹买的婴儿床，现在里面装的是乔伊的旧娃娃玛莎。

烟雾懒洋洋地翻过纸墙，像暴风云一样，杰克咳嗽得蜷着腰。

“乔伊！”他喊道，很生气，突然他吓了一跳。

他无法穿过“隧道”回去。他必须从窗户爬出去，然后绕过后面去找到消防水龙头。他必须跑到这排房子的尽头才能从河岸越过花园的后墙，而这将损失重要的几分钟，但这是现在唯一能做的事情。

窗户是锁上的。

他拼命地猛拉手柄。

仍然锁着。钥匙在哪里？有钥匙吗？刺鼻的烟雾让他看不见了，只能沿着窗台摸索。除了落到地板上的报纸什么都没有。

他慌乱得不知怎么办好，弯下腰去捡报纸。他咳嗽着，吸进了烟，又咳起来。他跪倒在地上，手撑着地，意识到不能再捡报纸，他快窒息了——那天就是在这个窗户下面，他和乔伊和梅丽蹲着，第一次见到路易斯·布里奇。

既然知道自己快要死了，杰克决定站起来。

可惜只是想象，实际上他俯得更低，肘部和膝盖贴地，然后侧身靠着墙，身体外没有任何感觉，但身体里面，在他的胸中感觉到巨大的隐痛，肺部吸入的不再是空气，而是烟雾、灰烬和地毯燃烧产生的化学物质……

当他贴着墙壁轻轻地滑下，鼻子、嘴唇、脸颊、耳朵慢慢贴到地板上时，他想着——让我负责照顾是多愚蠢啊！

2

冰冷的水冲在杰克的脸上，让他颤抖、翻滚、咳嗽，不停地咳嗽。

“我说过，他没死。”梅丽说。

水沫击中了他的头部，冰块塞进他的耳朵，水像瀑布一样流过他的颈部、背部和胸口，浸泡着他，使他窒息。

他双臂抱住头，喊道：“把它关掉！把它关掉！”

“把它关掉！”梅丽尖叫，终于水没有再冲他，尽管他仍然可以听到水声就在附近。

杰克喘着气，擦了擦眼睛。乔伊站在她的纸房中间，街灯照亮了她，她手里拿着花园里浇水的软管——银色的水花开在空中，又像液体雨伞一样在她周围淋下来。她的脸色苍白，嘴唇发紫，穿着杰克上次见她的时候穿着的粉红色睡衣，但现在很脏，看上去像灰色，而且湿透了，水顺着往下滴，滴到她光着的脚上。

她苍白的眼睛厌烦地盯着他的脸，它们是她身上唯一还有生气的部分。

杰克在冰冷的水里颤抖着，水在他身下积成了几摊，他对着梅丽嘶哑着声音吼道：“我不是告诉过你要离开房子吗。”

“乔伊和我用水管灭的火，”梅丽耸了耸肩，“我脚割伤了。”

她举起水管给他看，脚底板上的伤口还在流血。他慢慢坐起来，浑身滴着水：“你是怎么被划到的？”

“客厅里有玻璃。”梅丽拿着一大块玻璃，但它不是小窗上的玻璃，而是厚厚的深褐色一块。

那是一个瓶子底。大部分标签都被烧掉了，但杰克仍然可以看得到“吉尼斯黑啤”几个字。

甚至不用把它放到鼻子前，都能闻到汽油的味道。

亚当·怀尔。

太过于巧合就不是巧合了。杰克以为自己跑得比他快，以为自己赢了，但在某个地方，亚当不再试着抓住他，而是偷偷地跟在他后面。

一路跟着他回家，试图杀了他，杀了他们全家人，甚至差一点儿得逞。

杰克突然为凯瑟琳感到不安。她知道自己丈夫做了什么吗？知道他有能力干什么吗？

“我恨你。”乔伊说。

“我也恨你。”杰克疲倦地说。他全身湿淋淋的，往前倾着，然后狼狈地跪倒在地。

“见鬼，”他说，“该死的——”

乔伊开始打他。不是用手或手臂，而是用她的全身，压住他、挠他、咬他、扯他头发，另一只手还拿着软管，仍然在喷洒。杰克就好像被波浪击中翻滚到岩石上那般潮湿、那般寒冷、那般迷失了方向，以至于他感觉自己可能会在前厅被淹死。

“呀呀呀！”她尖叫道，“呀呀呀！”

杰克躺在地上，试图把她推开，但是她用尖尖的膝盖挺直地压在他胸口，用喷头猛击他的头部，这样每次击打都让他感觉又冷又热。杰克捂住脸，试图转身，乔伊继续向他喷水。

“你就不应该负责！你说我们会找到妈妈，但我们没有找到妈妈！

你承诺一切都会好的，但事实并非如此，我恨你！我恨你！我恨你！”

“停！”梅丽从很远的地方喊道，“乔伊！快停下！”

最后乔伊停了下来。

乔伊挂在他身上，杰克浑身发抖，水从乔伊脸上滴落到他护着脸的手上。

“我不想负责，”他说，“但是总得有人负责。”

“爸爸会负责的。”

“但他就是个烂人，只是一个哭泣的巨婴。”

“因为他很伤心！”乔伊喊道。

“我也很伤心！”杰克喊道，“但我没有每晚都喝醉！我没有丢掉工作！我没有去买牛奶，然后再也不回来！我住在这里，尽了我所能。”

“但是……”乔伊张了张口，努力地想说些什么。她快哭出来了。杰克记得她以前一直这样，想怎么样就怎么样。但他们现在都不哭了，哭从来解决不了问题。

她坐在他肚子上，用湿漉漉的手臂擦干湿漉漉的脸，然后看着报纸房间慢慢地融化，水管还在不停地喷水、喷水、喷水。

“但是，”她又说，“我不喜欢你所谓的尽力。”

“我也不喜欢，”梅丽哼哼着说，“唐纳德也不喜欢。”

杰克不知道该说些什么。他不知道该怎么办。他只知道自己失败了，感觉自己就像狗屎一样。

乔伊慢慢爬下去，然后带着软管爬过“隧道”。

“我们现在必须搬家吗？”梅丽问，悲伤地环顾四周，“我才修剪了草坪。”

“不，”他说，“一切都会好起来的。”这话在杰克的耳朵里听起来很空洞——这是他未能履行的承诺。

他叹了口气，坐在一摊肮脏的泥水中。烟正在消失，借着街灯的光，他看到乔伊的小房间墙壁上贴着数百张剪报，也许成千上万——从一堆堆报纸上垂下来，就像鱼鳞一样。

这多半就是那些洞怎么来的原因了，杰克想着。

乔伊晚上俯身于报纸堆中，像侏儒怪一样一边喃喃自语一边剪下这些……

疯了。

但当他盯着看那些剪报时，他意识到这不是什么疯了。

全都是关于他们的母亲。

头条新闻、一般文章、小小的片段。

准妈妈、准妈妈、准妈妈……

还有照片。他们父亲在哭的那张、被遗弃的乔伊、又小又模糊的他母亲的照片，在墙壁上，一张接一张。

还有其他他从未见过的照片。激起他曾发誓要永远忘掉的记忆的照片：“叫我拉尔夫”和他的大胡子，拿着一大堆文件和报纸的照片；父亲抱着梅丽站在那蓝色脱皮的前门前的照片；母亲的棺材上覆盖着雏菊的照片。杰克记得他们是怎么在周围附近采摘雏菊的。他本来不想去的，不想假装这个世界不是那么邪恶而丑陋。

他的目光在墙上漫游，寻找他们在一起的照片，那张头发被风吹起，抚过眼睛的照片，但没看到。

所以这就是乔伊的日常——记住妈妈以前生活的最后几天……

杰克第一次为她感到难过。

他第一次意识到乔伊并不疯狂，只是伤心欲绝。

他第一次在想，他们是否是同类……

有人敲门。

杰克和梅丽睁大眼睛看着彼此。他走向“隧道”，但在他开始通过之前，他们听到了乔伊开门的声音。

“该死。”他嘘声道，和梅丽盘腿坐在一起，面对面，侧耳听着。

“你好，亲爱的。一切都还好吗？”

“雷诺兹太太！”梅丽用舞台旁白的语气低声说道。

“嘘！”杰克用手指指着她的嘴唇。

她甩开他的手，大声说：“我在小声说话！”

“是的，”乔伊说，“一切都很好。”

一段长时间的停顿，杰克能想象出这个女人上下看着乔伊，想知道这是不是真的“好”。

“发生了火灾吗？”

“是的，”乔伊说，“但是爸爸扑灭了，谢谢您。”

梅丽咯咯地笑了起来，杰克没和她吵，也咯咯地笑了起来。

“哦，好的，”雷诺兹太太怀疑地说，“只要一切都好……”

“是的，”乔伊说，“谢谢您来。”

他们听到雷诺兹太太走过窗户，然后听到她家的门打开又关上。

“你说你要修她的割草机。”梅丽提醒他。

“你说的我要修她的割草机！”他说。

他把 T 恤下摆的水拧干，但好像没有太大的区别。

“那是妈妈，”梅丽说，摸着他脑袋旁边的一张小小的模糊的照片，“我记得她。”然后，在杰克否认之前，她瞪着他，坚持说：“我真的记得。”

但他只是点点头，没有心情和梅丽争辩。

让她想象她还记得母亲吧。他想，有什么坏处呢，让她自己去想象她需要什么吧。

“她跟我们挥手告别，我不想让她离开。”梅丽说。

“什么时候？”杰克问。

“那天我们走路的时候，太热了，你抱着我，还记得吗？”

杰克模糊地点点头。梅丽只是在讲述她无意中听到的、读过的东西，多年来她想象的东西。

他突然想知道是不是每个人都是这样构建自己的过去的——用他人的经验、照片和标题以及现实的零星片段，都捣碎混合到他们自称的记忆中。有史以来第一次，他觉得他和母亲的头发飘在风中的那张照片可能永远都不存在。也许这一切都只在他脑海中，只是想象中它被贴在冰箱上，而他从家集市偷来的那个小相框将永远是空的……

他颤抖着。他应该站起来，换一身干衣服。

梅丽还在摸，手指放在小图片上：“……还有狐狸的内脏露在外面，乔伊追赶着那只小鸟，妈妈在那辆车里……”

“什么车？”

“你不记得吗？”梅丽鼓励着他，“那辆车减速了，走了另一条路。”

就像是一记耳光。

他忘记了那辆车。他忘记了。从来没有谈过它！从那个时刻到现在，他从未想过这件事，但他立即回到了那里——在路肩上，他之前回去过成千上万次的地方，能够感觉到鞋底的热量，太阳照在脸上，还有妹妹压在他肩膀上的重量，哭着扭着……

“她在做什么？”他低声问。

“挥手告别，”梅丽说，在悲伤的回忆中举起自己的小手指，“而我喊着‘妈妈！妈妈！’”

杰克的心跳得那么厉害，快碎了。

他现在想起来了。他记得这一切——汽车减速了……司机看着他，他看向别处。

害怕得发抖。

但是梅丽没有把目光移开。她在他的肩膀上挂着，回头看着公路，看着车再次加速，梅丽哭了起来，伸手去够什么东西。

或某人……

“妈妈！妈妈！”

小小的模糊的某人……

杰克感到头晕目眩。他跪着，挣扎着想要呼吸。然后他把额头贴在湿透的报纸地板上，仿佛在祈祷。

“怎么了？”梅丽问。

“我不舒服，”他哽咽道，“我不舒服。”

梅丽轻轻拍拍他的背。“这儿还是那儿？”她问道，就像母亲过去常常对他做的一样。

对他们做的。

她离开时，梅丽只有两岁。

但她确实记得。

他们都记得。

3

巴兹坐在一辆生锈的小三轮车上，围着一堆摇摇欲坠的木料，慢慢骑着绕圈。他比路易斯先看到杰克，挥了挥手。

“驾！”他喊着，“驾！”

杰克从来没有去过“布里奇之家”。路易斯不让手下的男孩们来这里，井水不犯河水。此时，路易斯正在院子的中间，和一个高个子胖子、一个矮个子胖子说话，杰克来到他们身边，停了下来。

“我知道谁杀了我母亲。”

就像铅块坠地一样突然，引起一阵沉默。

然后，“你忙，”高个子胖子说，“我们并不着急。”

“谢谢兄弟。”路易斯说道，一把抓住杰克胳膊，半拉半拽地带到他用作办公室的木棚子里。

他愤怒地转过身，但杰克甚至没有让他开始发作：“我找到了杀死我妈妈的刀。”

“你说什么？”路易斯说，“在哪里？”

“在别墅区的房子里。”

“谁的房子？”

“一个叫亚当的。”

“给我看看。”

“我没拿，”杰克说，“我把它留在了那里。”

“为什么？”

“我不知道该怎么办。他不在那里，所以我把它留在他妻子的床边，写了一张纸条。我以为她会报警，但她没有。”

“为什么没报警？”

“我不知道！”杰克喊道，“而现在亚当正试图杀了我。”

“是吗？”

“就在昨晚。他烧了我家房子。”

“着火了？一切都还好吗？”

“很乱，但没关系。乔伊和梅丽还好。”

路易斯点点头，然后问道：“你怎么知道是同一把刀？”

“我就是知道，”杰克说，“我不知道怎么回事。但我知道，好吗？”

路易斯皱起了眉。“等一下，”他说，“当你进去的时候，你说有人在家里？”

“是啊。他老婆。”

“该死的肖恩！”路易斯气愤地说道，“我要剥他的皮。这就升级成了入室行窃！严重的狗——！”他停住了，他们俩都看见在门口巴兹坐在他的三轮车上，兴致勃勃地抬头看着他们。

“把戏。”路易斯终于说出来了，手指对着巴兹摇了摇。

巴兹咯咯地笑了起来，摇了摇头。

“驾，我在骑自行车。”

“那是……巴兹厉害。”杰克对他说。

巴兹笑了:“看我的!”

“我在看。”

他们俩都看着巴兹轰隆隆地骑着车走了，直到听不见声音为止。

“和肖恩没关系，”杰克说，“重要的是，我现在该怎么办?”

“好吧，你没报警吧?”路易斯突然问道。

杰克沉默了。

“你还没有告诉他们，对吗?”

杰克抿着嘴唇:“没有，但是他很危险，路易斯。我可以在他的眼神中看到。他打了我，追了我整个城，像个疯子一样跟踪到我家，在乔伊和梅丽还在屋里的时候放火烧了房子。她们差点儿死了!”

路易斯皱起眉头，目光越过院子看着巴兹。

然后他说:“听着，伙计。我可以解决这个浑蛋，但是不要去找警察。你以为你在那里只需要交代一件事，但他们会把你的‘金发姑娘’案子全弄出来，然后你就完了。而如果你完了，我就完了，所有的小伙伴都完蛋了!”

“他妻子怎么办?”

“他妻子可以照顾好自己。”

“不，她不能。”

“为什么不能?”

“她怀孕了……”

“杰克，她不是你妈妈。”

“我知道!”杰克气愤地说，“但是还是……”

“听着，”路易斯降低了声音威胁道，“你可以做任何你想做的事。

但是，如果你让我陷入其中，我们之间就结束了，明白了吗？”

“但我必须找出是谁杀了我妈妈，路易斯。我不知道怎么办。我只知道这是唯一结束这一切的方法，偷窃、撒谎和躲藏，我只想让一切都结束！你记得说过的关于巴兹的那些话吗？你是对的。我只想让乔伊和梅丽快乐安全。我希望她们有床睡、有澡洗、有学上，即使这意味着我要去蹲监狱！我只是想要睡个安稳觉，而不是每个晚上都梦见她。”

“哇呀呀，见鬼！”路易斯猛地一拳砸在墙上，杰克退缩了。巴兹停了下来，朝着棚子望过来，在阳光下眯着眼睛。

路易斯更靠近杰克了，近到可以揍他的程度，如果他想的话。

“不要再来这里了，”他说，“这里是我的生活。”

然后他大步走过院子。经过时，从三轮车上抱下巴兹，带着那个蹒跚学步的小孩走向在木棚里耐心等待的两名客人。

杰克看着他唯一的朋友消失在黑暗中。

4

雷诺兹警长度过了一个安静的夜晚。

他开了一瓶梅洛白葡萄酒，自己做了炸鸡丁和煎菠菜，用柠檬挞做甜点。

他拉开座位，坐在桌边就餐——就像一个正人君子，他的母亲总是这样说—— 然后看了一场大学生知识挑战赛。本周是牛津大学圣希尔达学院对阵赫尔大学，一听就知道不是一场势均力敌的比赛。雷诺兹一个人的得分比赫尔全队的得分都高，在节目结束时，北方佬像怀孕的女佣一样被扫地出局了。

雷诺兹给杯子加满了酒，打开了书。这是一本关于丘吉尔的绝妙好书，没有比这本更好的了。

他想知道伊丽莎白·赖斯在干什么。

可能与埃里克一起，场面相当俗不可耐，他猜想。

彩弹射击，或者泡酒吧。

他想知道在哪个酒吧。

他合上书，早早上床睡觉。

雷诺兹警长四点钟醒来，想着帕斯莫尔先生和他的保险索赔。可怜的家伙，入室盗窃的创伤还没过，该死的保险公司还试图拒绝理赔！

雷诺兹的正义感受到了刺激。

后来，在前往捕获屋的路上，他打电话给马弗尔总督察寻求建议。

"长官，听起来保险公司比较难办。我只是想知道我们能做些什么来帮助他。"

"我们干我们的！"马弗尔嘟囔着，"保险公司有充分理由不予理赔。不要卷进去。"

"不要卷进去。"——对执法人员来说，这是多么可爱的一种情绪，雷诺兹想着。

"但如果这是一个'金发姑娘'的案子呢？"

"它不是。"马弗尔说。

雷诺兹皱起眉头。如果不是"金发姑娘"案，那他就犯了一个可怕的错误。事实上，是两个可怕的错误。第一个是将其视为“金发姑娘”犯下的案子；第二个——更糟糕的是——告诉了帕斯莫尔先生这是一个“金发姑娘”犯的案子。两个可怕的错误，而他不习惯犯任何错误，所以他仍然认为自己现在不太可能再犯错误。

“我不想仔细地分析解释，长官——”

“听着，”马弗尔打断了他，“你说当地的报纸一直都在关注这个案子，对吧？”

“对。”雷诺兹说。

“所以很多细节都会出现在报纸上，对吧？”

“对。”雷诺兹再次说道，尽管他希望马弗尔不要在每一句话的结尾都说“对吧”，这要求他得用一些可恶的伦敦腔那样重复这个词来回答。

“所以任何人都可以模仿‘金发姑娘’，对吧？”

雷诺兹犹豫于另一个“对吧”，但最后不得不说出来，因为马弗尔是对的。

“对。”

“包括帕斯莫尔在内的任何人，”马弗尔继续说道，“看，他知道食物被吃了，但不知道‘金发姑娘’只偷健康的食物；他住在带露台的房子，不知道‘金发姑娘’是针对独栋住宅的；他知道‘金发姑娘’喜欢睡床，但不知道他睡的是孩子的床——你明白我要说的吧？”

雷诺兹明白了。

“但是起决定作用的还是那个嘴巴上有东西的小孩。”

沙发上那个嘴唇被太阳晒得起泡的小女孩。

“她说了什么？”雷诺兹问道。

“她说，‘那台电视机是坏的’。好像是说它已经坏了。”

雷诺兹几乎忘了。但那是一个孩子，可能搞混了。这不能成为警察做出决定的依据！

“我甚至都没有注意到，”马弗尔说，“她父亲突然责备她，好像要掩盖一个口误似的。”

雷诺兹缓缓点头。他确实记得那个情景。帕斯莫尔先生插嘴，用愤怒的言辞淹没了他女儿的话。他之前没有弄明白孩子的话中有什么含混不清的地方，或者她父亲为什么急于做出反应，试图让她说的与他自己描述的事件相符。

“但是电视的确坏了。”雷诺兹说。

“我不是说没坏，”马弗尔说，“我只是说它不是被窃贼打破的。我的猜测是，新电视机坏了，帕斯莫尔做了手脚，让它看起来像是‘金发姑娘’入室盗窃，期待意外收获，但保险公司那帮定损的家伙好像察觉到了猫腻。”

“现在他自己搞砸了，因为他砸烂了自己的房子，但是却没有得到任何补偿！”

马弗尔开心地笑了，然后挂断了电话。

雷诺兹把车停在捕获屋的停车道上，就在赖斯的旧款小丰田后面，坐了一会儿，有点儿烦恼。他希望马弗尔的那些话纯粹是出于直觉和本能，但是总督察的这番话又是令人讨厌地符合逻辑，并且他的记忆力很好。

更糟糕的是，马弗尔的怀疑首先是由一个语义问题引起的——雷诺兹认为这应该是专属于他的个人领域。

有些丢脸。

雷诺兹很难忍受赞成这种可能性的念头，但也许他犯了一个错误。他喜欢把一切事情做对。做错事的想法令人不安，而想到其他任何人都知道他做错了什么，更是无法忍受。

雷诺兹忧心忡忡地摸了摸头发，皱了皱眉头。头发感觉比平常要薄，他一摸就知道的，他经常检查。

赖斯说他的头发掉在浴室的地上。

雷诺兹突然需要照一照镜子。

马上。

他打开了车门。

“你好，格伦。”住在隔壁的那个女人说。

“什么？”雷诺兹说。

“你好。”她说，笑容摇摇欲坠。

“你好。”他瓮声瓮气地说道，砰的一声关上车门，冲进屋，跑到楼上。浴室镜子在窗台上，是他撑在那里的。

他把它抬起来，发现背后是他本不应该乱动的摄像头。

哎呀。难怪他们没有看到“金发姑娘”进来，直到客厅才被摄像头抓住。

现在担心也晚了！雷诺兹试图找到一个很好的角度能够看到后脑，但需要两面镜子。

“嗨，”赖斯在楼下喊道，“是你吗？”

愚蠢的问题，他不想回答。

赖斯的房间里有一面镜子。

雷诺兹走进赖斯的房间，对着衣柜上的镜子，转身调整自己在两面镜子中的角度，突然皱起了眉头。

他的头发看起来确实有点儿——雷诺兹僵住了，盯着玻璃。

在他身后，在床上，有人动了，然后又动了。

埃里克！

哦，上帝，赖斯把埃里克带到了这里！他们不是应该外出等着人来偷盗吗？她知道房子这时候会是空的，把她的圆头男朋友带到这里，在她的小单人床上翻云覆雨。至少，雷诺兹希望他们是在那里云雨的！而现在，埃里克在他们为想象中的儿子打造的房间里睡着了。

雷诺兹被刺痛了。

这念头很蠢，但他就是被刺痛了。

他是格伦，她是米歇尔，现在她又把另一个男人带进他们的假房子，感觉她背叛了他们的假婚姻。他知道无权感觉受到轻视，但他还就是这样感觉了。

他站了一会儿，仍然拿着镜子，不知道应该怎么做。

不管他？

下楼去和赖斯面对面？

或者现在让埃里克醒来并要求他离开？

但是，如果埃里克揍他怎么办？雷诺兹认为这很有可能，特别是如果他看到格伦和米歇尔用舒适的绿色天鹅绒裹在一起的照片……

也许他应该溜出房间，假装什么都未发生过？

他的脊背都僵硬了。

在这一点上，他知道自己是对的：伊丽莎白·赖斯曾多次超越职业行为的界限。这是一个工作场所，雷诺兹知道他既有职业权利又有道德制高点，可以叫醒这个没有脖子的健身房“小兔”，将他踢出捕获屋。

事实上，这样做会让他非常满意。

他大步走到床边，用力地握住男人的肩膀并用力摇晃。

“太阳晒屁股了。”他说。

在他碰到那人身子的那一刻，雷诺兹就知道这不是埃里克，甚至不是一个成年人——肩膀太窄、身体太轻，一下子就晃动了。

枕头上的脑袋……

金色的。

5

蒂弗顿警察局的审讯室很小，但有很多用途。有一张桌子——富美家牌的小桌子——靠着墙。另一面墙上是金属壁架，堆满了复印纸、笔记本和卫生纸卷，几乎齐平天花板下方高而窄的窗户。一台旧咖啡机和三个杯子放在一个肮脏的小水槽的滴水板上。扫帚、拖把和水桶在门后守卫着，而复印机则挨着墙轻轻地嗡嗡作响。

这是瑞士军刀一般的多用途房间。

“我把这些搬走。”帕罗特警探说道，将几箱比克笔从小桌子上移开，然后殷勤好客地打开了三把木制折叠椅。

“所有的椅子都在这儿吗？”马弗尔说。

“很幸运它们还留着！”帕罗特申辩道，“大多数情况下，我们只有一两个人在轮班，而且不需要坐下来开会！”

马弗尔没多说，坐了下来。这椅子比凳子稍好一点儿，很小、很硬、不平，每次他一动就来回摆动，让他觉得自己像走钢丝的大象。雷诺兹坐在他旁边，男孩坐在对面。他们之间的桌子上摆着一个录音机，但马弗尔没有按它。

马弗尔用拇指对着咖啡机跷了一下。

“开起来，赖斯。”

“好的，长官。”

帕罗特在门口占据了一个位置，但是他抄着的双手几乎碰到了男孩的后脑勺，拖把像长发女朋友一样靠在他的肩膀上。

“等在外面，帕罗特。这里没地方了。”

帕罗特看起来很失望，但还是说着“遵命，长官”，然后离开了。

马弗尔笨拙地身子前倾，手肘放在桌子上。“我们不能在没有父母或监护人出席的情况下正式审讯你。”他说。

“那没关系，”男孩说，“我想谈谈。”

“在父母或法定代表赶到之前，我不想听你说什么。”

男孩耸了耸肩：“不管怎么样，我还是会说。”

“但除非你得到适当的代表和保护，并且记录了审讯内容，否则不能作为证据。”

“对我来说没问题。”男孩耸了耸肩，微微一笑。

马弗尔瞪着他。

整个“金发姑娘”案子都令人不满意。首先，发现他们都被一个孩子骗了，这并不是一件好玩的事。

14 岁，看上去只有 12 岁，瘦得像根棍子，金发，脸上刚刚长出一圈绒毛。他们抓住他纯凭运气！他又回到捕获屋——天知道他是如何躲过那些花哨的该死的摄像头的——并在那里睡着了！他本可以把这个地方搜刮干净，而他们还一无所知。

当雷诺兹抓住他时，这个孩子甚至没有试图逃跑。警长一直试图让马弗尔听起来觉得他像是干了一件大事，但是马弗尔明白他所做的不过就是把男孩摇醒，就像摇醒要去上学的学童一样！

因此，“金发姑娘”的神话已成为一个令人尴尬的哑炮。他不是莱佛士[1]式的飞贼，而只是一个在错误的床上睡过头的懒惰小偷。

马弗尔很遗憾自己居然参与了这么一个案子。

“我们可以问问他关于帕斯莫尔房子的事情吗，长官？”雷诺兹问道。

“想问什么问什么，”马弗尔哼了一声，“这一切都不会被采信的。”

雷诺兹噘起嘴唇。

“你叫什么名字？”马弗尔问。

他没期待回答，但居然得到了答案。

“杰克·布赖特。”

“是你的真名？”

“是的。”

“那么今天早上是怎么回事，杰克？”马弗尔说道，“闹钟没响吗？”

[1] 莱佛士（Raffles）是作家洪纳（E. W. Hornung，1866—1921）创作的“夜贼莱佛士”系列短篇小说的主角，是一名白天是绅士，晚上为夜贼的侠盗。

“没什么不对。”男孩说。

“哦，”雷诺兹讽刺地说，“所以你是想要我抓住你！”

“是。”

“垃圾！”雷诺兹说，“没有人想被抓住。”

男孩耸了耸肩：“好吧，我就想。”

“如果你想被抓住，”马弗尔说，“为什么不自首？”

“因为我想要达成协议。如果你认为我是‘金发姑娘’，那么我就有一些……”男孩犹豫了一下，思索着那个词。

“影响力？”马弗尔说。

“对，就是这个词，”他点点头，“影响力。”

“但你就是‘金发姑娘’，”雷诺兹焦急地说，“不是吗？”

男孩耸了耸肩。

“请告诉我，你是否在圣彼得街上打劫了一间房子，偷了一台相机，打碎了一台新的索尼电视，从冰箱里拿出比萨饼？”

男孩摇了摇头：“我不吃比萨。”

马弗尔嘲笑地看着雷诺兹：“他是‘金发姑娘’，好吧！”

然后他转向杰克·布赖特。

“什么样的交易，是什么如此重要，以至于你准备冒险为所有那些入室行窃而进局子？”

那男孩突然安静下来。他的脸上笼上一层阴影，马弗尔惊讶地看着他的下唇在颤抖，仿佛马上会哭出来。很短暂，但看起来很真实。

最后，他深吸一口气，说：“谋杀。”

马弗尔脖子上的毛发直立了起来。

谋杀。

“垃圾！”雷诺兹说，“我抓住了你。你现在不要试图用一些愚蠢的谎言分散我们的注意力，从而摆脱困境。”

但是马弗尔只是靠在椅子上，重新评估那个男孩。

“请，”他搓着手说道，“请分散我们的注意力。”

杰克·布赖特告诉了他们他母亲被谋杀的事。

令他惊讶的是，他们都记得，甚至马弗尔都记得，他当时显然是在伦敦。杰克已经习惯了被人视而不见，看到那些人阴沉着脸点头，嘀嘀咕咕表示赞同，这种体验很奇怪，也很令他鼓舞。

事情变得更容易了。他更加自信了。

他讲了他认为他们需要知道的事情，不是所有的事情。他讲了家庭教育的事、父亲离开、他的妹妹们、他们的生活如何慢慢消失了。

他漏掉了滑头路易斯·布里奇，没有提报纸、故意破坏那些事。

奇怪的是，撕碎照片、砸烂玩具、把海报从墙上撕下来的记忆让他感觉比盗窃价值数千英镑的珠宝和手机更糟糕。他不想听到那些回忆大声地在脑子里叫喊。

但他告诉了他们自己犯下的入室盗窃案。

说的时候，他观察着他们的脸。马弗尔很专心，雷诺兹持怀疑态度，赖斯一脸同情。

当他描述在亚当·怀尔的徒步鞋中发现谋杀凶器时，马弗尔在他的座位上动了动，仿佛迫不及待地想要从中脱身。

他打断了杰克：“现在那把刀呢？”

杰克犹豫了：“我把它留在了那里。”

“房子里？为什么？”

“因为……如果我把刀拿出房子，我怎么能证明它曾经在那里？即使你相信我，我也会因为入室盗窃而陷入麻烦的。”

“是的，”马弗尔说，“但是你现在已经有麻烦了。”

“我别无选择，”杰克沮丧地耸了耸肩，“我把刀放在怀尔太太的床边，还留有一张威胁要杀死她的纸条。你知道我不会去的，对吧？我以为她会打电话报警，但她从未这样做过。”

三名警官互相惊讶地看了一眼。

“这让我觉得，也许他们两个都参与了！然后我开始思考，也许他们会丢掉刀子，然后我永远找不到它，而他就会侥幸逃脱杀死我妈妈的罪名！”

他停了一会儿，心脏紧张得怦怦直跳。

他平静下来。

继续。

“所以我回去尝试找到它，但是他已经找到了，他妻子没有找到，然后他出现了，本该是在上班的，他打我，追我……”

不自觉地，他摸了摸耳朵：“之后他试图烧掉我家房子，所以——”

“他试图烧掉你家房子？”马弗尔问。

“两天前。他在前门丢了一个汽油弹。”

“有人受伤吗？”

“没有，”杰克说，“我们把火扑灭了。”

“你有什么证据证明是亚当干的吗？”

“没有，”杰克说，“我无法证明什么。这就是你必须参与其中的原因。”

他专注地看着马弗尔，但那个男人只是耸了耸肩。

“也许我不想介入，”马弗尔说，“也许我没有时间介入一起古老的谋杀案，而我们却有 100 个新的盗窃案要处理。”

他意味深长地对杰克扬了扬眉毛，杰克只是噘起嘴唇，固执地将双臂交叉放在胸前。马弗尔可能在体重上会比他重很多，但他不会被激怒，从而放弃他的影响力。

马弗尔笑了一声。

“那好吧，”他说，“但至少告诉我，你为什么会离开捕获屋？”

“什么捕获屋？”杰克说，口中念念有词，“那是什么东西？”

然后他谨慎地点点头表示同意：“不算太差。”

马弗尔耸了耸肩：“那你为什么没被抓住？”

雷诺兹打断道：“长官，我们不应该对‘金发姑娘’案件中诱导提问保持谨慎态度吗？特别是涉及少年……？”

“去他的‘金发姑娘’。”马弗尔说，杰克笑了。

“壁炉架上的照片并不真实，”他说，“那只是他们随相框出售的图片。那两个带沙滩球的孩子，你明白了吗？”

马弗尔瞥了一眼雷诺兹，雷诺兹脸唰地变红了。

“好吧，”马弗尔说，“我现在明白了……那么，是什么让你觉得你在亚当·怀尔鞋子里发现的那把刀是谋杀的凶器？”

杰克抬起下巴，申辩道：“我就是知道。”

“那没用的，不是吗？”

“我不知道怎么知道，但我知道！我看到它的那一刻我就知道，就像我也感受到了一样！它有一个白色的刀柄，由某种动物的壳制成的，我觉得，全是蓝色和白色的，像云一样，刀刃一侧是弯曲的，另一侧是锯齿状的。”

“锯齿？”

“是的，锯齿状的。”

马弗尔耸了耸肩：“听起来很多刀都是啊。”

“这不像什么其他的刀，”杰克愤怒地说，“是杀死我母亲的刀！”

片刻的沉默。

“假如那是真的，”马弗尔捏着鼻子说道，“如果它和谋杀联系在一起的话，为什么亚当·怀尔会留着它？凶手首先就要丢掉杀人凶器的，留着它没有任何意义。”

杰克知道这没有任何意义。他一直在努力控制自己的挫败感。“我知道，”他说，“但他把它藏起来了，好像它很重要，好像它是秘密的东西一样。他向他的妻子撒谎，说他以为已经丢了，但他知道在靴子里不见了，然后就去找它！我觉得像——”

“感觉不是事实。”雷诺兹打断道。

“但有时他们感觉像是事实！”杰克回击道。

马弗尔哼了一声，几乎笑了起来，杰克在牛仔裤上擦了擦汗湿的手掌。

“我想达成一个交易。”

马弗尔眼神锐利地看着他：“什么样的交易？”

“如果我在刀子的事情上错了，那么我会对‘金发姑娘’的事情表示认罪。”

“如果你是对的呢？”马弗尔问。

“你应该逮捕亚当，”杰克说，“而不是我。”

马弗尔很感兴趣，杰克看得出来。

“不是吗？”雷诺兹说道，然后转向马弗尔，“那么‘金发姑娘’的案子呢？”

杰克差点儿笑了。路易斯是对的！他们不会让你逃脱哪怕一件事情！

马弗尔小心翼翼地说：“我想我需要和艾琳·布赖特案的调查人员谈谈。”

“长官？”雷诺兹警惕地说道，但马弗尔已经站了起来。

“你在这儿等，好吧？”他告诉杰克，然后对赖斯说，“给他准备一些早餐。”

“这笔交易怎么样？”杰克问。

“当我回来时，我们会谈到这一点。”

“长官？”雷诺兹再次说道，但马弗尔再次无视他。

“你保证？”杰克说。

马弗尔哼了一声：“这不是托儿所。”

“你保证？”

“我保证，”马弗尔说，“现在开心了？”

马弗尔总督察皱着眉头离开了小房间，但是步伐轻快，肚子因为充满了期待而嗡嗡作响。杰克·布赖特所要求的交易是什么不重要，他都会答应的。

这个男孩让他可以去破个谋杀案了。

6

“叫我拉尔夫。”斯陶尔布里奇总督察说道，豪爽地握着马弗尔的手以示欢迎。

马弗尔皱着眉头。他不喜欢太过于亲密，特别是直呼姓名。这让他感觉不舒服，他从来不这样直呼别人的名字。他也不喜欢面部有很多毛发，而斯陶尔布里奇有一口浓密的让人见着就想笑的小胡子。

所以他们从一开始就没对上眼，但马弗尔只能捏着鼻子认了。

“叫我马弗尔，”他粗声大气地说，“我来看看艾琳·布赖特的案子。”

斯陶尔布里奇那张宽大而坦率的脸庞立刻爬上了乌云，小胡子也垂头丧气。“啊，”他叹了口气，“非常令人伤心的案子。”

“任何未解决的谋杀案都非常令人伤心。”马弗尔说着。“小胡子”看起来很惊讶——然后有点儿感觉受到了冒犯。

“严格来说，”斯陶尔布里奇硬邦邦地说，“这案子我们只负责一半。德文郡和康沃尔郡发现有人失踪，我们找到了尸体。从来没有确定谋杀实际发生的地方。”

现在斯陶尔布里奇看起来不那么开朗，马弗尔反而感觉好多了。

“你曾经听过亚当这个名字吗？”

“亚当·怀尔？”斯陶尔布里奇看起来很惊讶，“是的，但有好长时间没听到了。在尸体被发现后一周左右，他在现场附近被抓了。”

轮到马弗尔惊讶了。

“离现场有多近？”

“在同一个路侧停车带。他说去小便，但我们还是带他回来进行了询问。我们没有任何理由拘留或指控他，所以只好让他离开。他只被扣押了几个小时。”

马弗尔哼了一声。是个巧合，而他并不是一个不承认有巧合的人。无论是犯罪还是解决问题，他都从未碰到过巧合没有起到作用的案子。

“亚当的名字是否曾见报？”

“上帝，不，”斯陶尔布里奇说，“虽然他有很大怀疑，但是没理由上报！我们传唤了他，排除了嫌疑，就让他走了。”

“向艾琳·布赖特的家人提没提到过他？”

斯陶尔布里奇摇摇头：“这是很久以前的事了，但我不觉得提到过。没有任何理由。”

“但他可能被提到过？”

斯陶尔布里奇在座位上动了动，皱起眉头。

“你感兴趣的是什么，约翰？”

马弗尔给他一个警告的眼神，示意不要在名字上面做文章，但是那个男人误解了它并且同情地软化了他的语气。

“你似乎受到了困扰——”

“我没有困扰，”马弗尔说，“我只是在做我的工作。”

一阵尴尬的沉默，然后斯陶尔布里奇说：“案件卷宗就在这里，如果你想看的话。”

没有等马弗尔说看还是不看，他拉开了办公桌右下方的抽屉，拿出一个装得满满的灰色文件袋。“我把它放在这里，”他说，“以便……你懂的……”

他没有说完，但马弗尔确实懂。在伦敦刘易舍姆的办公桌右下方的抽屉里，他也留着那些极少数仍未破案的案件档案。每个星期——有时候更频繁——他会在午餐时间或者其他人匆忙回家的时候抽出一份，仔细阅读，挑出自己失败的毛病所在。

贴在他前门旁边墙上的照片——那张小女孩骑在山地越野自行车上的照片——就是从一个文件夹中取出的，就像拉尔夫·斯陶尔布里奇现在向他递过来的一样。她的名字叫伊迪·埃文斯，马弗尔现在每天都在想着她。

“谢谢。”他从斯陶尔布里奇手里接过来档案，没问是否可以把它带走——他不会允许任何人把他的档案带走。

“我给你倒杯茶？”斯陶尔布里奇指着门口说道。

“谢谢，”马弗尔说，“两块糖，什么糖都行。”

马弗尔坐在斯陶尔布里奇的椅子上，开始浏览文件。文件井井有条，能够一眼看出斯陶尔布里奇做了很细致的工作，里面甚至还有阿瑟·布赖特和他的每个孩子的照片。布赖特看起来很开心，对即将到来的灾难一无所知。马弗尔几乎没有认出那个微笑的小学生就是杰克，他的头发剪得恰到好处，眉头也没有皱着。

他很快就找到了亚当·怀尔的逮捕记录，35岁，来自汤顿。里面有一张他的照片，看起来很疲惫，还有点儿生气，头发贴在额头的一边，好像他一直在沮丧地抓着它。胡子刮得很干净，戴着金边眼镜，穿着衬衫，系着领带，看起来像是一位没赶上火车的商人。

被捕时间是11：35，还有一份打印的简短笔记。

1998年9月6日上午11点20分，亚当·怀尔先生，男性，35岁，家住蒂弗顿黎波恩路，于1998年8月29日艾琳·布赖特夫人遗体被发现之路侧停车带自愿被拘。在搜查怀尔先生本人及车辆过程中未发现其与本案关联的证据（见附录C）。怀尔先生于9月6日接受询问（见附录D）并于同日19:25释放，未经正式逮捕、指控或保释。无进一步行动。

无进一步行动。

而且从来没有。

马弗尔还没看到附录，斯陶尔布里奇已经回来了，在他身边放了一杯茶。

“谢谢，”马弗尔说，“受害者是否受到性侵？”

“没有。”

“一刀毙命？”

“肚子，”斯陶尔布里奇说，“流血过多而死。”

又一次沉默，但这次并没有尴尬。这次马弗尔知道他们两个警察都在想着同一桩事情：刺破一名孕妇肚子是有多么恐怖。

至少，他是在想这点。

“这个亚当之前或之后有案底吗？”

“没有，甚至连小时候都没有。房子漂亮，工作好，已婚男人。我们没发现有什么可疑的。相信我，如果我们能找到，早就找到了。”

马弗尔脸抽了抽。这听起来像是在错误的时间出现在错误的地方，但那是巧合。杰克·布赖特和亚当·怀尔，多年以后又扯上了关系。

莫名其妙……

所以约翰·马弗尔做了件他很少做的事情。

他分享了情报。

“艾琳·布赖特的儿子说他闯入了亚当的家，在那里找到了谋杀凶器。”

斯陶尔布里奇的小胡子几乎要立起来了。

“她儿子？他不过……”

“14 岁。”马弗尔接嘴说。

“14 岁？”斯陶尔布里奇说，“时间过得真快。”

“他说，在亚当衣柜里的靴子脚跟处找到了刀。”

“不可能。”斯陶尔布里奇说。

“为什么？”

“因为刀在楼下的证据室里。”

马弗尔觉得自己很傻。他几乎相信了那个男孩，现在只觉得愚蠢和被骗了。

“该死。”他说，瞪着斯陶尔布里奇，好像这完全是他的错。

“我们在找到尸体后的几个小时发现了它，”斯陶尔布里奇道歉地说道，“就在文件中，”他伸出手，“我来吗？”

马弗尔将文件递过去，斯陶尔布里奇迅速找到了这些信息：“29 日 17 时 45 分。距离尸体 20 码远。”

“亚当是在 9 月 6 号被抓的！”

“对。”

“你们怎么知道他在那里？”

“调查期间，我们在那个停车带装了摄像头和监视器，开了差不多一个月。”

“在此之前没有吗？”

“如果之前有摄像头，我们就不会进行这次对话了，”斯陶尔布里奇断然说道，“之后，有几辆车停了下来，有几个人下车，扔垃圾或者遛狗。卡车司机在那里睡觉过夜。有几个撒尿。亚当是唯一一个越过障碍并在那里待了很长时间的人。”

“地形是什么样的？”

“长草，矮树丛，向下倾斜远离道路。那些高速公路的停车带比你想象的要长。总而言之，我们谈的是一个足球场大小的区域。”

“你们很幸运地找到了刀！”

“说实话，这是我们唯一的突破。杀手本可以把它扔到这里和约翰奥格雷兹村之间随便哪个任何地方。”

马弗尔噘起嘴唇，然后问道：“谁找到了尸体？”

“一个名叫罗伊斯顿·阿什的卡车司机，他停车下来小便。”

“他的嫌疑排除了吗？”

斯陶尔布里奇点点头：“他说他只是去看一下，因为他多年来一直在路边停车的地方捡垃圾。我记得他甚至在剑桥附近找到几袋大麻叶，他承认装满了一个购物袋卖给了他的同伴。无论如何，在他闻到那股臭味之前，只走了几码远。因为发现尸体，他还受到了刺激，需要帮助。我觉得他没撒谎。”

马弗尔点点头。他喜欢自己的预感，对别人的本能也持开放态度。

“她在那儿多久了？”

“有一阵子。”

“所以她可能被带走后很快就被杀了？”

“我们假设是这样。没有任何迹象表明她被关押在其他地方。”

“所以这是一次冲动行为。”马弗尔说。

斯陶尔布里奇点点头：“可怜的女人，在错误的时间出现在错误的地方。”

“你有没有给亚当看过刀？”

“看过。没有反应，我不认为他以前见过它。但是你知道它是怎么回事——我们是只要有救命稻草就一把抓住。”

斯陶尔布里奇叹了口气，马弗尔能感受到他的痛苦。他明白艾琳·布赖特被杀案是一个棘手的案子。两支警队，两个犯罪现场，相隔一周以上，没有目击者。难怪他们会抓住亚当审讯一番。

也难怪他们没有理由拘留他。

在河里撒饵。

“你什么时候重新解禁那个停车带的？”

斯陶尔布里奇飞快地查了一下文件：“第三个晚上。”

马弗尔开始兴奋了，不是很兴奋，只是一点点，但仍然是兴奋：“所以，亚当他是在可以合法地留在那里的第一天就被扣在那里吗？”

“对。”

“你们那时候把刀子的事情告诉媒体了吗？”

“没有，我们隐瞒了。”

“所以凶手不会知道刀子已被发现。”

“对。事实上，我们从未向公众公布过。这是我们能够将凶手与罪行联系起来的唯一东西。”

“那么杰克·布赖特怎么会知道它的样子？”

斯陶尔布里奇摇摇头，“我不知道。”

马弗尔皱起眉头：“我可以看一下吗？”

汤顿的证据室是一个明亮通风的地方，完全不同于刘易舍姆警局老旧地下室的昏暗洞穴。

斯陶尔布里奇总督察一边领着马弗尔穿过整齐标记的架子，一边闲聊。

“你说那个男孩闯进了他家？”

“是的，”马弗尔说，“似乎他一年多来一直通过入室盗窃支撑他这个家庭。”

“天啊，”斯陶尔布里奇皱起眉头，“我记得他，可怜的孩子。他父亲怎么了？”

“他离开了。”

斯陶尔布里奇叹了一口气：“狗屎。”

马弗尔没有评论一位父亲抛弃自己孩子的行为，但他现在更喜欢斯陶尔布里奇了，因为他说“狗屎”。

斯陶尔布里奇很清楚要去哪里找，看得出他经常来这里。他们在一个箱子前停了下来，斯陶尔布里奇毫不犹豫地打开了箱子，递了一个证据袋给马弗尔。

他脖子后面的毛发竖立起来。

即使通过透明的塑料，刀也散发出威胁的气息。它是打开的，所以它那宝石般的手柄无法掩盖其真正的目的，即迅速而无情地赐予死亡。它的一边弯曲，另一边是锯齿状，正如男孩所说。但更重要的是——马弗尔注意到拇指螺柱上镶嵌着一颗小而闪亮的钻石。

刀刃和手柄之间是一层黑色的血痂。

“它被找到时就是这样打开的吗？”

“是的，”斯陶尔布里奇说，“然后扔掉了。”

马弗尔理解他的意思。把它扔到不远的地方说明了凶手的慌张。

“奇怪。”他说。

“不会比刺孕妇肚子更奇怪了。”

“你说得对。”马弗尔说。

这令他感到不安。罪犯是这样的……一个人。

“你确定不是她丈夫吗？”

“当然确定，”斯陶尔布里奇叹了口气，“虽然在陪审团主席宣布有罪之前，我从不确定任何事情。”

马弗尔哼了一声，表示对他这种法律准确性的欣赏。

“从第一天开始，阿瑟·布赖特就被击成了碎片：失踪的妻子、三个受创伤的孩子。我都不觉得他甚至明白自己可能也是个嫌犯，你知道吗？我认为他真的相信这是一个错误，妻子可能随时回家。当我们发现她的尸体时，他被击倒了，从你说他离开孩子的事情来看，他可能一直没有恢复过来。”

“你们有没有给他看过刀？”

斯陶尔布里奇没有回答，只是站在那里，看着袋子里的刀。然后他第二次说了“狗屎”。

“怎么了？”马弗尔问。

“我突然想起了什么，”斯陶尔布里奇不安地转过身，摸着小胡子，“当我告诉阿瑟·布赖特他的妻子的尸体被发现时，我随身带着这把刀，想看看他的反应。震撼战术，你知道，对吧？我要抓住救命稻草呀。”

他不好意思地瞥了马弗尔一眼，但马弗尔只是耸了耸肩。有时候你不得不把别人拆开，只是为了看看他们内心是否有罪：如果他们有，你就完成了你的工作；如果他们没有，那么你也完成了自己的工作。

无论哪种方式，这个人都完了。

这是附带损害。

斯陶尔布里奇继续说道：“我把刀装在袋子里带着。我应该把它放在一个盒子里的，但我没有。那孩子就在那儿……”

“你认为他看到了吗？”马弗尔问。

“我觉得是。和我一起去的女警官说他非常激动，她不得不限制他跟着我。”

“这就是他为什么会知道它的样子。”

斯陶尔布里奇揉了揉下巴，好像牙痛一样：“说不上光彩。”

马弗尔再次耸耸肩，他也有很多不光彩的时刻。他是一名处理谋杀案的警探，尸体的利益是第一位的，挫败感是家常便饭。他以平常不怎么有的机智改变了话题：“动机呢？”

斯陶尔布里奇感激地瞥了他一眼：“我们能想到的唯一动机就是抢劫。艾琳离开家时带了一个钱包。她带孩子们去埃克塞特买上学穿的皮鞋，在 M5 交界处停下来加了油。我们在每个现场周围进行了拉网排查——发生绑架的地方、停放车辆的地方、弃尸的地方。这就是我们为什么能找到这把刀，但我们从来没有找到钱包。”

“抢劫似乎合乎逻辑。”

“是的，”斯陶尔布里奇说，“但是她的银行卡从未用过，所以……”

他耸了耸肩，马弗尔点点头。有时事情并不如人所料，或者即便不出所料，但你就是不知道它是如何发生的。这就是杀人凶手的本质。

“我可以复印一份文件吗？”

“当然，”斯陶尔布里奇说，“我会把它寄给你。”

“太棒了。我可以借这个吗？”马弗尔问，抓住袋子里的刀。

斯陶尔布里奇犹豫了。马弗尔可以看出他不想让谋杀凶器离开。

它在这里对任何人都没有任何好处，但是马弗尔仍然明白，当案件没有解决时，每一条线索——无论多小——都可能变得至关重要。要控制住每一样东西，这种强迫感极其强烈。

特别是当那是谋杀案的凶器时。

所以他很理解，但不打算向斯陶尔布里奇表现出这一点，否则他就得不到自己想要的东西了。

最后，大个子叹了口气说：“看在上帝的分上，不要搞丢了。”

斯陶尔布里奇陪着马弗尔走到他的车边，在那里握手告别。

“谢谢。”马弗尔说。

“任何时候你想要比对笔记，打电话给我就行了，”斯陶尔布里奇说，“不管怎么说，我一直都在想着这案子，不妨让别人也来烦恼。”

“我会的。”马弗尔说，然后进了车。他看了一下手表，需要 30 分钟才能回到蒂弗顿——时间还在他承诺的几个小时内，即使带回去的不是男孩想要的消息。

“哦，记得代我问候杰克，”斯陶尔布里奇说，“我很抱歉他搞错了，但总是有时间去纠正吧。”

“我会的。”马弗尔再次说道，尽管根据他的经验，一旦孩子走错了路，就很难回到正路。

7

杰克找到了母亲。

他在路肩上，她坐在旁边的一辆车里——从副驾驶位置的车窗看过来，微笑着，一只胳膊裸露在外，手不时拍着金属车门，好像在鼓励他要跟上。

一切都很清楚！甚至能看见她手臂上的金色绒毛在微风中颤抖。

她的结婚戒指在门板上碰出细细的丁零声。他看不到谁在开车，但他知道不是他父亲。

“减速！”他喊着。

“快点！”她告诉他。

好像作为回应，司机踩上油门，车速更快了。

杰克开始慢跑。

“等等！”他喊着。

“你太慢了！”她喊道，车又加速了，现在杰克正沿着路肩奔跑，天在下雨，但雨水只是顺着他的膝盖流下来。他的运动鞋啪啪作响，溅起水花，而身体的其余部分仍然炙烤在八月的阳光下。

汽车驶远了，母亲一边回头，一边拍车门。

丁零零。

杰克在车后冲刺，感觉炽热的空气把他的肺部烧了一个洞。

“妈妈！等等！报警！”

母亲耸了耸肩膀，露出悲伤的微笑。

“已经来不及了。”她说，车越来越小，引擎声消失在远处……

杰克猛地醒了，脸贴在富美家桌子上，感觉冰凉，旁边放着一个没吃的麦当劳巨无霸和一杯百事可乐，杯子下面冰水已经积了一摊。

他直起身，感觉迷失了方向，呼吸困难。每次从噩梦中醒来，他总得花一点儿时间才能离开梦境，回归现实。

“还好吗？”赖斯警员问他。

但是还没等他弄清楚状况，门打开了，马弗尔走了进来。

他坐下来将汉堡包和百事可乐推开，然后将一个透明的塑料袋放在富美家桌子上。

杰克惊讶地抬头看着马弗尔。

“你找到了！”

马弗尔清了清嗓子，“这是谋杀凶器——”

“我知道！我——”

但是马弗尔摆摆手继续说道：“过去三年里，它一直在汤顿警方的证据室里。”

杰克皱着眉，摇了摇头。这可能不对！这会让其他一切……都错了。

“但是……”他迟疑不决地说，“这是亚当・怀尔的刀？”

“不，不是，”马弗尔说，“斯陶尔布里奇总督察——你还记得他吗？”

杰克停顿了一下，然后不确定地问道："叫我拉尔夫？"

马弗尔点点头，"他告诉我，在这把刀被发现的那天，他带着到你家里向你父亲展示过。他认为你可能看到了，你还记得吗？"

杰克盯着刀。"我……我不知道，"他说，"我不记得了。"

"亚当·怀尔的刀可能看起来一样，更有成千上万把一样的刀，"马弗尔说，"但是他的刀并没有杀你的母亲。"

杰克感到一阵冷一阵热，就像他和乔伊厮打的那天。如果亚当·怀尔家里的刀是千万把之一，那么他所做的一切、他所冒的一切险，都是徒劳。

"但是——但它是同一把刀！"他结结巴巴地说，"就算它们不同，它们也是一样的！它们一定是有联系的。因为……因为他为什么要把它藏在鞋里？如果不是那把刀，他为什么要把它藏起来？而且他向他的妻子撒了谎！如果它没有任何意义，他为什么要撒谎？为什么？"

"我不知道为什么，"马弗尔说，"但我确实知道它不是，因为这才是谋杀案的凶器。"

杰克迷迷糊糊地感到赖斯的同情之手搭在他的肩膀上，这让他想哭、想尖叫，但他甚至没有力气甩掉它。

"我们的交易怎么办？"他轻声问道。

马弗尔叹了口气，摇了摇头，杰克觉得好像他正在穿越太空——隔着几光年远，什么东西都抓不住。

他搞砸了。他没有影响力。没什么可以交易。他赌上了家人的未来去和警方达成协议……他输了。路易斯是对的。他们会因为一些该死的事情抓住他的。

乔伊也是对的。他来负责的话就像一团狗屎，甚至比他父亲还要糟糕。

现在，他那破碎家庭还残存下来的那一部分也将从他身边永远失去，两个妹妹会永远被带走，甚至她们彼此也会永远分离。

突如其来的剧烈疼痛使他一脸痛苦，他紧紧抓住胸部——正中间，在他的肋骨尖锐凸起之间。

这就是妈妈的感受。

杰克突然知道了，就像学会呼吸一样自然而然地知道了。

她一直在负责照顾整个家，直到八月那个阳光炙热的下午。她也冒着失去家庭未来的风险，甚至没有意识到这一点，也从未想过她会失败。她永远不会想到一辆车里的陌生人会停下来帮助她，然后开车带走她，并用刀——这把刀！——捅穿了她和未出生的孩子。

谁会想到发生这样的事情呢？

没有人。

她犯了一个错误，但谁会责怪她呢？

没人。没有人！

他也不会。

杰克还知道，当母亲终于明白发生在自己身上的事情——发生在他们所有人身上的一切时，她也感受到了同样的恐惧、同样的害怕、同样的灼人的内疚、同样难以忍受的悲伤。

“妈妈！”

这个词从杰克·布赖特身体内一个如此深沉而黑暗的地方被撕出来，撕破了他的喉咙，然后嘶哑地在复印机嗡嗡作响的小房间里响起。

他抱头痛哭起来。

第六章
SNAP

在黑暗中做拼图游戏

1

他们把杰克关了起来。

警察局实在太小，以至于拘留室就像审讯室的双胞胎一样大不了多少，只是门上多了一个窥视孔和一个翻盖，没有复印机。

警局的某人似乎为此感到自豪，因为他把它弄得比通常的拘留室更舒服一些。在长凳斜床上铺了一个床垫。有一盒旧蜡笔，囚犯可以在墙上写写画画——他们显然是用各不相同的天赋和污言秽语在干这事。而在又长又高的窗户的窗台上，摆着一盆塑料假花，虽然够不到，但如果他们的视力足够好，还是可以享受一番。

“好吧，不是那么糟糕，不是吗？”赖斯鼓励地说，“还有蜡笔。”

杰克走到房间的中间，沉默而茫然。

在门口，雷诺兹说:“那床很适合你，‘金发姑娘’。”

“真有意思，不是吗？”赖斯毫不客气地说道。

“真有意思，不是吗，长官？”雷诺兹厉声说道。

“杰克？”马弗尔叫道，然后又叫了一声，“杰克？”

当杰克转身看着他时，他接着说：“指定律师来了后，我们才进行陈词，好吗？在那之前，睡一觉。你看起来很糟糕。”

“但我必须回家，”杰克说，“她们只有橘子。”

赖斯温柔地摸着他的手臂，“我会打电话给社会救助机构的，好吗？他们会解决的。”

他愤怒地甩开手。“他们会带走她们的！”他喊道，“我必须回家！我要照顾她们！”

“对不起，杰克。”赖斯说。

帕罗特关上了门，锁上了。

当他们站在牢房外面时，马弗尔转向雷诺兹：“你和帕罗特回捕获屋去把东西拆了。”

“遵命，长官。”

“帕罗特，这里有保险箱吗？”

“有，长官。在前台后面。”

马弗尔把刀递给他：“去之前一定要把它放进去。”

“遵命，长官。”

帕罗特消失在昏暗的走廊里。

“赖斯，找人去接孩子。”

赖斯拉长着脸：“但长官——”马弗尔的手机响了，他接听了。

“你好，约翰，”拉尔夫·斯陶尔布里奇在电话里恼怒地问道，“我记得你好像提到了亚当·怀尔的妻子？”

“是的，”马弗尔说，“怎么了？”

“好吧，我刚刚跟一位同事闲聊了这个案子，结果这位同事恰恰认识怀尔太太的表兄。她告诉我怀尔太太在我们把亚当抓起来的那天离开了她丈夫。”

一阵沉默，好像有人在耳边炒豆子一样噼啪作响。

“同一天？”马弗尔有点儿不相信。

“同一天，”斯陶尔布里奇说，“我必须告诉你，约翰……这让我有点儿不安。”

“是的，”马弗尔说，“我也有点儿不安。”

2

亚当·怀尔的妻子打开了门，她看上去像条鲸鱼。

她怀孕已经非常明显了。

“你是怀尔太太？”马弗尔问道。

“有什么事吗？”

“我是马弗尔总督察，可以进来说吗？”

怀尔太太看起来很担心。“为什么？”她说，“怎么了？”

“没什么，”马弗尔说，“没什么不对的。”

她勉强打开了门。

马弗尔总是惊讶于光是说“没什么不对的”，就可以让人们放下心中的大石头，即使实际上有太多不对的地方。在这方面，马弗尔并不吝于撒一个小小的无伤大雅的善意谎言，或者是一个大大的用心险恶的谎言，都是为了进到家里，与人坐下谈谈，再让他们给你倒一杯茶，你差不多就已经到了聆听忏悔的半路了。

马弗尔对自己问讯的技巧感到骄傲。在开车过来的路上，他决定只谈及艾琳·布赖特谋杀案。除非在谈话过程中谈到，否则他根本不打算提入室盗窃，因为很明显杰克·布赖特找到的刀就像是一尾红鲱鱼，虽然是让车轮子开始转动起来的红鲱鱼，但仍然仅仅只是转移人们注意力的东西而已。

怀尔太太很漂亮，但她的焦虑不安让马弗尔产生了怀疑。他喜欢这样。怀疑是他的默认设置，他喜欢那种知道自己有理由相信人都有最坏一面的感觉。

他跟着她走到厨房，希望她已经烧好了一壶水。

凯瑟琳没有烧水。她的脑子乱成了一锅粥。

警察说没什么不对。但会有人让警察来送好消息吗？所以尽管他说没什么，但显然有些不对劲。

亚当和那个男孩。肯定是。

他们中某一个干了什么呢？

但是，如果发生了某些事情，那么警察肯定会在法律上有义务使用其他形式的措辞，即使它含混不清？也许没有什么严重的，或者发生了一桩事故……

诸如此类？

所以她带他来到厨房，不仅是因为她不知道还能做什么，而且是因为这可以给她一点儿时间来理清焦虑头脑中的这些想法。

"不介意我坐下吧？"她问道，拍了拍肚子，给了他一个示意的微笑，但他没有回以笑容，只是迅速地低下头，表明他没有异议。

无礼！

凯瑟琳已经习惯了那些包容她怀孕的人，以至于她对这个男人兴趣缺缺而感到一丝不满。

她没有请他就座。

他似乎并不在意，只是站在厨房中间，掏出笔记本翻开。

"我想问些关于你丈夫的事。"

凯瑟琳的心脏焦虑地漏跳了一拍："为什么？怎么了？他还好吗？你说没什么不对！但有事情发生了，不是吗？发生了什么事？"

警官抬起手，好像她是一只牧羊犬，而他是牧羊人，这让她心头火起。

"别慌。"他坚定地告诉她。

"我没有惊慌失措。"她打断道，虽然她曾经有过一点点。

"据我所知，亚当先生很好。我只是来填补下旧案中的一些空白。"

"什么旧案？"

"简单案子，"他说，"我知道，几年前，当亚当先生被询问发生在M5公路上的事故时，你就离开了家。"

"事故？"

"是的，"警察说，"斯陶尔布里奇总督察告诉我，你丈夫被审问的同一天你离开了家。我想知道你能不能告诉我为什么。"

凯瑟琳皱起眉头。"我很抱歉，"她说，"但我对你所说的内容一点儿都不了解。而你只是以不同的顺序再说一遍也无济于事！"

她对他微微笑了一下，但是警察叹了口气，好像明明是他把事情搞砸的，而她却在装傻！

她不喜欢他。

一点儿都不喜欢。

“你看，我不知道到底发生了什么，”她轻快地说道，“但是我怀孕八个月了，不知道你注意到没有，我不希望有这种压力，马博尔先生——”

“马弗尔。”马弗尔纠正说。

“随便啦！”凯瑟琳说，“我不知道你在说什么！”

“你看，怀尔太太，这不是什么大问题。我想知道你那天为什么离开你的丈夫，为什么又回来了。”

“我从未离开过我的丈夫！”凯瑟琳说，“一天都没有！我从未离开过，所以我也没有什么回来！我也不认识什么斯塔布里奇总督察，听都没有听说过这个人！”

“斯陶尔布里奇总督察负责调查艾琳·布赖特被杀案。”

像是胎儿在肚子里变成了冷冰冰的铅块，凯瑟琳感觉手脚发麻，全身冰凉。

脑袋里传来巨大的哗哗声，她的思绪仿佛巨大的海浪冲向她的大脑海滩。

艾琳·布赖特。那个男孩的妈妈。那个男孩的怀孕的妈妈。他说的那个被她床边的刀子杀了的女人！

她藏起来然后亚当找到了的那把刀。

或者是倒过来……？

杰克·布赖特已经注意到了，现在这个肥胖丑陋的警察也注意到了。那是一个错误，一个误会。她知道这一点，但她无法弄清楚这个男人所说的是不是全是错的，或者只是错了一点点。

凯瑟琳的脑袋像一个坏了的收音机一样嗡嗡作响。

“我不知道你在说什么，”她头晕目眩地站起来，紧紧抓住桌子的一角寻求支撑，“我想你应该在亚当在家的时候再来。”

“我不是想和亚当谈，”马弗尔说，“我是想和你谈。”

“不，”凯瑟琳慢慢摇头说道，“你需要和亚当谈谈这件事！你下次再来吧！”

“不，你需要回答我的问题，怀尔太太。我们可以在这里，或者你到警察局去谈。任何其他事情都将被视为妨碍司法。”

“我哪儿也不去！”凯瑟琳叫道，感觉到内心恐慌的潮流，“我不知道你在说什么，我哪儿也不去！”

她试图闯过去，但他抓住了她的胳膊。

“滚开！”她喊道，“放开我！”她挣脱出，用手背拍打他的脸，戒指擦破了他的嘴角。他用铁一样的手抓住她的手臂，然后将她扭回到椅子上。

她尖叫起来。

“你怎么敢这样做？”她哭喊道，“放开我！我会举报你的！我怀孕了！看在上帝的分上，你个白痴！难道你看不到我怀孕了吗？”

“那又怎样？”他说，“祝贺你成为一名哺乳动物。”

凯瑟琳流出了羞辱和愤怒的眼泪。她扭头去咬他胳膊，但是他看到她咬过来，躲开了，她只在他衬衫上撕了一个洞。

好像是在一个平行空间中，凯瑟琳觉得他给自己戴上了手铐，仿佛她是个罪犯，或者是肥皂泡沫中的某个人！

让她弯到自己巨大的肚子上，将她的双手拉到背后……

“请不要，”她呜咽道，“你伤害到了我的宝宝！”

他心软了，放开了她，让她自己站起来，气喘吁吁，脸色潮红。她的戒指擦破了他的眼角，正在流血。

他气喘吁吁地开口说话。

“安杰拉·怀尔，”他说，“我得逮捕你。因……阻挠司法，并且……袭警——”

“我不是安杰拉·怀尔。”凯瑟琳抽泣着说。

“什么？”

“我是凯瑟琳·怀尔。”

她和马弗尔看着彼此，彼此因困惑而短暂达成一致。

然后他说了句脏话，她觉得所有的血都从她脸上流了出来。她的声音颤抖着。

“那个该死的安杰拉·怀尔是谁？”

马弗尔足足花了半个小时才联系到拉尔夫·斯陶尔布里奇。

“把怀尔太太搞错了。”他终于搞清楚了。

“我不知道有不止一个。”

“好吧，至少有两个，”马弗尔说，“现在这个对我很生气。”

3

杰克找到了母亲。

她在路肩旁的苹果树下，背靠着防撞栏，看着那鲜红的小小水果，似乎是看里面有没有小虫子。

他停在了从公路对面透射过来的阴影边缘。

那是他无法跨越的一条线。

“嗨，”他说，“你好吗？”

“有虫。”她说，然后把苹果抛过公路，苹果滚落一片，像棋子一样。

“不要上车！”杰克说。

“什么车？”她问道，梅丽突然出现在杰克旁边说：“就是那辆车！”这时一辆蓝色汽车停了下来。

梅丽向它跑去。

“不要上车！”杰克喊道，但是母亲站起来，把手在白色夏装的前襟擦了擦，跟着梅丽，他们一起上了车。

不！

汽车驶远的声音。

杰克踩着自行车在后面追，但是他已经忘记了如何骑自行车，不停地摇晃，不得不脚踩在地上，等着踏板回到顶部，就像一个没有父母来稳住他的小孩子。

最后，他停在尘土飞扬的柏油路上，看着蓝色汽车在弯道处消失。

在后窗，梅丽举起一只手伤心地向他告别。

“妈妈！”

他嘴里喊出的这个词将他从这个小小的警局拘留室里叫醒，他蜷缩着，汗流浃背。他慢慢地从狭窄的长凳上坐起来，等待着噩梦在他周围碎裂，它需要很长时间才能消退，即使他知道自己已经完全清醒，但失败的痛苦感觉仍然存在。

他没有把一切想明白。他以为自己够聪明。他和他愚蠢的影响力。他居然相信警察会逮捕亚当。但是现在一切都已经崩溃，他在这里，而乔伊和梅丽在那里，没有人保护她们。

杰克抬头看着高高的窗台上的那一小盆假花。

他现在需要抓住它。

4

马弗尔敲响了安杰拉·怀尔夫人在汤顿的家的前门。

她是新的怀尔夫人的稍微老旧版本：同样的金发及肩，同样的蓝色眼睛，同样的圆脸。

不同的肚围。

“安杰拉·怀尔夫人吗？”马弗尔小心翼翼地问道。

看见她点点头，他说：“我是马弗尔总督察，可以进来吗？”

房子被一个小男孩和一只大狗弄得乱糟糟的，并且泾渭分明。

“这是罗比，”安杰拉·怀尔说道，好像马弗尔想知道似的，“这是布鲁特斯。”

显然两者让她备受煎熬，根本没有留意到马弗尔对两者都不感兴趣。她也没有请他入座，但她的笑容很灿烂，问他自己有什么能帮忙的。

“我来是为了亚当·怀尔，”他说，然后补充道，“你丈夫？”这是为了安全起见。

“前夫。”安杰拉说。

马弗尔觉得他的世界终于找到一点点平衡了。

“前夫，”他重复一遍，“我只是对一个旧案子有几个疑问。”

她的笑容不见了：“艾琳·布赖特的案子？”

马弗尔一阵激动。拉尔夫·斯陶尔布里奇同他一位同事的偶然闲聊，突然给解决这桩谋杀案带来新的光芒。

就像魔法一样。

趁着安杰拉·怀尔还没有回过神来，他立马出击：“我知道你在他被询问那天离开了他，为什么？”

她张开嘴，但没有立即回答。

她坐下来把儿子拉到面前，抱着他直到他开始变得烦躁起来。那只狗也过来了，似乎在关心着发生了什么，安杰拉·怀尔把另一只手放在它头上。马弗尔觉得她看起来像一幅维多利亚时代的古老画作——那种讲个故事并且有一个合适标题的画作，在等待坏消息或者电报，如果不去管散落在地板上的乐高积木和放着卡通片的电视这样一些背景的话。

罗比从她怀里挣脱出来去玩玩具了，狗也离开了她的身边，跑来嗅着马弗尔的裤腿，似乎想着能不能把裤子变成自己的玩具。

“去。”马弗尔猛地嘘了它一下，布鲁特斯走出了房间。一分钟后，马弗尔听到它一边慢慢绕着大圈一边吞咽口水。

安杰拉抬起一张空洞的没有表情的脸看着他。

“你离开了亚当，”马弗尔提醒她，“为什么？”

“他……”她停了下来。

“我……”她想了想，又停了下来。

第三次会有好运，马弗尔不耐烦地想。

“我没有证据，”她终于说出了口，“任何证据都没有。我想你先要了解这一点。如果我有证据的话，我当时就告诉警察了，但我没有。我现在仍然没有。”

魔法太棒了，马弗尔想着。

“告诉我你想说的，”他说，“我来这里就是听一听。”

当然，这根本不是真的。如果马弗尔认为这会对案子有所帮助，他会很高兴地逮捕她，还有孩子和狗。但多年的经验让他知道，在这种情况下，不大可能要求人人都诚实。如果他有机会听到想听到的内容，最好告诉他们他想要听到什么内容。

“在艾琳·布赖特失踪那天，”安杰拉说，“我们打架了。”

“为什么打架？”他问道，自顾自地坐到了椅子上，似乎很自然。安杰拉几乎没有注意此举。大多数情况下，她一边说着一边用余光看着儿子，小孩正在搭建一些无法辨认的东西，咬紧牙齿、捏紧拳头、强迫积木块放置到位，而不是像包装盒子上微笑的孩子那样轻松地将它们安装到位。马弗尔在想，这是乐高出了问题，还是孩子出了什么问题？

安杰拉降低了声音，意味深长地看着儿子说道：“我怀孕了。”

当看起来没有联系的东西突然联系在一起时，马弗尔就像他通常那样激动得颤抖了。

安杰拉·怀尔怀孕了；艾琳·布赖特怀孕了；新太太怀孕了。一定很重要。他需要知道更多……

“亚当凭空认为我欺骗了他。我的意思是，这太荒谬了。宝宝不可能不是他的。不可能。他知道，但他疯了。我的意思是，就像疯子一样。”她想要嘲笑他是有多疯狂，但发出的却是一种紧张阴郁的声音。

“他打过你吗？”

“只有那一次，”她摸摸脸颊，哪怕是多年以后也想起了确切的位置，“他脾气总是暴躁。他不会经常发作，但是当他发作时，你就知道了。”

“发生了什么事？”马弗尔问。

“我们在费热斯和一些朋友共进午餐，有人开了一个玩笑，只是一个关于孩子看起来像邮递员或送奶工的愚蠢笑话。你知道人们常说的那种事。都是蠢话，但亚当却一直记在心里。我们回到家后，他越想越生气，然后我也生气了，他打了我一巴掌，我打了他一巴掌，让他滚出去，然后他就……”

“他走了多久？”

“我不知道，”她说，“几个小时？当他回来时，带着鲜花和巧克力，还有给宝宝的一个可笑的礼物——像《星球大战》或《星际迷航》的那种可以点亮的光剑。宝宝都还没出生！”

“亚当回家后，行为有什么奇怪的地方吗？”

“没有，”她叹了口气，“只是不停地道歉和说我爱你。”

她停顿了一下，然后耸了耸肩。

“我们和好了，继续生活，当我稍后听到艾琳·布赖特的遗体被发现时，我没有产生任何联想。我真的只是因为她怀孕了而关注的，你知道吗？太可怕了。”

她颤抖着，揉着手臂。

“那是什么让你最终离开了他？”

安吉拉皱着脸，仿佛试图解决一件事。

最后她说：“好吧，他有一把刀……”

马弗尔脖子上面的汗毛竖起来了：“什么样的刀？”

“就像一把花哨的折叠刀，但大得多。显然花了很多钱。”

“像这个吗？”马弗尔向她展示了谋杀凶器的照片。

“是的，就像那样。我不知道它是否一模一样，因为我一点儿都不关心刀具，但它与那个珍珠手柄非常相似。他总是摆弄着它、磨它、清理它。你知道男人对他们的东西是什么样子的——没有冒犯的意思。它让我快疯了！但无论如何，在我离开他之前，我注意到：突然他不再玩刀了。”

“你的意思是在艾琳·布赖特被谋杀之后？”

“差不多那个时候。我不确定，这就是为什么我说我没有任何证据。你知道吗？我不记得确切的时间，我从来没有注意那把刀到底是什么……我开始注意到他不再像一个小孩一样呵护那刀子，我问他是不是丢了，他说不，在楼上，但是，你要相信我，如果那把刀是在房子里，它只会是在他的口袋里。所以我认为他一定是搞丢了，只是不想告诉我，因为很显然这把刀是花了很多钱的。但那不是我关心的。亚当有份好工作，我们从来没有缺过钱，再说也不是我的钱，不是吗？”

“对。”马弗尔同意道。

她接着说：“所以，就是那样，我就没多想，直到他几天后打电话告诉我，他被警察询问，我就想，怎么回事？我不知道会出什么问题。真的。他告诉我，他不过是停在高速公路边小了个便，我想，这是犯罪吗？我的意思是，每个人都会在路边小便，不是吗？但后来他说那里就在发现艾琳·布赖特尸体的附近……这一切……我一下子就联想起来了。你知道——他那次打我，因为嫉妒，我们因为宝宝打架，刀丢了，他在她尸体被找到的地方被抓住……”

当她说出这一串时，就像唱歌一样。然后她叹了口气，凝视着马弗尔：“我甚至没有等他回家。我收拾了一些东西，然后去找我妈妈。他一直打电话，一直乞求，但我不会再见他。几个星期后，他来到我妈妈家，挥舞着那把该死的刀子，说他找到了——好像这就可以了！但这和刀没关系。结束了，因为在我心里，我觉得——”

她又停了下来。

“他杀了她？”马弗尔说。

“哦，不！”安杰拉对他皱起眉头，低声说道，“但我觉得他有能力杀人，”她抚摸着儿子的头发，耸了耸肩，“这就够了。”

马弗尔点点头，合上笔记本，起身。

安杰拉·怀尔没有抬头，只是继续抚摸着那个男孩。每一次转瞬即逝的指尖接触，都传递出无穷的爱意，只有父母才这样。

而就像孩子才会做的那样，罗比没理睬她，继续将不匹配的乐高积木硬塞到一起。

“看！”他说，举起一大块彩色碎石。

“真是太棒了，亲爱的。”她带着灿烂的笑容说道。

马弗尔不知道天下的母亲是怎么做到这点的。

“亚当会来看他儿子吗？”

安杰拉摇摇头，降低了声音。“没有，我不想他来。罗比出生时我打电话给他，我的意思是，他有权利，不是吗？但是他说自己没兴趣——”她苦笑了起来，从套头衫袖子中抽出纸巾擤了鼻子，“说他会重新开始，下次会做得更好。”

“什么做得更好？”马弗尔问道。

“谁知道？”她叹了口气，“我很高兴他不是去和我们做得更好。”

5

马弗尔直到太阳落在埃克斯穆尔的群山之后才回到蒂弗顿。

见了安杰拉·怀尔之后，他打电话给拉尔夫·斯陶尔布里奇，简单说了下今天的事。当然，并没有告诉他一切，至少，他瞒下了一些关于控制和铐错女人的错误——错误的孕妇。

还称她为哺乳动物。显然，这不是多严重的性别侮辱，不像叫她母狗或奶牛。但是马弗尔仍然非常不愿意在纪律审裁庭面前反复听到这一点，要不是凯瑟琳·怀尔反手一挥，恰好用她的戒指划破了他的眼角，那么上纪律审裁庭绝对是他最终的结果。

他确信她明白她很幸运，自己打算忽略她拒捕并袭击警察这一行为。她似乎没有兴趣就他们的小争斗投诉。显然，在他上门之前，她就发现了自己的丈夫不像玻璃盒子里的处女那样纯洁，已经非常慌张了，所以急着想让马弗尔离开，这样她就可以一边哭一边做打算了。

凡此种种，这是一个感觉自己被嘲笑了的女人干的事情。

无论哪种，马弗尔不得不承认他很侥幸。

当然不是最为侥幸的一次——像他这样冒险并依靠自己的直觉生活的人，在他的职业生涯中肯定会有一些侥幸脱险的事情，而这只是其中一个罢了——但这肯定会让他在酒吧喝酒碰上的狐朋狗友乐翻天的，如果他在这个到处都是绵羊的鬼地方能够找到一个体面的酒吧的话。

或者是一些狐朋狗友。

去他的，他不在乎！一次侥幸脱身总是能让他感觉自己还活着，通常只有接近死亡的经历才能带来如此感觉。没有什么能像从悬崖边抽回脚、躲过一颗子弹，或者结束一段感情那样让他的心脏怦怦直跳了。

他从包里摸出一根香烟，粘在嘴唇间，他喜欢过滤嘴那股肮脏的化学味道。没有火柴，但现在这样已经足够了。

他的车碾过警察局外路边的石头，停在人行道上。警察局没有停车场，他也没时间把车停在超市，然后像其他人一样走过散布着长椅的广场。

他看看手表。由于是夏天，天还亮着，空气仍然温暖，天空仍然蔚蓝。当一只绵羊咩咩地叫着从某处靠近时，马弗尔身子抖了一下。他关掉发动机，在车里坐着，大脑因为进行着上百万的排列组合而感觉发涨。

调查谋杀案就像在黑暗中做拼图游戏——不断摸索、测试、转向，拿起放下并再次拿起。

努力让事情对上。

马弗尔觉得自己现在比拉尔夫·斯陶尔布里奇更接近于看到盒

子上的图片。

还差得远，因为这张图是一个骗子为他画的。一个连环小偷以为他在正在偷窃的房子里发现了一把杀死他母亲的刀子。

马弗尔哼了一声。这可能是他在22年侦破杀人案中遇到的最大也是最巧的巧合，或者它可能只是一个心理扭曲孩子的扭曲想象。

如果他不是那么想要破一个谋杀案，他多半会认为是后者。

但他确实想要破一个谋杀案。

非常想。

所以他准备考虑前者，挖得更深，冒更多险。

在解决犯罪问题时，马弗尔有一套独特的技术。

他总是觉得无风不起浪，只是看风大还是风小。

所以……

亚当·怀尔袭击了杰克·布赖特，并将他的房子点着了。

一个曾经爱过亚当的女人相信他确实有能力杀人，而亚当对现在爱着自己的女人隐瞒了过去。

怀孕的艾琳·布赖特被刀杀死的那天，亚当对怀孕的妻子产生嫉妒和愤怒。

他在刀子靠近尸体被发现的地方被警察逮捕，并且有一把非常相似的刀……

他还留着那把刀。

但它不是那把杀人的刀。

“该死！”马弗尔对着方向盘喊道，“胡说，狗屁！”

车窗是摇下来的，推着一辆超市手推车的一个女人嚷道：“不要说脏话！”

“你怎么知道的？”马弗尔回击她，把头伸出窗外，朝着她喊道，“嘿！你偷了那辆手推车吗？”

女人加快了脚步，扭头狠狠地看了他一眼。

马弗尔缩回头，继续瞪着方向盘。

无论他怎样看，男孩都是关键。

毫无疑问他是“金发姑娘”，在他的合作下，这将是一个很容易破的案子。事实上，超过100个容易破的案件、大量的盗窃案可以结案，并在瞬间提升警队的破案率统计数据。这意味着马弗尔到新警队的第一个案子将会取得巨大成功。对于他所渴望的地位，这将是很大的帮助，而不再需要多年的努力。

只有一个问题……

马弗尔无法因为谋杀了艾琳·布赖特而逮捕亚当·怀尔。找不到他与谋杀案凶器有任何联系，对于亚当，他所拥有的与斯陶尔布里奇三年前找到的都一样，没有证据。

还有一位前妻和她给人的朦朦胧胧的感觉。

马弗尔下了车，大力摔上车门。在小小警察局的玻璃门前，他几乎撞到了雷诺兹。

“有什么发现吗，长官？”

“有一些。”

“足够逮捕亚当·怀尔吗？”

“不，”马弗尔说道，“你房子那里完成了吗？”

“差不多，长官。所有需要送到埃克塞特的都装车上了，只有我和赖斯的一些个人物品和衣服明天收拾。”

“很好，”马弗尔说，“我说过捕获屋会起作用吧。”

“你说过，”雷诺兹说，“确实如此。”

“帕罗特在哪里？”

“他在我们轮班结束时离开了，长官。”

马弗尔忽略了雷诺兹在他轮班结束后仍然在那里的事实。

“指定律师来了吗？”

“还没有，长官。车子出了故障。”

“他从哪里来？火星？”

“如果没有法律代表，我们能将他关这么久吗，长官？”雷诺兹试着问道。

“他没有被捕，”马弗尔恼火地说道，“他随时可以离开。”

伊丽莎白·赖斯带着一袋苹果和三明治走了进来。

“给杰克的，”她说，“他不吃麦当劳。”

“我给你说过的。”雷诺兹说。

赖斯没理睬他，从桌子边那位长着苹果酒鼻子的女警手中接过拘留室的钥匙，消失在走廊里。

“这是他一直过着的生活，”雷诺兹打趣道，“他这个年龄的孩子，通过犯罪来养家，很狄更斯[1]，不是吗？”

[1] 查尔斯·狄更斯（Charles John Huffam Dickens，1812.2.7—1870.6.9），英国作家，主要作品有《大卫·科波菲尔》《雾都孤儿》《老古玩店》《双城记》等，他的作品大多满怀激愤和深切的同情，展示了下层社会，特别是妇女、儿童和老人的悲惨处境，揭露社会上层和资产阶级的虚伪、贪婪、卑琐、凶残。

马弗尔哼了一声："可能他就是原型。"

赖斯在喊着什么。

马弗尔和雷诺兹皱起眉头彼此看着。

"她喊什么？"马弗尔问。

"没听清楚。"雷诺兹说。

他们都冲向走廊。

"赖斯？"雷诺兹叫着快步跑过去，"赖斯？"

赖斯提着苹果和三明治站在拘留室里。

"他跑了！"

"给点儿钱吧……给点儿钱吧……"

有脚过去了。有人把什么东西扔进了冰激凌盒子里。

"谢谢。"流浪汉说。

更多双脚。

他们停了下来。

"给点儿钱吧……"

但是盒子里没有相应的硬币碰撞盒子的声音。

流浪汉抬起头，畏缩着，一把抓住盒子，把钱放在胸前，曲起肩膀护着耳朵。

但这个男孩没有打他。

相反，他扔了什么东西给他。

一条蛇！

那个男人害怕得哭起来，那东西掉到了他腿上，还有剧毒的蛇芯子。

但那不是蛇，是一条领带。红色丝绸，细白条纹。

“乔伊和梅丽需要房子里有成年人，”杰克说，“如果你还想回家的话。”

6

“他是怎么做到的？”马弗尔说着。

床垫靠在窗户下面的墙壁上，但是窗户仍然锁着。地板上有蜡笔和假花。

“怎么做到的？”马弗尔再次说道——这次他们终于弄明白了。

杰克·布赖特把床垫靠在窗户下面的墙上，站在那里，或者从床垫不稳定的边缘跳起，从窗台上抓下了假花。他把一朵假花的线茎弯成一个撬锁的工具，打开了牢门，然后不知怎的偷偷溜过前台，走出了警察局大门。

“让我们去找那小浑蛋吧。”马弗尔说。

由于他的车停放在外面最方便，他们挤进车，赖斯仍然拿着三明治和苹果。

马弗尔启动了发动机：“我们要去哪儿，雷诺兹？”

“长官？”

“地址是什么？”

“呃……我不知道，长官。”

马弗尔看着他：“你不知道他家的地址？”

“不知道，长官。”

“但你是逮捕他的警官。”

现在马弗尔和赖斯都看着雷诺兹，他开始冒汗了。

“你没有问到他家的地址？”

“没有，长官。”

一阵窒息的沉默，然后马弗尔说：“请告诉我你宣读过他的权利……”

“长官——”雷诺兹刚开口，而马弗尔一拳头砸在仪表板上，那么用力以至于仪表板都裂开了。

“你这个白痴，雷诺兹！”

“长官，那是……那是一种奇怪的情况。你知道，不是正常的逮捕，我相信你很明白。我的意思是，他在床上……所以这一切都很奇怪，我承认我有点儿吃惊。”

“那你的记录中单手抓住‘金发姑娘’的所有胡说八道又算怎么回事！‘我悄悄地扑上去’！现在事实证明，你不仅没有扑上去，你甚至没有宣读过他的权利！这意味着他没有逃脱合法羁押，因为他从未在法律上被拘留！上帝啊！我们又回到了该死的起点。没有！还不如起点，因为现在他知道我们会跟着他！”

“我道歉，长官！”雷诺兹干巴巴地说道，用这种语气暗示马弗尔现在应该朝前看。

“好吧，去你的道歉！”马弗尔喊道，“就这样吧！我才不会打电话给斯陶尔布里奇。你可以打电话给他，向他问地址，并向他解释主要嫌疑人是如何走出警察局的，现在我们不知道在哪里找到他，因为你搞砸了。”

“长官？”赖斯在后座说道。

“什么？”马弗尔问。

“托比会不会知道地址？”

“托比是谁？”

“帕罗特警探，长官，”赖斯说，“我的意思是，他在这里待了很长的时间，即使他没有参与这个案子，他也一定知道布赖特家住在哪里，不是吗？”

片刻沉默后，马弗尔说：“好主意，赖斯。帕罗特在哪里？”

“我猜他回家了，长官。”雷诺兹说。

“好吧，等一下给他打电话，”马弗尔说，“等一下，告诉他你需要他给你擦屁股。”

7

“你是谁？”梅丽站在客厅门口疑惑地问道。然后，在他开口之前，她看到男人手中的冰激凌盒子，眼睛一下子亮了：“你有冰激凌吗？”

“没有，”他说，“抱歉。”他瞥了一眼杰克，“我应该带冰激凌来的，我应该带一些东西来的。”

“没关系，”杰克说，“我们没想过你带任何东西。”

“你是谁？”梅丽再次问道。

“这是爸爸。”杰克粗声粗气地说道。

她对那个男人皱了皱眉头，拿出她的吸血鬼牙齿，上下打量他。

胡子，脏衣服，红色丝绸领带环绕在脖子上。

“你长这么高了，梅丽！”他走向她，但她靠着门框向后退，保持着距离。

他停了下来，摸了摸脸颊，瞥了一眼杰克：“这是胡子。我会把它刮掉。”他试探地笑了笑。他们都没笑。

他缓缓地环视着烧焦的走廊、颗粒状的地毯、泡过水的前门。

然后目光回到梅丽身上。

“你在读什么？”

她看着手里的书——手指就是书签——然后给他看封面，“斯蒂芬·金的《它》。”

他皱起眉头：“你看这本书是不是太小了？”

“这是关于排水沟中的小丑的故事，”她耸了耸肩，“不是真的。”

他笑得很开心。“我很想你，”他说，“我非常想你们。”他的声音充满了感情，但他的话却没有得到回应。

“你去哪儿了？”梅丽问。

“嗯…… 我离开了一会儿。”

“很长一段时间。”她纠正他。

“你说得对。太长一段时间了。我很抱歉。”

“你难过吗？乔伊说你很伤心。”

“是的，我很伤心，”他点点头，“非常非常伤心……我感觉……好吧，我的感受并不重要。我永远不应该离开。但是我在外面的每天，都想着你们所有人，都念着你们，想再次见到你们。”

“我本该早点儿回家，但是……”他耸耸肩，然后看着杰克，“但是我明白。我明白了。”

然后他整理了一下衣服，抚平了领带，仿佛准备面试一样：“但我现在回家了。这一次我会好起来的，我保证。”

他对着梅丽微笑，但她只是一脸严肃地盯着他。

杰克打开背包。“我找到了你的西装，”他说，“所以你可以找一份工作。”

他把西装挂在前厅的门上。很不错。浅灰色。

“谢谢你。”

“你得自己找鞋子。”

“爸爸？”

他们都抬起头。

乔伊站在客厅的门口，衣着邋遢，眉眼明亮。

她扑到父亲的怀里，他一把抱住了她。

8

托比·帕罗特有足足 15 分钟没接电话。

马弗尔确切地知道时间，因为他让汗水越冒越多的雷诺兹继续尝试拨打那个号码，而他们都在车里等着。

在他们等待的同时，马弗尔也在思考自己的策略。

他不知道布赖特家会是谁应门，但他知道自己没有逮捕令。在其他任何时间，他都可以要求进入房屋搜查逃脱监禁的囚犯。但这一次——

感谢雷诺兹——鉴于囚犯从未被正式拘留过，因此不能说是逃犯。

事实上，如果他喜欢，杰克·布赖特甚至还可能会把两支警队告出屎来，因为他没有被逮捕或指控，甚至没有法律代表就被羁押，而且他还是个少年……

所以，虽然这不是他的本性，但马弗尔知道他必须非常谨慎地行事——保持亲切的态度，征得同意。

这很气人，但事情就是如此。

帕罗特终于接听了他的电话，雷诺兹声音低沉，噼里啪啦几句话说完，在一分钟内挂断了电话。

“就在布伦德尔路上，”他说。“他不知道门牌号，但他说看到就会知道，他在那里的汽车展厅与我们会合。”

马弗尔启动发动机，撞上路缘，在轮胎的尖叫声中，汽车画出一条弧线。他瞥了一眼警长焦急摇晃的膝盖。

“兴奋吧，雷诺兹？你现在可以第二次抓住‘金发姑娘’了。”

在温暖的夏日暮光里，他们把报纸从屋里抱到花园中。

起初这是一个缓慢的过程：从报纸“峡谷”上取下一摞厚厚的报纸带到外面，阿瑟·布赖特在草坪中心小心地将它们搭成金字塔形。但是“峡谷”墙壁越低，乔伊就越兴奋，她的兴奋传染了众人，所以几分钟内他们三个都在后门跑进跑出，咯咯地笑着，在门口互相挤碰，看见飞快爬开的蜘蛛而尖叫，在掉下来的《泰晤士报》《每日邮报》和《蒂弗顿报》上滑来滑去。

慢慢地，一道“峡谷”墙完全从厨房消失了，在它的位置露出了浅色地板的宽条纹。

乔伊和梅丽带着报纸经过时，杰克站在那里，盯着地板——惊讶于它一直都在，并且找到它是多么容易。然后，他把另一堆报纸从柜子上抬起，向外面走去。

终于阿瑟举起一只手。“我觉得现在已经够了！”他笑着说。

杰克、乔伊和梅丽看着他，眼睛明亮，屏住呼吸，他手伸进口袋，拿出一盒火柴。

“现在站远一点儿。”他说。

当托比·帕罗特在装满豪华汽车的展厅溢出的灯光下招停他们的时候，天开始黑了。马弗尔从未在蒂弗顿街头见到过豪华轿车，心里想着下次有空的时候，来查查这个经销商。

帕罗特穿着一件非常旧的运动服跑到他们身边——旧得有些起球，脚踝处已经短了。他和赖斯一起坐在后面，马弗尔在布伦德尔路上慢慢行驶。

“我记得就是那家。”托比·帕罗特指着说道。

“确定吗？”雷诺兹说。

“我确定。”

“如果不是那家，我们可以敲邻居的门，”赖斯说，“总有人认识他们的。”

“那就有点儿晚了，不是吗？”雷诺兹说。

马弗尔皱着眉头从后视镜里看了他一下。“我们是警察！”他猛地停下，全都下了车。

马弗尔看着这栋干净整洁的带露台的房子。这不是他所预料的。话说回来，关于“金发姑娘”的事情就没一件是他所预料到的。

窗户很干净，在矮挡墙后有一条四英尺长的修剪整洁的草坪。

干干净净，他想着。

然后他闻到了味道，“是烟味吗？”

前门的玻璃窗被砸碎了，透过它，可以听到一个孩子哭泣的声音，伤心欲绝。

马弗尔走到门口。他犹豫了一下，然后身向前倾，透过小窗往里看。屋里面非常黑，但可以看到走廊地板有一个小女孩，把一个足球放在她的胸口，眼泪不住往外流。

马弗尔敲了敲门。哭声没有停止，人也没有动。

他又敲了敲门，声音更大了些。

他皱了皱鼻子，看着赖斯和雷诺兹，他们和帕罗特站在一起。

赖斯跑到马路对面，以便更好地观察房子，“长官，后面有什么东西着火了！”

马弗尔捶着门。“嗨！”他对孩子喊道，“你还好吗？”

孩子脸转向他，然后慢慢摇了摇头，“不！”她哭着说，继续哭。

“见鬼，”马弗尔烦躁地说道，“站远点儿！”他退了几步，冲向房门，猛地撞上又立马弹开，双臂向后挥舞，脚步踉跄。

雷诺兹一把抓住他并阻止他翻过矮墙，就在这时，一个穿着卡其色衬衫系着红色丝绸领带、满脸憔悴、胡子拉碴的男人打开了门。

“你好。”

马弗尔摸出证件：“阿瑟 · 布赖特先生？”

“是的。”

“我们来找杰克。”

“等一下。”阿瑟说道，看着他身后，被那个仍然在地板上大喊大叫的孩子分了心。他过去抱起她，回到门口，她坐在他臂弯里，头靠在他肩膀上，仍在哭泣。现在她靠近了，马弗尔才发现她抱着的不是足球，而是一只大乌龟，一脸病恹恹的样子，好像已经见惯了风云似的。

“她只是对草坪感到难过。”阿瑟含糊地说道。

“我才修剪过！”泪流满面的孩子又哭了起来，“现在它着火了！”

“梅丽，它会重新长出来的，我保证，”他拍着她的背，向马弗尔解释说，“我们在做一些清理。”

他微笑着，马弗尔也试着以微笑回应，即使他对这种拖延感到心痒难耐。保持亲切，他提醒自己，否则他们会起诉……

阿瑟稍稍把女儿抱远一点儿，这样可以看到她的脸：“你的眼泪掉到唐纳德眼里了。”然后放下她，看着她进到房间里去。

马弗尔再次张嘴准备问杰克在不在，但他还没来得及说话，雷诺兹突然叫道：“那是我的领带！”

“雷诺兹……”他厉声吼道。

但雷诺兹探着身子围着阿瑟转了一圈说道：“这是我的西装！”马弗尔还没来得及阻止他，雷诺兹用肩膀挤开惊讶的阿瑟，从客厅门后取下一件浅灰色西装。

“嘿，你不能进来！”阿瑟·布赖特说，“你不是应该有搜查令吗？”

该死。搜——！马弗尔愤怒地看了雷诺兹一眼，但见他挑衅地打开夹克，露出缝在衬里上的名字标签。

“雷诺兹。”

“看到了吗？”他说。

慢慢地，马弗尔总督察笑了。

“阿瑟·布赖特先生，”他说，“在所述物品可能被盗的过程中，由于赃物在房里清晰可见，并且合理怀疑可以于此搜索到更多被盗物品及或入室盗窃之犯罪嫌疑人，我们根据1968年《盗窃法案》进入你家搜查房屋，你明白了吗？”

“不，”阿瑟说，一脸懵懂，“有人能解释下这是怎么回事吗？”

杰克坐在草地上，看着乔伊围着火堆跳舞，不时地往火堆中又扔一叠报纸，或者用一把旧耙子戳一戳，看着飘飞在傍晚浅色天空中的火花笑个不停。

灰色的纸灰花瓣像轻柔的雪花一样飘落在他们周围。

梅丽走出房子，放下唐纳德让它自己爬，离火焰远远的。

“警察为什么要找你？”

“什么？”他没明白，“哪里？”

梅丽指指前门：“他们在前门。”

杰克撑起身。借着火焰，他看到黑暗中有人影在房子里移动，恐惧一下子涌上了喉咙。

“那些警察总能找到你的……”

在那一刻，他站在那里，惊慌失措。

他紧紧地抱了抱梅丽。“不要告诉他们任何事情。”他说。

然后，他越过围栏翻进雷诺兹太太的花园。

9

杰克跑向她家后门，猛力敲门。

她没来。

他再敲，绝望地看着栅栏，向上可以看到他自己的卧室窗户，窗台上的小相框仍然空着。如果有人现在从窗子边往外看，就会看到他在门口瑟缩不安，而对此他却无计可施。

他再次敲门。“快点儿！”他在脑海里大叫。

“快点儿！”

雷诺兹太太来了。透过玻璃，他可以看到她走过来，但她看到他显得并不高兴，有那么一瞬间，杰克担心她会挥手赶走他，拒绝开门。

他尽量看上去很淡定，尽量看起来不像在逃避警察的追捕。他平静下呼吸，直起腰来。

堆出笑容。

皱着眉头，老太太扭开锁打开门。

“你想干什么？”她问。

“嗨，”杰克说，“我来帮你修割草机。”

杰克·布赖特不在屋里。

这不是一栋容易搜索的房子，比预期花了更长的时间。每个房间都是报纸墙、“隧道”和死角构成的迷宫。每当他们认为已经搜索得干干净净时，突然意识到那一堆报纸其实是张床，必须俯下身子去看看，或者一堵墙上藏着个衣柜，而他们又打不开。

帕罗特看到了一只老鼠，整个房子都长满了霉——这东西马弗尔沾都不想沾。难怪杰克·布赖特每天修剪草坪，窗户擦得干干净净，就是不想引起有关当局的怀疑——房子里面，狗窝都算不上，更不用说住着儿童了。

在后面的卧室，他找到了一个空的相框和地板上两个孩子和一个沙滩球的皱巴巴的照片。

尽管如此，他还是苦笑了一声。

现在他站在暮色中，灰烬落在身边，愤怒地瞪着噼啪作响的火焰。

小浑蛋溜了。他毫不怀疑杰克刚才就在这里，就在刚才，如果阿瑟·布赖特不在门口拖那一会儿，情况可能已经完全不同了。

两姐妹站着，静静地看着他。

“你哥哥在哪里？”他问道。

“我不知道。”年长的女孩说。

“我也不知道。”抱着乌龟的孩子说道。

马弗尔噘起嘴唇。

“你们想要10英镑吗？”他说，“每人10镑？”

“不！”年长的女孩说，而那个小女孩则说“好啊”。马弗尔看着小家伙，手撑着膝盖蹲下去，差不多和她一样高。

“你告诉我你哥哥在哪里，我给你10英镑。”

“嗯……”孩子皱着脸，好像在思考。

“我给你讲吸血鬼的故事，你给我5英镑好了，”她说，举着5个小手指以防万一马弗尔算不清，“或者蚯蚓，给3英镑。”

马弗尔站起来，把灰烬从肩膀上拍掉，然后回到室内，高喊道：“再搜一遍房子！”

就像生活中的许多东西一样，雷诺兹太太的割草机没有什么大问题，彻底清洗一遍，加上一些溶剂就好了。

杰克坐在一个旧油漆桶上，用一把从工具箱里找到的凿子从割草机的内里刮下攒了好多季的坚硬干草。

他关上了棚门，告诉雷诺兹太太这是防止灰烬飘进去。起初的时候，他站在门口，耳朵贴在木头上，试图听清楚隔壁发生的事情。

但门关上听不到任何声音，于是他打开灯，将割草机干净的那一侧朝外，以避免机油弄脏了空气过滤器，开始工作。

清理完裙边的下侧，他看到更长的草叶已经缠绕在刀片的轴上，使其转得越来越慢，最后卡住。他于是把草叶切开，然后小心地一根一根拔掉。

他突然意识到自己很开心。更重要的是，他多年来第一次感觉像是自己，像一个帮助邻居的男孩，这感觉很好……

雷诺兹太太打开门时，他吓了一跳。她没说什么，只是站着看他喷洗清理过的轴，这样刀片就容易转动了。

“你妹妹怎么样？”

“哪一个？”杰克问。

“吸血鬼猎人。”

杰克笑了：“她现在喜欢可怕的小丑，自己也装成了小丑。只要有新的东西，她都希望能了解它的一切。她什么都读。我得一直给她找书看，她看书速度很快。”

他清理了塞子并加满了油。

“我叫我儿子来修，叫了好几周，”她说，“他一直不来。”

杰克站了起来，准备好割草机并拉动了启动器。它轻松地咆哮着发动起来，但只是一会儿的工夫，杰克又关掉了引擎，这样棚子里不会到处都是烟雾。

“这是一台很好的割草机，”杰克说，“还可以用好多年。但是你需要清理它下面，否则切下来的草会堵住它的。”

“有人吗？”

杰克僵住了，看着门外。

马弗尔！

雷诺兹太太走到外面，将棚门留了一半，杰克瞥见了马弗尔目光越过篱笆迅速地往里瞥了一眼。他立马躲开了他的视线。现在外面几乎黑了，而棚子里的灯亮着，如果马弗尔离得更近，或者门再向前打开一点儿，他就无处可藏……

他可以透过门上的细缝看到警官，一只手抓在栅栏上，另一只手拿着他的证件。他肯定是站在阳畦上。

杰克噘起嘴唇。他最好不要弄破了它！

“我们在找你的邻居，”马弗尔说，“杰克·布赖特。你认识他吗？”

杰克屏住呼吸。

“哦，认识，”雷诺兹太太盯着证件说，然后说道，“我儿子也在警察局，你认识吗？”

马弗尔当没听见：“你今晚见过杰克吗？”

“怎么啦？”她怀疑地说道，“他做了什么？”

“他因入室盗窃而被通缉。”

“入室盗窃！”她叫道，听起来很震惊，往棚子看了一眼。

杰克身子抖着，希望她不要过来——在心里恳求她——但老太太却直接向他走来。透过细缝，杰克看着她越来越近，他的牙齿紧咬，咬得下巴都疼了，希望像放掉的洗澡水一样从他身上慢慢消失。

雷诺兹太太走到棚门前。

关上了门。

杰克震惊地眨了眨眼。他听到钥匙上锁的吱吱声，然后是移动花盆时碰到什么的声音。

“我想你一定是弄错了，”他听到她说，“这里没有人偷东西。”

10

杰克关掉灯，等雷诺兹太太回来。

他把油漆桶靠近棚子的墙壁，这样他就可以背靠着闭目养神。汽油烟味已经消散，现在闻得到木头的味道。迷迷糊糊中，他想起了木料场，想起了路易斯。

“不要再来这里了。”

杰克在梦中做了个鬼脸，然后再次放松，头垂向胸口。他太累了，现在就算是让他看英格兰队的比赛，也能睡着。

他几乎睡着了——几乎就在两个残酷的世界相交的那个美妙交点——这时传来一阵金属摩擦声，雷诺兹太太打开了门。

杰克爬起来，他们盯着对方。

“跟我来。”她终于说道。

他跟着她走到后门。

“请脱鞋。”

他脱下鞋，穿过窗明几净的厨房，走到休息室，那里如此明亮，如此绚丽，如同夏天就在屋里一般。

雷诺兹太太指指小小的奶油色天鹅绒沙发，他小心翼翼地坐上去，脏运动鞋放在膝盖上。雷诺兹太太自己穿着白色皮革乐福鞋，鞋底一尘不染。

“我喜欢保持地毯干净。”她解释道，杰克想到了过去一年中他在无数的地毯上所泼的咖啡、扔的红酒，以及踩成饼的食物。那些地毯，他现在回想起来，似乎都属于像雷诺兹太太这样的人，尽管她儿子是一名警察，但雷诺兹太太并没有把他交给马弗尔。

他感到羞耻，脸颊发烧。羞耻并不能挽回他失去的东西。

“你是窃贼吗？”雷诺兹太太问道，她的直率让杰克感到惊讶。

他深吸一口气放松，然后说：“过去是。”

“但现在不是了。”雷诺兹太太说，轻松地拍拍手，好像她早就做出了决定，而他的豁达只是一种形式。她起身走到壁炉架前，那里收藏着各种各样的小瓷俑，有时髦的女士，有吹笛子的牧羊人，有丑角，有斗牛士……

杰克想起自己的锤子，还有用锤子砸得粉碎的那些东西。

雷诺兹太太拿起一个小瓷俑递给他：“这是给你妹妹的。”

那是一个小丑，四英寸高，有着一张悲伤的面孔，扎着一朵黄色的大花，穿着宽松的格子裤，还有一根粗瓷绳上系着一堆气球。

他抬起头，但她已经走到前门去了。他连忙跟上，经过走廊时将小丑放到口袋里，这样他等会儿可以把鞋子穿回去。

“我觉得你应该从前面出去，说不定有人在你家里等着你，不是吗？”

他没有想到这一点，而她是对的。“好。”他点点头。

“你父亲打算烧多少份报纸？”

杰克睁大眼睛看着雷诺兹太太：“很多。”

她噘起嘴唇：“嗯。”

她打开门，向外看了看，确保没人在那里守着，然后把杰克带到街上。

他转身想说“谢谢”，但雷诺兹太太已经把门关上了。

11

“为什么没告诉我你结过婚？”

亚当带回来一匹有轮子的玩具马。他敲了敲门，凯瑟琳一开门就看见马在门口。他躲在旁边学着马嘶，然后跳出来，大笑着，亲吻她，好像他已经离开了有一年之久。他又从肚子上方吻了一下宝宝，把马推到厨房，再折起来，看上去就像一个巨大的驼背孩子，在那里喋喋不休。

“蓝圈公司的销售代表送的，去年的营销活动，很棒吧？他可以骑好几年，或者她也行。我们也应该报个骑马课程。当然是以后的事情。但这将是一个很好的开始方式，不是吗？免费的！我总不能拒绝，对吧？”

凯瑟琳跟着他。

冷淡。

无声。

她在心底练习了这句话好多遍，所以没有动摇，深吸了一口气，这样她就可以一口气说完而不会摇摇晃晃。

“为什么没告诉我你结过婚？”

“什么？”他没有看她，还在对马说话。

“为什么没告诉我你结过婚？”

亚当慢慢地站起来，对上了她的目光。

如果他说“为了保护你”，或者如果试图否认，她会杀了他。

但他说：“我不知道。”

然后他看着窗户外的花园，摇摇头说道：“我真的不知道。”

凯瑟琳犹豫了，但不是因为她想过的可能犹豫的原因。突然间，她很伤心，而不是生气，不得不控制住自己搂着他的冲动，告诉他，她爱他，这没关系。

但她必须继续，因为它确实很重要，她需要知道。

“安杰拉。”她说道，这个令人讨厌的名字。

“是的。”他说。

“你是怎么发现的？”他接着问。

“有警察来过这里。”

他惊讶地眨了眨眼睛：“关于入室盗窃？”

“不，”她说，“关于艾琳·布赖特。”

亚当瑟缩了一下，就在她眼前，关于他的一切似乎变得越来越小，越来越弱。他的脸色越来越苍白。一切……都缩水了。

他弯下腰，手肘靠在厨柜台面上，揉了揉脸，显得非常非常疲惫。

“我太害怕，不敢告诉你。”他终于叹了口气。

“害怕什么？”凯瑟琳说。

“你要离开我。”

“我离开你？”

他直起身来：“她就是。安杰拉后来离开了我。”

“什么之后？”

“在被询问之后。”

“但你没有做错任何事！”

他耸了耸肩：“谁知道，她离开了我。”

然后他告诉了她，关于在炎热的一天停在那个路边停车带；关于被塞进警车的后座困窘不安、不停道歉；关于他生命中最糟糕、最漫长的六个小时，从迷茫到冒犯到愤怒到害怕、害怕，还是害怕。

“我不能告诉你是有多可怕，凯瑟琳。”亚当温柔地说，看着别处，喉结上下滚动着。他从盘里拿出一个橘子，像玩挤压玩具一样挤压它。

“我的意思是，我停下来到路边小便，突然间我就成了谋杀案的嫌犯！起初它就像个笑话，然后是一个愚蠢的错误，然后我意识到他们不是在开玩笑，他们真的以为我可能与杀人案有关。一个女人。一名孕妇。我是说，去他的！”

他看着凯瑟琳，她在他脸上看到了他当时所感受到的同样的震惊和愤怒——尽管过去了多年，这些表情仿佛随时可以重现，现在眼泪也快从他眼中溢出来。

“亚当……”她喃喃道。

他用衣袖抹了把脸。

“我想死。我向你发誓，凯瑟琳——那一刻，我宁愿死也不愿坐在那里让那些人试着让我承认做了那件事。那件恶心、恶毒的事！”

凯瑟琳点点头。她自己现在模模糊糊想起那桩谋杀案都不寒而栗。

“然后，当它终于结束时，我回到家，她离开了我。刚走！刚装好她的东西走了，我的婚姻结束了，就像那样，我失去了我曾经拥有的一切。如果不是我父亲保释我出来，连房子都会失去。事实上，我不得不向他借钱还给安杰拉。这就是为什么我们第一次见面时，我背了那么多债。为什么这么难——”

凯瑟琳打断道：“但我不明白，你的意思是你的婚姻在那之前很好吗？”

“绝对的！”

“那她为什么要离开你呢？”

“这要问她！”他气愤地说，“我猜她是傻到相信它。毕竟，警察在询问我，所以我肯定有罪，对吧？尽管我一生都没犯过任何罪行。”

凯瑟琳什么也没说。她想要支持亚当，但是他骗了她。他已经结婚了。他因为涉及一桩谋杀案而被审问过。他骗了她……

“凯瑟琳，”他急切地说道，“就像你说的入室盗窃一样，你做了一个糟糕的选择——不告诉我。之后，这一切都变得更加艰难。”

她缓缓地点点头。她也骗了他。

“如果我告诉你我已经结婚了，你就会想知道更多，想知道发生了什么。如果我告诉你真相，那么也许你也会离开我！你为什么不呢？那个婊子就离开了！无风不起浪，对吧？在被证实有罪之前，去他的无辜，因为——相信我——没有人相信这一点，尤其是以前我工作地方的人力资源部的浑蛋，要知道我以前挣的是现在的三倍。狗屎！我有地理学学位，凯瑟琳！你以为我想开一辆面包车向农民兜售马饲料？我曾经是一名测量员，在韦斯顿管理整个办公室。但突然人力资源部认为聘请一名被质疑犯有谋杀罪的人是个坏主意。没有被捕，没有被起诉，没有被审判和被定罪，只是询问然后就被释放。

“这是个误会！”他喊道，“不是我的错，是他们搞错了。但他们没受罪。遭罪的是人我。”

想到了这些，亚当的下巴愤怒地扬起。

“所以我失去了妻子和工作，欠了债，我以为我的生命已经结束了……”

他拉着她的手，声调慢慢平和：“直到遇见你，凯瑟琳。你救了我，你真的救了我。你给了我力量振作起来。你让我有机会重新开始，现在我们在一起创造一个全新的生活，我想要的就是爱你和宝宝，努力工作，给你应得的一切，因为我是如此幸运能拥有你，并有机会再次走回正轨……”

亚当惊讶地摇了摇头，然后他的声音再次变得痛苦。

“然后这个小浑蛋突然闯进了我们家，突然间我又害怕了。他在威胁指控。他骗你。他说他是艾琳·布赖特的儿子，但他真的是吗？我们没有证据！也许他找到了一些有我名字的东西，认出了它，制定了一些敲诈我们的计划。或者也许他只是疯了。谁知道下一步是什么？他会威胁要告诉你的朋友，我的老板，在路灯柱上张贴？我经历过那样的混乱。凯瑟琳，我不希望这又成为我最大的敌人。当你进入房间，那些打量、耳语、交谈全都停止……我的上帝！如果它又来一次——对你而言也是——如果你离开，谁会责怪你？

“所以这就是我没有告诉你的原因，因为我害怕失去你和宝宝。如果它再次发生，它只会杀了我……”

他停下来，因为不停说话和感慨而喘不过气来，他摩挲着她的手，好像只有这样才都让他保持理智。

但是凯瑟琳并没有感到理智，她陷入了混乱——要立刻接受这番说辞是不可能的。她所爱的男人正在向她敞露自己生命中的巨大创伤，非常不公平的遭遇。但是，相对于压倒性的爱和对他的支持，她感到的只有一种低沉的、隆隆作响的恐慌。她记得地震幸存者说地震时他们脚下的地面好像变成了液体，感觉像是在大浪中翻滚。这就是她的感受。她原本是踩在坚实的地面上，而现在地面突然变成了海洋。现在她在这里——在门口挣扎，不知道是留在这里然后安然度过，还是离开唯一能保护她的东西，游过一片寒冷的黑暗海域，而眼前看不到任何陆地。

妈妈从来都不喜欢他。

凯瑟琳对自己天马行空的想法几乎要笑出来。她一直认为这种厌恶是嫉妒，认为母亲只是无法适应自己不再是唯一女儿的生命中最重要的那一个人。

或者母亲的偏见是因为其他呢，源自经验，源自直觉本能？

凯瑟琳不知道，说不出来，失去了所有的客观性。

在那肥胖的警察到来之前，她以为自己知道大多数事情。现在她什么都不知道，觉得以后可能也不会知道。

“凯瑟琳？”亚当乞求道，“你说话好吗？跟我说话。”

但是凯瑟琳不知道该说些什么。

她慢慢地从他的手中抽出自己的手。当他们握在一起时，她想不清楚。

然后她想到了肚子里的孩子。

想起来无论他是否在触摸着她，她和亚当都是有联系的。

整个余生。

第七章
SNAP

将尾巴钉在自己的偏见上

1

马弗尔要在审讯室召开会议，上午 8 点。

雷诺兹 7 点 45 分到达。在他等待的时候，他紧张地琢磨那些可怕的巧合……

隔壁肯定出了什么事……那个男孩看起来最多 12 岁……她总有一天会把它弄坏，然后谁会来赔钱吗？肯定不是那个邋遢的兄弟！

邋遢的兄弟就是“金发姑娘”！

雷诺兹对自己就这样错过而感到恶心。错过是“故意忽视”的委婉说法。因为一点点好奇心，一点点怀疑，一点点努力，就会发现真相，然后他就成了英雄。虽然是一个幸运的英雄，但仍然是英雄。

现在他不可能成为英雄。他现在所希望的只是没有人知道。马弗尔和他的母亲说过话，但似乎他们两人并没有一传十十传百，这几乎是一次不可思议的死里逃生。他甚者都怀疑这是不是太不可思议，以至于不可能是真的，所以一直感到害怕而烦躁不安。

他还希望自己没有因为单独抓捕到这名“金发姑娘”要犯而在记录中显得过于夸夸其谈。

“我悄悄地扑向嫌犯……”

当时感觉真相就是如此，但现在一想到有人会读到这一段，他就面红耳赤，事实上，他猜想在母亲搬进新居后那一个月中，自己本来有机会在母亲的花园围栏上突然扑向嫌疑人。

雷诺兹叹了口气，用手拢了拢头发。

他现在很习惯这样做，就像肌肉抽搐一样。手指穿过头发似乎更容易，好像它只是薄了那么一点儿。在夜晚，他甚至会从自己变成秃头的梦中醒来，疯狂地摸着脑袋，以求安心。

赖斯和帕罗特赶在8点之前进来了。赖斯在吃她昨天为杰克·布赖特买的三明治、奶酪和洋葱，雷诺兹从这里都能闻到味。

马弗尔在8点过几分时进来的，将“金发姑娘”的文件拍在富美家桌子上。

“对，昨天从头到尾都是一场灾难。唯一的好处就是杰克·布赖特从拘留中逃脱了，留给我们因为技术原因不得不释放他的尴尬……”他停顿了足够长的时间，让雷诺兹挺直腰板，然后继续，“这让我们有机会在下次抓捕中正确地做到这一点。”

雷诺兹的手机在桌子上振动，他瞥了一眼屏幕。

帕斯莫尔先生。

天啊，好像他需要被提醒他还搞砸了别的事情！

“想接就接吧，”马弗尔耸了耸肩，“我们可以等。”

雷诺兹站起走进走廊——敏锐地意识到他们正静静地等着，听着。

他顺着走廊走到接待处，坐在三张塑料椅子中的一张上，开始接电话。

帕斯莫尔先生的保险公司拒绝支付索赔，帕斯莫尔勃然大怒，要求雷诺兹介入。他要求重新调查现场。

他要求正义，该死的！还要换电视！

雷诺兹告诉他，他们已经抓住了“金发姑娘”，但那不是他干的，但是帕斯莫尔出奇地愤怒，以至于他退缩了。于是，他把那个男人敷衍了过去，然后挂了电话，肘部撑在膝盖上，盯着那双闪闪发亮的鞋子。他没有注意到门开了，两个人带着折叠式婴儿车走进来。当他们中的一个人在前往接待处的路上停下来并站在他面前说“嗨”时，雷诺兹才抬头看到了杰克·布赖特。

“啊！”雷诺兹惊讶得说不出话来。他跳起来，一把抓住男孩的手臂，而杰克根本没有试图抽开。

“杰克·布赖特！”他大声喊道，环顾四周寻找支援，但该在接待处的警官却不知道到哪儿去了，“杰克·布赖特，你因涉嫌入室盗窃而被逮捕！你有权保持沉默，但如果在审讯过程中拒不回答，可能会不利于你随后的法庭辩护！”

他停下来，吸了一口气，心脏怦怦跳动。布赖特礼貌地等待他说完。

“你说的任何话都可能用作呈堂证供。你了解这些权利吗？”

“是的。”男孩说。

然后另一个人说话了。一个推着婴儿车的人。雷诺兹这才看到他，是一个穿着工装短裤的年轻人，腿上没有腿毛，脸上也没有眉毛。

他看着杰克说：“你确定你了解，伙计？无论他们试图告诉你什么，你都会进去。”

雷诺兹立刻怒不可遏："你是谁？"

"这是我的朋友路易斯，"杰克说，"他对刀具无所不知。"

"了不起，"雷诺兹说，然后他看到苹果酒鼻子的女警再次出现在桌子后面，"给这个少年犯找个值班律师。十万火急！"

然后他转向杰克·布赖特，说道："跟我来吧。"带着他沿着走廊走到审讯室，步入新的春天。

去你的马弗尔！他想。他两次抓住了"金发姑娘"，而且一次比一次干得更漂亮。

2

滑头路易斯·布里奇拿起装着谋杀凶器的证据袋。

"能拿出来吗？"

"不能。"马弗尔说。

路易斯叹了口气，身子俯得更低了，将塑料袋压在刀上，以便更好检查。

不知不觉中，他们都倾身向前。巴兹站在杰克的膝盖上，胖乎乎的双手张开，撑在富美家桌子上，像大家一样专心地看着。

房间里唯一的声音是复印机的电流声，小绿灯一闪一闪。

最后路易斯放下了袋子。

"这是一把 VC 刀。"

"那是什么？"马弗尔问道。

路易斯很快又把袋子拿起来，好像把它放下就是一个失误。他说话的时候，一遍又一遍地慢慢翻转着袋子，几乎没有抬头。

“VC 是全球最好的三四个制刀人之一。我的意思是，有他、杰伊·菲希尔和吉尔·希本，也许还要加上巴斯特·沃伦斯基，尽管他现在主要做艺术刀、黄金和珠宝这样的东西。”

他扫了一眼，对上的全是茫然的目光。

“都没听说过。”马弗尔说。

路易斯对着刀，热情地开始解释。

“他们是刀界的摇滚天王，都是手工制作各种定制刀具，不受时间、材料或金钱的限制。而 VC 则位居榜首，就像詹姆斯·邦德那样——刀里面的‘隐形轰炸机’。”

一阵沉默，若有所思。然后雷诺兹清了清嗓子。

“你有什么证书吗？”

“我的证书？”

“是的。怎么证明你是专家？“

“我知道证书是什么，”路易斯冷静地说，“我的证书是，我知道这个鬼东西，你不知道。”

又一阵沉默，让人恼怒。巴兹睁大眼睛环顾房间，然后小声说道：“爸爸说了脏话。”

马弗尔笑了，路易斯说：“是的。不好意思，伙计。爸爸调皮了。”

确定自己站在一个道德优势地位，巴兹说道：“要喝粥！”

“等一会儿，伙计。”

“那我们在哪里找得到 VC？”马弗尔问。

路易斯对他的天真咧嘴一笑。“你找不到的，”他说，“甚至没有人知道他是谁。他和外界完全没有联系，永远不参加会议，从不接受采访，只是待在家里做刀。认真地做刀，只给那些出得起钱而他又认可的人做。”

“他家在哪里？在英国吗？”

“谁知道？”路易斯耸耸肩。

“我们说的是多少钱？”雷诺兹问。

“嗯……我认识一个有把 VC 刀的家伙，用它偿还了 4000 镑的债务。”

“4000？”马弗尔惊奇道。

巴兹模仿他惊讶的表情说着：“4000？”路易斯笑了起来。

“没错，巴兹。4000，而且这也不算什么新鲜或者个别的。我从来没有见过真正的 VC 刀，只见过照片，所以这太棒了。”他摇摇头，看着袋子里的刀，仿佛不敢相信自己真的看到了它。

“我看看。”巴兹说。但是路易斯把袋子高举在他头上，时不时转动，一会儿凝视，一会儿眯着眼睛找到最好的角度，隔着塑料袋摸着刀子，试图握住手柄。

“刀刃是钛。那就是为什么它这么轻的缘故，看到了吗？而且不会腐蚀。手柄很可能是鲍鱼壳的。”

“那是什么？”马弗尔问道。

“是一种珍珠贝，但强度大。珍珠贝并不贵，所以 VC 用鲍鱼壳是用来增加强度而不是价值。这把刀经久耐用。”

“你懂得很多关于刀具的东西。”马弗尔疑惑地说道。

路易斯耸了耸肩。“每个人都有自己熟悉的东西，”他说，“我熟悉的是刀。”

他虔诚地把刀放在桌子上，声音中渐渐透露出一股渴望的情绪。“你知道吗？他们说拥有 VC 刀就像……”他摇了摇头，“我不知道，仿佛有了魔法。”

他情不自禁地笑了起来，用拇指摩挲着下巴，仿佛有哪根胡须敢大胆地留下了一点儿胡楂儿。

胡楂儿在这点上比他自己都知道得更清楚。

巴兹叹了口气，摇了摇头。“4000。”他又说了一遍，然后偷偷地去抓刀子，路易斯按住了他，笑着把他从杰克的膝盖上抱过来搂在自己腿上。

马弗尔坐回到他那把摇摇欲坠的椅子上，小心翼翼地评估路易斯说的：“你确定这一切吗？”

“可以，”路易斯说，“拇指挡板上的钻石是 VC 的商标。不是说别人不可能复制它。隔着塑料有点儿难以辨别，但质量证实了这一点。使用的材料是顶尖的，间隙看起来……真是疯了。”

他停顿了一下，然后补充说：“但是我必须拿着才能确定……”

马弗尔微笑着摇了摇头：“不行。”

路易斯耸了耸肩，笑了笑，但他的眼睛不停地看向刀子。

“VC 代表什么？”马弗尔突然问。

“缩写，我猜。”

“他会在商业场所工作吗，像工厂一样？”

路易斯摇了摇头，“不。这是小规模、大利润的东西。我的意思是，巴斯特·沃伦斯基做一把刀用了五年！需要的工具体积庞大而且沉重，但不会占用太多空间。这家伙可能正在他的花园工棚里工作。”

马弗尔点点头，重新调整，重新想象……拿起袋子时明显比之前要小心谨慎得多：“所以这把刀不是随便哪里都能买到的？”

路易斯笑了起来，激动地摇了摇头，“一对一，伙计。该死的一对一。”

“要喝粥！”巴兹抱怨了。

“好吧，小猪。给爸爸一个吻，我们回家吃早饭吧，好吗？”

巴兹答应了，路易斯站起来，把他放回小车里去。

“谢谢你来，路易斯。”杰克平静地说。

路易斯转过身对杰克笑了笑，仿佛整个房间里只有他们两个人，就像他们在运河的长凳上一样，翠鸟掠过，巴兹在喂鸭子。

“很抱歉以前的事，伙计。祝你好运！”他伸出手和杰克握了握，“你告诉你家老头子，他可以随时到木料场里找个工作。所有这些都是光明正大纳税的，只是工作时间长点儿，工资有点儿垃圾，但欢迎他来。”

杰克点点头，在路易斯和巴兹离开时，低声说了“谢谢”。

马弗尔终于打破了长时间的沉默。

“有趣的家伙。你怎么认识他的？”

杰克只是耸了耸肩。

马弗尔把玩着袋子。

“现在怎么办，长官？”帕罗特站在拖把旁边的位置上问道。

马弗尔靠在摇摇晃晃的椅子上：“我觉得现在是时候去见见亚当·怀尔了。”

3

马弗尔总督察两天内第二次敲了怀尔家的前门。在他和赖斯等待时，他准备对怀尔太太做出一副公事公办的样子。如果她提到自己上次见面的行为，他就准备粗暴地压制她，不给她机会谈论她的“权利”。如果她这样做了，他会毫不含糊地提醒她，她袭击了一名在执行任务的警察，而采取指控姿态对她，而不是对他，可能更糟糕。不管是怀孕还是没怀孕，法律都不允许歇斯底里。

然而，当他看到门玻璃后走过来的人影时，手掌已经开始因出汗而发痒。

但不是凯瑟琳·怀尔，而是她的丈夫，胡子拉碴，眼神茫然。

“怀尔先生？”

“有什么事吗？”

马弗尔亮出证件：“我是马弗尔总督察，这是赖斯警员，我们可以进来吗？”

“有什么事？”

“艾琳·布赖特案。”

亚当·怀尔脸上露出的那种绝望的表情让马弗尔有一瞬间觉得这个男人会立马逃跑，或者拔出枪。

“上帝啊！”他厉声说道，“既然你们三年前从我这里找不到什么，现在又找我干什么？就在路边停车小个便，我竟然就成了开膛手杰克[1]！”

“冷静下来，怀尔先生。”马弗尔说道，但这通常只是忽悠人。马弗尔总是时刻准备好争吵，喜欢针对他认为可能有嫌疑的人。

或者随便哪个人。

但在这个场合，亚当·怀尔确实冷静了一些。他叹了口气，打开门，然后转过身去，马弗尔和赖斯跟着他走进了那个精致的前厅。当他们进来后，亚当转身面对他们。“对不起，”他说，用手指梳了梳头发，“只是有个糟糕的一天。”

“很抱歉听到这一点，先生，”赖斯同情地说道，“有什么别的事吗？”

他轻轻拍了一下手，叹了口气：“汽车故障、工作问题、妻子麻烦，凡是你想得到的。”

难怪，马弗尔猜到亚当·怀尔已经因为自己的秘密过去被他妻子骂得狗血淋头。

很好。

“生活，呃？”赖斯叹了口气说道，“就像一个过山车。”

“颇有同感。”亚当说，甚至给了她一点儿微笑，好像她的陈词滥调实际上帮助他找到了一些看问题的角度。

马弗尔突然很高兴有一名女警官陪着来。

在这种互动中就能看到她们的价值。

她还为捕获屋买了一个开瓶器。

---

[1] 开膛手杰克是历史上恶名昭彰的杀手之一。他于 1888 年 8 月 7 日到 11 月 9 日间，在伦敦东区的白教堂一带以残忍手法连续杀害至少五名妓女。犯案期间，凶手多次写信至相关单位挑衅，却始终未落入法网。

"你妻子在哪里，先生？"马弗尔问。

"去看她妈妈了。"

"住在附近，是吗？"

"维兹普尔。"

马弗尔停顿了一下，然后说："我不知道是在哪里。"

"在埃克斯穆尔。"赖斯说。马弗尔点点头，好像知道那是哪里似的。

"我们昨天来这里时没见到你。"马弗尔说。当他自己的行为可能受到质疑时，马弗尔喜欢说"我们"，这样更容易责怪另一个虚构的同事。

然后他直接切入话题："我们来了解一下你的 VC 刀。"

他希望能看到不设防的反应，然后趁机深入。

没有。

"和刀有什么关系？"亚当说道。

"我能看看吗？"

"当然。"他说，手伸进口袋。

"如果那把刀是在房子里，它只会是在他的口袋里。"安杰拉・怀尔的话回响在马弗尔脑海里。

他伸出手："可以吗？"

亚当犹豫不决，就好像有人要求将他的第一个孩子交给一只狐狸。

然后他还是给了他。

马弗尔低头看着刀。杰克・布赖特是对的。一模一样。

但这把刀并没有被塑料袋隔着，非常美丽……

鲍鱼壳像一团汹涌的风暴云，当被打磨成光滑温暖的手柄，风暴也被捕捉和驯服了，刚好贴合他的手掌，就像施了魔法一样。他大拇指刚触到钻石钉，刀刃似乎就自己弹出来了！仿佛知道他希望它打开似的，并且在他施加任何明显的压力之前就已听命，毫不犹豫。没有缺口。没有摩擦。刀刃像有生命一样弹出，随时待命，准备满足他的每一个愿望。刀刃一边是锯齿状，另一边则不断弯曲，汇聚到一个残酷的尖点。

一模一样。

它就是——神奇。

摸着它感觉是如此神奇，马弗尔几乎感到尴尬。他感觉是如此紧密！他想看看它能做些什么。想切、想刺、想划，把自己的名字刻在什么上面。

任何东西上面！

他小心翼翼地用拇指碰碰刀刃，指头立刻吻出了一条细细的血线，让他颤抖。

“长官！”赖斯叫道，打破了这个魔咒。

马弗尔再次深深呼吸。

“你割到自己了，长官。”

马弗尔点点头。他把血淋淋的拇指从手柄上拿开，以免玷污这把刀。他遗憾的食指下令刀必须关闭，刀刃顺从并鞠躬进入其珍珠装饰的刀鞘，没有任何杂音。

他清了清嗓子，把刀还给了怀尔：“我明白为什么它们这么贵了。你从哪里得到的？”

“我父亲给的礼物。”

“我听说它们值数千英镑。那是个大礼物。”

“是的，”他点点头，“但那是我的 21 岁生日礼物。”

“他在哪里得到它的？”

"你的意思是？"

"我的意思是，他是在一家商店买到的吗？"

亚当对着刀皱了皱眉，在自己衣服下摆上擦干净了马弗尔的触痕，然后把它滑回口袋里："老实说，我不知道。"

"或者直接来自制造商？"

他耸了耸肩："不知道。"

"但他知道，不是吗？"

"不幸的是，他已经去世了。"

"哦，这很悲伤，"马弗尔说道，听起来一点儿也不悲伤，"他什么时候去世的？"

"去年，"亚当说道，"癌症。"

"癌症。"马弗尔说。

"是的。"

"还有更糟糕的离世方式。"他打趣道。

"我想是的。"亚当说。

"不用想，"马弗尔说，"你在我们这份工作中看到的一些事情……"

他没有说完，只是盯着亚当·怀尔，直到赖斯看起来变得紧张。

然后他说："好吧，谢谢你，怀尔先生。"

他们开车离开了房子。

"他在撒谎。"马弗尔说。

"撒什么谎？"

"我不知道。"

"那你怎么知道他在说谎，长官？"赖斯问。

“预感，”马弗尔说，“告诉我，如果两个办凶杀案的警察出现在你家门口并要求看你的刀，你不想知道为什么吗？”

“我想。”她说。

“我也是，”马弗尔说，“但他没有。找到的谋杀凶器从未向公众公布，所以他应该不知道调查艾琳·布赖特死亡案子的人为什么会对他的刀有任何兴趣。”

赖斯点点头：“除非他知道他的刀与谋杀案凶器是一样的。”

“就是如此。”

赖斯叹了口气。“但这不是谋杀案凶器，不是吗？”她说。

马弗尔点点头，沮丧地咬着下巴：“将亚当·怀尔与犯罪联系起来的唯一一样东西恰好就是让他无罪的那样东西。”

他们默默地开完剩余的路，回到警局。

4

有一个网站。

“VC 刀：完美是关键。”

这个网站很丑陋，尽是文字，很多都用红色和蓝色大写加粗，用感叹号断句，用下画线强调，还有内容奇怪、语气愤怒的头条，比如“十个不买 VC 刀的原因！”“不要问我你的 VC 刀什么时候做好，因为我！不！！知道！！！”

“不买 VC 刀的原因包括炫耀！犯罪！拆信！”

“如果你自己没有拥有 VC 刀的很好理由，”网页上制刀人对潜在客户咆哮道，“请勿购买 VC 刀！”而对于那些考虑询问定制刀具进展情况的客户，VC 确实有一条非常特别的信息：

“每次我必须回复关于你的刀的状态的询问时，你就是在阻止我工作并冒延误甚至损坏刀的风险——可能就是你的刀！”

马弗尔本质上不是一个友善随和的人，但即使是他，也觉得 VC 刀具页面的语气有点儿……轻快。网站的目的似乎是阻止人们购买 VC 刀。

他低声吹了声口哨：“蠢货。”

“的确，”雷诺兹说，“不要犯罪！他以为人们会用一把 4000 镑的猎刀做什么，削水果？”

偶尔会有一张刀的照片。而且，虽然该网站的制作人——马弗尔强烈怀疑就是 VC 本人——并没有花费任何费用进行建设，但是刀具的照片却带着一种几乎是色情的痴迷。灯光完美定位、角度精心安排、配件精心展示，每把刀都放在适当的背景下——一把军刀斜靠在一只被诱捕的兔子旁边的迷彩网上；一把战术匕首插在一只小心翼翼不要溅起泥巴的伞兵靴子上；一把黑色的碳纤维匕首躺在一张维多利亚时代的桌子上，烛光下，旁边摆放着一个金质酒杯，而在阴影里则是一个人类的头骨。这些造型充满力量，也弥散着暗示，神奇地赋予持有 VC 刀的主人一种奇幻魔力，只要他们能够跨过购买的障碍。

在最后也没有关于价格的线索，显然 VC 操作基础是“如果你要问价，那你多半买不起”。

雷诺兹终于找到了唯一的联系信息。在最后一页的底部——字号很小，夹在“成立于 1988 年”和关于摄影版权的严厉通知（“它们是我的！！！”）之间——有一个手机号码。

“这是一个英国号码，”雷诺兹说，“至少我们知道他在这个国家。”

马弗尔两次拨打电话，两次都直接进入语音信箱，没有消息，只有 15 秒钟的静音，然后就是一声哔哔。

他没有留言。

相反，他打电话给汤顿警局，让他们对手机号码进行反向目录搜索。

然后他和赖斯、帕罗特站在一边，看着雷诺兹漫无目的地在网站上下滚动鼠标，拼命地寻找照片、小字、语法里面可能隐含的线索，看能否揭示 VC 的身份或下落。

“等等，”马弗尔突然问道，“VC 是什么时候建立的？”

“1988 年，长官。”雷诺兹说道，再次确认了一番。

马弗尔翻查着斯陶尔布里奇为他复印的艾琳·布赖特案的文件。

“三年前，1988 年，当亚当在谋杀现场被逮捕时，已经 35 岁了。”

他们都看着他。

他继续说，随着事情越来越明白，声音也越来越坚定：“一小时前，亚当·怀尔告诉我们他父亲在他 21 岁生日时送了把刀给他。”

他转向赖斯，赖斯点点头表示的确如此。

“他 21 岁时应该是 1984 年，根据这个网站，四年后 VC 刀才开始出售。”

“但这意味着什么？”帕罗特问道。

“这意味着他父亲没有给他刀。”赖斯说。

雷诺兹问道：“给他刀的人很重要吗？”

“重要的是他撒了谎，”马弗尔说，“如果他没有什么可隐瞒的，为什么要撒谎呢？我知道他在撒谎！”

赖斯咧开嘴笑了：“有时感觉就是事实！”

雷诺兹挑起眉毛：“长官，我认为这相当于无风不起浪的推断。”

“太对了，”马弗尔说，“当我感觉某人作案了，我通常是对的。”

雷诺兹闭了闭眼睛，意识到他现在没有别的可以说服马弗尔了。

“那男孩怎么办，长官？”他说，“我们要么指控他，要么让他离开。他还没见过律师！”

马弗尔还没说什么，汤顿警方就回话了，他在黄色便利贴上写下地址时哼了一声。

然后他起身，椅子嘎吱作响。

“我们要去伦敦，雷诺兹，”他说，然后他指着走廊，“带着那孩子。他和我们一起去。”

5

不是在伦敦，是在布罗姆利，但它离伦敦足够近，让马弗尔开始也注意起措辞来。

在后排座位上，杰克·布赖特兴致勃勃地环顾四周，建筑物越来越高，汽车越来越新，人的肤色也越来越丰富。

他们沿着繁忙的街道缓慢前行时，烤肉串、柴油烟雾，以及人行道上的口香糖让马弗尔涌起一阵怀旧之情。离这儿不远的地方，他在伦敦大都会的最后一个案子以失败告终，失败得如此悲惨，他知道自己在那儿的生涯已经结束了。

一个孩子失踪、一个孩子死亡、一个孩子找到了。

三分之一是不够的。

他没有对任何人说再见，也没有人向他道别。

但如果事情还能像以前一样，他明天就回去……

“您想怎么做？”雷诺兹说。

他们在路上没有讨论细节。一路三个小时，也沉默了三个小时，只偶尔被粗暴的指路和关于在哪里撒尿的叽叽咕咕的决定打断。

在蒙贝里服务区，马弗尔买了一桶便宜的肯德基，因为它是众神的食物，但杰克说他不饿。

雷诺兹有一包鹰嘴豆泥，还有瓶装水。这人多半讨厌生活。

“您打算怎么做？”雷诺兹再次问道。

马弗尔很想告诉他，他们要踢开前门，用自己的刀将 VC 钉在地板上，直到他承认将谋杀凶器卖给了亚当·怀尔。

“朝前走，首先，”他说道，“你永远都不会知道什么时候会走好运。”

他们开车离开市中心，进入住宅区，这里植被更多，还有各种古老的房屋、公寓和 20 世纪 60 年代的丑陋盒子般的房子——这是“二战”时轰炸伦敦留下的遗产。

VC 的房子位于坎伯兰路，是那些砖盒子之一，有一个杂草丛生的前花园。

雷诺兹把汽车转过拐角，花了很长时间在一辆卡车后面的一个小空间内把车停稳。

“你在这儿等。”马弗尔说，杰克点点头。

“您确定这是一个好主意，长官？”雷诺兹小心翼翼地说道。

马弗尔知道杰克·布赖特不会去任何地方。他比谁都想要抓住杀他母亲的凶手。如果他们没有抓到，那么他会担心这个孩子会逃跑以避免受到“金发姑娘”案件的指控。但在此之前，马弗尔很有信心杰克·布赖特会留下来。

在这一点上，他并不打算费心向雷诺兹解释。他上过大学，让他自己理解这个问题吧。

“我能听收音机吗？”杰克说。

“不，”雷诺兹说道，并且警惕地看着马弗尔，“我不会把钥匙留给他，长官！”

甚至马弗尔都认为留下钥匙这个诱惑太大，他们让杰克坐在车里，自己走过拐角转向停车道。

“我对带着这个男孩不放心，长官，”雷诺兹说，“他在没有法定监护人的情况下受到审讯，没有被指控就被关起来，现在他和我们在一起，我不知道为什么……”

马弗尔耸了耸肩：“他可能会有用。”

“怎么有用？”雷诺兹问。

“每个人都有自己的用途，雷诺兹。这完全取决于情况。如果事实证明他没有用，我们沿着M5公路把他带回去，指控他犯下‘金发姑娘’的案子，不会造成伤害的。”

“他还没见过律师，长官。”

“嗯，我们也没有正式审问他。”

“差不多24小时了！我们要么指控他，要么让他离开。”

“冷静下来，雷诺兹，”马弗尔说，“别忘了是他来找我们。我们告诉他不要，他也坚持要说，想达成协议。而且，不同于你开玩笑一样的逮捕，他现在是被合法羁押的。”

雷诺兹抿着嘴，不再说话，他们走到了房子前。

杂草丛生的草坪上立着一个鲜艳的守护精灵像，指着对准他们的摄像头。马弗尔瞥了一眼，看到屋檐下的黑色闭路电视。一块“待租”牌子挂在杂乱的篱笆里面。

雷诺兹敲了敲门，他们都拿出了证件。通过模糊的玻璃门，一个人影靠近，马弗尔绷直了背。

一名衣着老式、50多岁的小女人打开了门。她戴着厚厚的眼镜，留着过时的灰色波波头，一只猫爬在她的套衫上，追着一团毛线。

“你好？”她警惕地问。

“你好，”马弗尔说道，“我们是马弗尔总督察和雷诺兹警长。”马弗尔举起证件给他看，她盯着看了一会儿。

“我们来是了解有关VC刀的一些情况。”

“哦，”女士说，“你们想找的是我儿子。他不在这里。”

“你儿子名字叫什么，女士？”雷诺兹问。

“克里斯托弗。”

“姓氏？”

“克里德，”她说，“克里斯托弗·克里德。”

马弗尔皱眉：“我们以为VC是刀匠姓名的首字母。”

“我以为是维多利亚十字勋章[1],”她说,“就像奖牌一样。等他回家的时候你可以问他。”

“很好,”马弗尔说,“那会是什么时候?”

“星期二,”她说,“他去了兰萨罗特岛。”

“妈的。”马弗尔嘟囔了一句。今天是星期五。

雷诺兹镇定地笑了笑:“我们可以打电话给他吗?”

“打电话给克里斯托弗?”克里德夫人看起来很惊讶,“我不知道该怎么打!”

“他不是有手机吗?“

她看上去有点儿不确定,然后说:“好吧,他有一个,但我不知道他是否会在度假时带着。”

可能是他们打过的那个电话,马弗尔想想,然后问道:“你知道他住哪家酒店吗?”

“不,”她遗憾地说道,“他没有说哪家酒店。但兰萨罗特岛很小,不是吗?你几乎无法在地图上看到它!难道你不能打电话给岛上,问他住在哪里?”

老家伙,马弗尔想着。该死的一点儿线索都没有。

他摇摇头,沮丧地呼出一口气。

在这所房子里,或者在背后的某个工棚里,世界上最优秀的制刀人之一显然将他的货物卖给了富人,以及——更有可能——犯罪分子。他

[1] 维多利亚十字勋章(Victoria Cross)是英联邦国家的最高级军事勋章,1856 年维多利亚女王应其夫艾伯特亲王之请而设置,以维多利亚女王的名字命名,奖励给对敌作战中最英勇的人。此处取首字母“VC”。

很想见到他，只为了让克里斯托弗·克里德和他脑海中的想象形象吻合起来。他会是一个方下巴的前海军陆战队员，用伤痕累累的手指和正义的热情来磨制钛合金吗？

这一切都会搞清楚的！他不想空手而归。

“我们能进来一会吗，克里德太太？”

“当然，”她说，“我这里通常没什么人来！想喝点茶吗？”

“谢谢。”

克里德太太把马弗尔和雷诺兹带到了前厅去喝茶。

房子里的味道闻起来很有趣。金属？酸性？马弗尔不知道制刀的过程，但也许这是其中的一部分。

壁炉架上有一张褪色的男孩照片——克里斯托弗？他猜，但完全看不出成年之后会是什么样子。

除此之外，房间都是关于猫的。

中国猫、木猫、针织猫、毛毡猫、猫门挡、猫空气清新剂、猫形花瓶、猫灯罩、猫窗帘、猫沙发、猫、猫、猫。

克里德太太把茶杯放在托盘上，用瓷壶倒上水，再用一只猫形盖子盖上，然后将猫形茶杯放在猫形杯垫上。

“你喜欢猫？”马弗尔问。

“哦，我喜欢猫！”她喊道，瞪大眼睛凝视着他，既狂热又奇怪地惹人生厌，“你呢？”

“我喜欢。”马弗尔说。

他讨厌猫，无法忍受那些傲慢轻浮的小傻瓜，但他现在要为情报献身。

她微笑看着他：“他们就像毛茸茸的小孩子。”

“谈到孩子，你肯定为克里斯托弗感到骄傲，”雷诺兹说，“我知道他在自己的领域中享有很高的声誉。”

“我想是的，”克里德太太叹了口气，“而且我知道他对自己的工作非常擅长，但我确实希望那不是刀具。它们……”她长时间努力寻找完美的词汇，然后最终选择了“锋利”。

马弗尔明智地点点头表示同意：“是的。刀子很锋利。”

“我总是担心他会割伤自己，你知道吗？”克里德太太说。

“我确信他会采取一切预防措施，”雷诺兹安慰道，“毕竟，他是一名专业人士。”

克里德太太对他笑了笑：“雷诺兹先生，我希望你是对的。你想吃一块饼干吗？”

马弗尔拿了一块威化，雷诺兹拿起一块夹心饼干——老人吃的饼干。

“也许你可以帮助我们。”马弗尔说，尽管他对此表示怀疑。

克里德夫人啜了口茶，然后把杯子放回碟子上说：“当然，如果可以的话。”

“很简单，”马弗尔说，“我们只需要了解克里斯托弗是否曾向特定客户出售刀具。如果你能给我们看看他的记录，我相信我们马上就可以找到它。”

“亲爱的，”克里德太太说，“克里斯托弗不在家的话，我进不了他的房间。他锁上了，你知道吗？”

“你没有备用钥匙？”马弗尔问道。

“哦，不！”克里德太太摇了摇头，“即使我有，如果我在他不在的情况下进去了，我想他会很生气的。你知道男孩们对自己的东西是怎样的一种态度。”

马弗尔心里一阵恼火。一扇薄薄的卧室门隔在他和他想要的信息之间。他真想一脚就把它从铰链上踢飞——要不让雷诺兹去踢。

现在他只得离开然后再回来！即便如此，他还需要搜查令。没有搜查令，他没有合理原因来搜查别人的房子，而找到合理原因可能需要数周时间。

马弗尔尽量不让他的挫败感表现出来。克里德太太不是她的儿子，她的儿子也不是罪犯，至少现在不是。所以他不能像对待罪犯那样对待她，无论他有多想。他这周已经试图给那个错误的孕妇戴上手铐，再加上一个穿着猫咪套衫的老太太也不会让他感到更羞耻。

“刀子有问题吗？”克里德太太问，“因为克里斯托弗从来没有听到有人抱怨过刀子。我确信他听到刀有问题会非常担心。”

她看起来真的很焦虑。

“不是刀的事，”马弗尔让她放心，“我们正在调查一把VC刀的主人。”

他从夹克里取出刀，放在饼干旁边的咖啡桌上。

克里德太太透过塑料袋子看着它。“嗯，很漂亮，不是吗？”她说，“你确定你们在找一个男人吗？”

“我们是这么设想的。”马弗尔说。

克里德太太神情恍惚地对他笑了笑：“设想会把你我变成蠢货……”

“我妈妈也是这样说的，”雷诺兹说，“但就刀具而言，这是一个相当合理的假设。”

“好吧，马弗尔先生，我确实希望它没有被用于犯罪。”

“但恐怕不是，”马弗尔说，“一桩重案。看到刀刃底部的深色东西吗？那是血。”

克里德夫人透过塑料袋盯着看。“很黑。”她说。

“这已经很早了。”马弗尔反驳道。

“哦，亲爱的，”克里德太太说，“我无法相信克里斯托弗会向犯罪分子出售刀具。他在网站上说得非常具体，他的刀不是用于犯罪。”

马弗尔盯着她，是在讽刺吗？

显然她不是。显然她真的相信，可以告诉人们不要犯罪，然后期望他们服从！

“好吧，”他说，“一旦人们拥有了什么东西，很难知道他们会用来做些什么，不是吗？”

“我想是的。”她说。

“所以你不知道谁从克里斯托弗那里买了这把刀？”

“哦，不知道，”她说，“但他拥有非常独特的客户群。我相信他甚至不用看记录就可以告诉你！”

“周二？”马弗尔问。

“周二。”她确定。

马弗尔点点头，噘起嘴唇。这是一个死胡同。克里斯托弗·克里德在兰萨罗特岛，就算希望他不在那里也不会把他带回家。

叹了口气，他从钱包里取出名片递给她。

“这是我的号码，”他说，“如果你想起来任何有用的信息，请打给我，或者如果克里斯托弗打来电话，请务必打这个号码。”

“当然。”她说。

他们喝完了茶，应该离开了。

马弗尔讨厌离开。他感觉离他所需要的信息非常接近。

他瞥了一眼雷诺兹，看他有没有什么转败为胜的招式。

“我很想看看更多他的刀，”雷诺兹突然说道，“我们久闻大名了。”

好办法，雷诺兹！马弗尔赞许地向他点点头。

他见过的每一位母亲都认为自己的孩子很特别，即使他们还没有出生！那么为什么不利用克里德太太对她儿子的骄傲心理呢？为什么不让她炫耀自己儿子的作品，比如蹩脚的乐高或冰箱上的手指画呢？

“好吧，”她皱起眉头，“他房间里的一切都在他身边，我非常严格地告诉他不要在房子里放刀子，你知道吗？——但几年前他为我的生日做了一把小刀。你想看看吗？”

“请。”马弗尔说。出乎他意料的是，她立即从灯芯绒裙子缝着的口袋里掏出来了那把刀。

乍看起来并不起眼。几英寸长，非常平坦的黑色手柄。略微弯曲，拇指螺柱上有一颗小钻石。克里德太太用拇指指甲轻轻一划就甩出了刀片，刀片长度小于三英寸——法律允许的最大长度。

马弗尔有点儿失望。

“非常好。”他说。

“很漂亮。”雷诺兹说。

“不，不，不，”克里德太太说，“你没明白。”

这让马弗尔感到惊讶。这个女人就像一位老教师一样，透过厚厚的眼镜，有点儿不高兴地看着他。

“你得抓住它……”克里德太太把刀子合上，交到他手上，再帮他合上手指，马弗尔感到一阵颤抖，这种身体反应从他的手中开始，沿着手臂传到他的脑袋。这并不愉快。那一瞬间，他几乎感到恶心，忍不住像狗一样舔舔嘴唇。

然后他打开刀子，再一次，他觉得被一种奇怪的、无法确定、如此黑暗的力量传送了出去，以至于他感觉到自己像是赤身裸体暴露在外。

“它有陶瓷枢轴，”克里德太太说，“这就是为什么它开闭如此平稳的原因，看到了吗？”

马弗尔无声地点点头。他关上，再打开。就是以前那种感觉——被抓住，被迷住。

这太神奇了。

“刀刃是钛，”克里德太太说，“手柄和挡块都是碳纤维。看到钻石了吗？这是克里斯托弗的商标。他从阿姆斯特丹的一个有趣的小个子那里得到钻石。我觉得它非常时尚，不是吗？”

她微笑着，马弗尔也笑了。很时尚，钻石钉在黑色碳纤维的拇指螺柱中闪闪发光。

他打开又关上，打开又关上，又再次打开。

“看看刀片上的间隙，1/2000 英寸。”

她肯定在他的眼中读到了无知，因为她接着解释说：“世界上最好的制刀人能做到 1/20 英寸就非常满意了！”

马弗尔更缓慢地合上刀片，看着它被一只看不见的晶须拉着消失在手柄里。折叠时，刀背看起来像一块坚固的金属，只有将它转向灯光才能发现隐藏在其中的刀片的线索。

“非常聪明！”他由衷赞叹。

“是的，而且不容易做，”克里德太太继续说道，“钛粉易燃，没办法积聚，所以你必须非常非常缓慢地研磨刀片。钛粉必须直接放在一桶水里才能防止整个房间爆炸起火！”

说到这儿她就笑了起来。

马弗尔也笑了，想着她的家庭保险公司是否知道钛粉和水桶的事。

然后克里德太太伸出手，马弗尔不情愿地把刀放在她的手掌上，感觉就像一个小孩在音乐课结束时必须把鼓给还回去。

“谢谢你。”他说。

“克里斯托弗确实做了一把可爱的小刀，”她带着明显的骄傲口吻叹了口气，“你星期二再来，马弗尔先生，我相信他很乐意帮你解决问题。”

马弗尔拿起塑料证据袋里的鲍鱼壳刀。

“谢谢你的帮助。”

“非常欢迎你，马弗尔先生，”她说，“还有你，雷诺兹先生。”

他们走回车里。

杰克·布赖特还在那里，就像马弗尔知道他会在那里的那样。

“怎么啦？”杰克问，“看到他了吗？”

“他不在，”马弗尔说，“我们跟他母亲谈了谈，但她无法向我们提供任何信息。”

他们在车里坐了一会儿。雷诺兹手里拿着钥匙，随意放在腿上。他颤抖着——全身颤抖，甚至起了鸡皮疙瘩，然后尴尬地笑了起来。

“你怎么了？”

“只是有点儿冷。”雷诺兹说，但他仍然没有启动汽车。

他们默默地坐着。

马弗尔感到古怪，仿佛他才从梦中醒来。那些该死的猫！那种恶心的颤抖搅动着他的胃部。刀片像听话的黄油一样直接就露出来。

这一切是真的吗？

整个遭遇看起来像发生在童话故事里，入了迷，但是以黑暗和可怕的方式入了迷。

愚蠢！

愚蠢？

马弗尔试图摆脱这种感觉，然后他把鲍鱼壳刀拿到窗前，这样他就能看得更清楚了。差一点儿他就打开密封袋把它拿了出来，只是为了重新找到那种嗡嗡声……

“我不冷，”雷诺兹突然说道，“我是……吓着了。”他匆匆瞥了一眼马弗尔，“那个房子，还有她，还有那股味道。您注意到了吗？”

马弗尔点点头，他注意到了这一切。

雷诺兹继续说道：“感觉像有个我们不知道的人在那里看着我们。”

“除了守护精灵？”马弗尔漠然地说道。

“除了守护精灵。”雷诺兹说道，而马弗尔点点头。

这是他们第一次就任何事情达成一致。马弗尔怀疑还会不会有第二次。

“您认为克里斯托弗在那儿吗？”雷诺兹问。

马弗尔噘起嘴唇，“我认为完全有可能。外面有一台闭路电视摄像机，他可能到处都安有摄像头。一个制刀的疯子，又特别重视安全的疯子，在那里看着一切。”

“甚至不让他妈妈进他房间。”雷诺兹点点头。

“听起来像是偏执狂。”他紧张地看着外面，好像克里斯托弗·克里德站在车旁——突然像鬼魂一样出现，挥舞着VC刀……

“这一切都会让她成为一个非常熟练的骗子。”他说。

“她很痴迷猫，”马弗尔耸了耸肩，“谁知道她有什么能力？”

雷诺兹笑了。

“但她令人毛骨悚然，”马弗尔小心翼翼地说道，“她递给我刀时，摸了我的手，我几乎想吐了。我还以为是肯德基吃多了，但现在……”

“你认为我们应该盯着吗？”雷诺兹突然说道。

马弗尔哼了一声：“我们？”

“还有我！”杰克说。

他们都没理睬他。

雷诺兹耸耸肩：“我们可以找个地方过夜，现在可以睡几个小时，然后在天黑的时候回来看看灯亮的时候谁在房子里。”

“我赞成！”杰克说。

他们更没理睬他了。

雷诺兹继续说道：“我知道这不大会成功。但如果她撒谎，而克里斯托弗·克里德真的在家，我们就有理由带着搜查令回来。而我们所需要的只是一张上面有亚当·怀尔名字的纸……”

马弗尔点点头。找到亚当是VC刀具客户的任何记录，案件就会开始无情地向正确的方向发展。

谋杀案的方向。

布罗姆利不是一个旅游胜地，又恰逢约翰·赫特在丘吉尔剧院演出，所以宾馆很难找，并且在如此短的时间内要在同一个地方找到两个房间几乎是不可能的。

差不多到下午四点，雷诺兹才在皮克赫斯特巷的一家家庭旅馆找到一间双人房，店主同意在房间里加一张折叠床，额外收费。由于他们原本打算是在福特福克斯车里度过大部分时间，所以马弗尔认为这是可以接受的。

家庭旅馆由一对叫科普尔的夫妇经营，走廊里的小册子上的他们看起来非常开心、非常好客。科普尔太太似乎已经过世了，而科普尔先生对自己经营一家住宿加早餐的旅馆几乎没有兴趣。

他站在楼梯底部指了指他们的房间，然后递给他们每人一条展开的毛巾，就像一位体育老师。

“八点吃早餐，”他说，“没有培根。”

然后，当他准备回到休息室继续观看被他们打断的足球比赛时，忽然又停下来，在裤兜里摸了摸，给了他们每人一颗相当蓬松的穆雷薄荷糖。

“放在枕头下面。”他说，然后关上了休息室的门。

雷诺兹四处找着水壶和茶盘，当他终于确定房间没有提供时，马弗尔已经打开了电视，没关厕所门就撒了尿，在两张床上都蹦了蹦，脱掉了鞋子，然后靠在自己选的那张床的床头，开始选频道了。

雷诺兹坐在马弗尔留给他的皱巴巴的床上，皱着眉头看着总督察的脚。看见另一个男人的袜子，他总觉得有点儿不舒服。

“您介意我拉窗帘吗？”他问道。

马弗尔不介意。雷诺兹拉上窗帘，躺在床上。如果他独自一人，他就会钻进被窝——哪怕穿着衣服——但总觉得这似乎没有男人味，所以他也躺在了床上。

杰克很自觉地知道自己该睡折叠床。他躺在上面立刻就睡了。

当雷诺兹的电话响起时，他动都没动。

是帕斯莫尔太太，她向雷诺兹吼叫了五分钟，而他则试图插话——首先是提出建议，然后是告诫，最后告诉她谈话结束了。但是，在他还没做到哪怕一点之前，她就挂断了电话，只留下电话在他耳边嗡嗡作响，感觉自己就像个白痴。

“在天堂遇到麻烦了？”马弗尔说道。

“帕斯莫尔先生因保险欺诈而被捕了。”雷诺兹说道，做好准备听到“我告诉过你的”这句话。

但是马弗尔点点头，然后说：“你没有卷进去是件好事。”好像是雷诺兹自己的良好判断使他免于羞辱。

“确实。”雷诺兹说。他拍拍枕头再次躺下。今天遇到太多让人惊讶的事。

马弗尔也是！

事实证明这个男人并不是那么糟糕。

雷诺兹笨拙地交叉双臂，希望自己鼓起勇气缩进被窝里。

几分钟后，马弗尔继续乱调台，下巴搭在胸前，眼睛圆瞪着。

然后就在雷诺兹的眼皮开始下垂的时候，马弗尔说：“我告诉过你的。”

6

杰克找到了母亲。

她在路肩上，走向电话，而他抱着梅丽，尽是汗水，跟在后面。

母亲不停地回头看着他，但太阳在她身后，他无法看清妈妈的脸——金色的头发像光环一样围在她头上。

他累了，想停下来，把梅丽放下一会儿。

“妈妈？”他不停喊，“妈妈？”

但她没有停，一直走，他落后了。他连忙抱起梅丽，匆忙赶上，但只要稍微慢一点儿，就又落后了。每次都落远了一些，母亲在他前面距离有 50 码，100 码。

他再次抱起梅丽。

母亲不见了。

她能到哪儿去呢？她刚走了。

杰克停下来，身处酷热中。

剩下的路就在那里。两侧的防撞栏外，目力可及的世界已经消失成黄灰色的雾霾。田野、草地、树篱，一切都消失了。只留下了这条路。还有小虫子。

小虫子。

梅丽扭动着，探出他的肩膀——

“妈妈！妈妈！”

杰克转身去看母亲，但是太慢了，太迟了——刀子将他从肚脐到脖子切开。

他在黑暗中喘息着醒来，知道房间里并不是只有他一个人。

他气喘吁吁地坐起来，一只手紧紧抓住在梦中刀子捅进腹部的地方，仿佛他仍然可以阻止血液流出。

感觉太真实！

他环顾房间，慢慢想起他在哪里。

电视还在播放，凭借它的光芒，可以看到马弗尔和雷诺兹都睡着了。雷诺兹背对着墙蜷缩着，马弗尔瘫在床头板上，领带松开，胸口的遥控器挨着下巴。

杰克小心翼翼地从床上下来，站在房中间。

他尽了全力。警方正在调查此案。父亲回家。梅丽和乔伊很安全。他现在可以离开，甚至不用买去伦敦的火车票。没有指控，没有案底，没有拘留。

从头开始。

他甚至不必穿鞋，因为他穿着鞋睡的，就像他每晚都穿着鞋睡觉一样。

随时准备好逃跑。

他无声地走过地毯。门把手是冰冷的圆形黄铜，转动时发出吱的一小声。马弗尔动了一下，杰克屏住呼吸。他看着这个大个子翻身，重新找到一个更舒服的侧身位置，面对着他。

杰克打开门，想到"金发姑娘"爬进"三只熊"的家，喝了他们的粥，睡在他们的床上。

他想，去他的"金发姑娘"，想到马弗尔的话，不由咧嘴一笑。

去他的"金发姑娘"。

马弗尔是一个警察，一个笨蛋——不一定按这个顺序。

他直接告诉杰克，他不想介入案子，杰克当时就想要打他一顿。

但后来他介入了，并且他们达成了协议。现在，马弗尔正竭尽所能地履行他的承诺。

马弗尔让他感到惊讶，更重要的是，马弗尔让杰克内心恢复了一些他认为已经失去的东西。

希望。

正义的希望。

一个结局，一个新的、更好的开始。

睡觉不会再做梦了。

马弗尔介入了这个案子，不再需要他了，就像乔伊和梅丽不再需要他一样。

没人再需要他了。

他可以自由地离开。

然而杰克没动。他站在那里，靠着门口。

他不能离开。

不能当他对正义的最大希望就在这个房间里——躺在一张凹凸不平的床上，电视里的灯光闪烁在他的脸上，一颗穆雷薄荷糖贴在他的脸颊上——时离开。

悄悄地，他关上了门。

他们 11 点回到那栋屋子，没亮灯。

他们停在街对面，雷诺兹眯着眼睛看着夜空。

"'待租'的标志回来了，之前是倒下去的。"

马弗尔在那里思考了半分钟："我认为她刚搬进来，她看起来不像是一个打算搬出去的人。并且，相信我，那些猫留在那里。"

雷诺兹点点头。

他们盯着房子。

"你能看到守护精灵吗？"马弗尔问。

"什么守护精灵？"杰克问。

"不。"雷诺兹说。

马弗尔将双筒望远镜对准草坪："不见了。"

"奇怪。"雷诺兹说。

马弗尔递给他双筒望远镜并取出手机："念一下，待租，标志上的数字。"

雷诺兹念了，马弗尔拨打了电话。

他可以听到铃声换了，因为电话转接了，他猜是从租赁办公室转到一些工作人员那里。

"你好？"被电话吵醒的人听起来很生气。

马弗尔告诉他自己是谁，再询问坎伯兰路物业的房客是谁。

"那里没有房客，"听起来很年轻的男人说道，"这就是为什么要租出去的原因。"

"我今天下午才在房子里和房客说过话，"马弗尔说，"请再查查记录。"

"我知道那所房子，"年轻男人无礼地说，"20 世纪 60 年代的砖房，坎伯兰路，几个月来一直空着。"

“你上次是什么时候去那里的？”马弗尔问。

那个男人犹豫了：“不久前。”

“好吧。”马弗尔说道，然后挂断了电话。

他转向雷诺兹说：“他们是该死的非法占据者！”

他们下了车。

“我能去吗？”杰克问。他们异口同声地说“不行”。

雷诺兹绕过后面，而马弗尔在邻居树篱的阴影下走在车道的一侧，邻居的狗大声愤怒地对着他咆哮。他们穿过房子的正面，肩膀贴着墙砖，试图躲过闭路电视。

在前窗，马弗尔用手捂着电筒朝里看去。

一切都是原样。那些猫都在。茶盘还在桌子上。

马弗尔想知道克里德夫人是否还好。她并没有把他当成那种在客厅里留下脏杯子的人。被老家伙弄脏的茶壶，当他和黛比还生活在一起的时候，这曾经差点儿让黛比发疯，当然这只是很多桩事情之一。所以，他有点儿担心。这只是一个小问题，但绝对存在。

如果克里斯托弗·克里德一直在看着他们怎么办？如果他对他母亲让他们进来感到愤怒怎么办？如果他们吵起来怎么办？这个矮胖的小女人对上她那曾经是海军陆战队员、被宠坏的痴迷于刀的宝贝儿子怎么办？如果他冲动之下杀了她怎么办？对那些没有经验的人来说听起来有点儿牵强，但是马弗尔见过比这更糟糕的。

马弗尔在房子的后面找到了雷诺兹。

“有什么发现？”他平静地问。

“没有。看不到任何东西，太黑了。”

马弗尔点点头："我认为我们应该进去。"

"基于什么理由？"雷诺兹问，"我们不能因为怀疑就闯入一所房子。"

马弗尔没理会他，试了试后门，但它被锁上了。

他们沿着房子走回来，但前门也被锁上了。

"该死的。"马弗尔说。

然后他们只得站在那里，而隔壁的狗仍在狂吠。

最后，马弗尔说："去找那孩子。"

雷诺兹惊呆了："长官，我们几乎没有正当理由进入这所房子，更不用说一个已知的重罪犯！"

"我担心克里德太太的安全，"马弗尔郑重地说，"我可以打破她的后门，但最不惊动人的进去并确保她没事的方式就是让男孩进去。"

"但是，如果他受伤怎么办？甚至被杀了怎么办？克里斯托弗·克里德制造刀具，其中一把已被用来谋杀。他有不被抓住的既得利益！"

"如果克里德在那里，他也躲起来了。躲藏不是一种侵略性的行为。"

"躲我们，也许会！他不打算对付两名执行任务的警察，"雷诺兹嘶声说，"但是一个男孩独自在一个黑暗的房子里？什么事情都可能发生！"

"杰克·布赖特可以照顾好自己，"马弗尔说，"如果他需要我们，我们就在这里。去找他。"

"我不喜欢这样，长官，"雷诺兹僵硬地说，"一点儿都不。"

"这是命令。"马弗尔说。

雷诺兹去了车边，带着杰克一起过来。

“没有答案，”马弗尔向男孩解释道，“我们担心克里德太太可能受伤或身体不适。我们希望你进去以确保她的安全。”

“好。”

“你明白吗？”

“明白，”他说，“看她是否还好。”

“如果你碰巧看到任何相关的文件……”

“这是一次非法搜查，”雷诺兹说，“他发现的任何东西都是不予采信的。”

“他什么都找不到，”马弗尔说道，“他会进去看看克里德太太是否还好。如果碰巧看到任何带有亚当·怀尔名字的文件，在抽屉或文件柜中……”他对杰克点点头，“好吧，那只是一次幸运的事故。”

“我不会参与其中。”雷诺兹说道，然后转身离开了他们。

马弗尔转动眼睛看着杰克，他忍不住咧嘴笑了。

“做你的事。”马弗尔说。

他跟着杰克·布赖特绕到了房子的后面。尽管大义凛然地拒绝，雷诺兹还是只落后于他们一点，尽管一直发着牢骚。

杰克沿着后花园走了十英尺来评估排水沟和下水道。房子后面总是有更多管道，排污管一般都在那里。

他那窃贼的眼光很快就发现了一个弱点——花园棚子上方的一扇小窗户。他瞥了一眼中庭，捡起一把插在一个满是枯死雏菊的花盆里的泥铲，然后把庭院里的一把椅子放在棚子旁边，迅速爬到屋顶的顶点，然后轻松地攀着一根排水管够到窗户上。在那里，他把泥铲撬进木制窗框里，等着它破裂并弹开，然后静静地滑过窗户，从视野中消失。

整个行动不到两分钟。

“令人印象深刻。”马弗尔说。

“令人震惊。”雷诺兹说。

杰克掉进一个放箱子的储藏室。即使是空的，它看起来也太小了。

他悄悄爬过地毯，小心翼翼地以防踩得嘎嘎作响，幸好房子还没有旧到钉子都脱落的程度，所以他的脚步几乎没有发出什么声音。

他打开门进入狭窄的平台，看过去所有门都是关着的。

杰克颤抖着吸了口气。他从未进过认为里面有人的房子。凯瑟琳·怀尔那次是个错误，肖恩搞砸了，当他突然意识到房间里并不只有他一个人，那真是吓了个半死。

但在这里，他知道不止他一个人，他紧张得要命。

他推开了第一扇门。

很黑，但可以看出这是一间浴室。空的，甚至连卫生纸都没有。

他沿着铺满厚厚的苍白地毯的走廊走了几步。第二扇门打开后，是一间空卧室。没有床，没有衣柜。只有地毯。

还有一种他说不出的味道。

工业的味道。这是他能够想到的最接近的一个说法。

另一间浴室。这次杰克站在门口的时间足够长，可以看到里面还是没有毛巾，没有牙刷，没有卫生纸。

奇怪。

只剩两扇门了。一扇在右边，另一扇在平台正前方。出于某种原因，他走过右边的门，走向面对他的那扇门，慢慢地转动手柄。

这是主卧室。杰克可以借着外面的路灯灯光看出来。除了地毯之外，也是空的。

他在黑暗中皱起眉头，然后悄悄地关上了门。

最后一扇门。他觉得应该还是一样的，但抵制了自满的感觉。他可不是因为自满而逃脱 117 起盗窃案的。

最后一扇门后面可能有什么东西。

任何东西。

他慢慢转动手柄，推开门。

没有。

杰克站了一会儿，不确定下一步该干吗。然后他想起了马弗尔说过他们曾和一位老太太说过话。

也许她无法爬上楼梯。也许楼下有更多的卧室。

他花了一点儿时间恢复了必要的警惕，然后爬下楼梯有条不紊地查找。

每个房间都空的。厨房甚至没有水壶。

杰克打开冰箱和厨柜，空的。

全都是空的。

除了一个挤满猫的房间。

这是他见过的最奇怪的事情。

杰克走到后门，打算让马弗尔和雷诺兹进来。

但是当他伸手去够螺栓时，听到一个女人的声音喊道："有什么可以帮你吗？"

杰克在屋里的时间越长，马弗尔就越紧张。他希望这个男孩最多在里面待几分钟，然后就按照他进去的方式回来，告诉他们克里德夫人在床上睡着了，并且狡猾地抓着一张发票，收件人是亚当·怀尔。

现在他真的开始怀疑克里德太太是否有危险。

毕竟，让一个14岁的男孩进屋子去找并不是一个好主意。拉尔夫·斯陶尔布里奇说了什么？

“说不上光彩。”

马弗尔不希望他以后回头看这一个小时会有同样的想法。即使杰克是安全的，他也不希望这个孩子找到一具尸体。马弗尔在他多年的凶杀案侦破中见惯了尸体，但是第一次见到的那种震惊是永远无法习惯的，即使你是在期待它。当你把气球越吹越大的时候，它会突然砰的一声在你的脸上炸裂。

雷诺兹正双手搭眉，透过厨房的窗户往里看，马弗尔站在旁边，凝视着黑暗。

“有什么可以帮你们吗？”

他们都畏缩了一下，转过身，看到一位中年妇女——穿着一件黄色毛巾长袍和绿色惠灵顿长筒鞋，牵着一条大黑狗。

“你好。”马弗尔说。

“你们在这儿做什么？”她问道。

“警察！”马弗尔说着，举起他的证件，“你在这儿做什么？”

“哦！”女人说，明显松了一口气，“我住在隔壁。鲍比在吠叫，我想出来看看有什么事。”

“你是这家人的朋友？”

“算不上，只是邻居。她只在这里待了几个月，不常与人来往。”

“她似乎不在家。”

“对，她离开了。”那个女人说。

“什么时候？”

“今天下午，四点左右。”

男人们互相瞥了一眼。克里德太太在他们离开后不久就离开了。这感觉很可疑，好像他们的来访促使她离开了。

“你知道她什么时候回来吗？”马弗尔问道。

“不知道。”

“她开什么样的汽车？”

“她没有汽车，”女士说，“有一辆卡车。”

“蓝色大卡车？”雷诺兹问道，瞥了马弗尔一眼，“停在拐角处？”

“就是，大家伙。三个月前她把它停在那里，并且从来没有动过一次，即使平房里的钱德拉夫人温和地让她挪一下也没挪，因为它挡住了她家的光线。”

马弗尔和雷诺兹脸色都很难看。他们就停在逃跑车辆的后面。

“直到今天她都没动过它？”马弗尔问道。

“对。她经常进去，好像要移动它，但从未真正动过。钱德拉太太认为她在嘲弄她，但我觉得她似乎不是那种人。”

“她离开时，她儿子和她在一起吗？”马弗尔问。

“她儿子？”

“克里斯托弗。”

“我从未见过她儿子，”她说，“再说，我并不是多管闲事的人。”

马弗尔和雷诺兹脸上再次浮现出困惑的表情。

雷诺兹问出下一个问题："克里德夫人的名字是什么，你知道吗？"

"我记得叫韦罗妮卡。"

"韦罗妮卡？"马弗尔问道。

"韦罗妮卡·克里德，"雷诺兹缓缓说道，"VC。"

"见鬼，"马弗尔说，"她就是制刀人！"

"天哪。"雷诺兹嘟囔道。

"这到底是怎么回事？"邻居问道，但是马弗尔突然希望她离开那里，没有目睹到他们的失败。

"警察办案，"他粗暴地说，"太太，谢谢你的帮助……"

"弗劳尔斯女士。"

"谢谢你的帮助，弗劳尔斯女士，但是我们现在要继续查案，请你回家。"

弗劳尔斯女士看起来很不满："什么？我来这里，给了你一大堆有用的信息，而你不给我任何回复？"

"就是这样。"马弗尔说，领着她和狗出去了。

马弗尔、雷诺兹和杰克·布赖特站在满是猫的房间里，灯亮着。

克里斯托弗·克里德的照片——谁知道他到底是谁——已经不见了，而在这个房间里，一只来自中国的招财猫嘲讽地上下挥动着金色爪子，毫无疑问地表达出对他们的看法。

"她甚至问我们是否确定正在找一个男人，"马弗尔呻吟道，"她把我看成了一个蠢货。"

"这不是我们的错，长官！她说谎了！"

“他们都撒谎！”马弗尔厉声说道，“我们的工作就是记住这一点！但我们明明抓住了嫌犯，嫌犯请我们喝茶，然后我们就把嫌犯放跑了，因为我们假设刀匠必须是男人。”

“嗯，是的，”雷诺兹说，“也许我们也有一点儿错。”

韦罗妮卡·克里德玩弄了他们。在他们面前放下一条巨大的线索，然后看着他们忽视它，而他们盲目地绊倒，试图将尾巴钉在自己的偏见上。

他们被一个穿着猫咪套头衫的老太太欺骗了。

“她多半在卡车上工作，”雷诺兹接着说道，“不然她为什么有一辆那么大的车？制作刀具需要一些重型铣削和磨削设备，所以把所有东西都放在卡车里——房子里没有任何东西——意味着她可以随时离开。”

“所以这甚至不是她的房子？”杰克说。

“不，”马弗尔说，“她可能会在一个地方待一阵，可以设置电话账户和信用卡这些，然后，如果事情稍微有点儿败露，就搬到另一处。”

“所以这一切，”杰克挥着胳膊环指了一圈房间，“真的只是一个捕获屋。”

马弗尔和雷诺兹一脸尴尬，杰克笑了起来。

“那么现在怎么办？”他问道，“我们怎么抓住她？”

“天知道，”马弗尔郁闷地说道，“她给了我们多少其他没有注意到的线索？全都是因为那些猫和该死的夹心饼！”

“或者因为她是一个没有什么吸引力的老年妇女。”雷诺兹说道。

“好吧，她就是杰梅茵·格里尔[1]，”马弗尔说道，“这并不妨碍她不打算欺骗我们。如果她试图让事情变得简单，她就会给我们亚当·怀尔那张该死的发票。”

他们两个瞪着手中的笔记本。唯一的声音是猫的金爪子来回挥动的微小咔嗒声。

“能不能找到卡车？”杰克问。

“好想法，”马弗尔瓮声瓮气地说道，“我会发出警报。大卡车。在伦敦的某个地方。应该可以。”

“我以为你们会追踪车牌呢。”

“好吧，如果有车牌号，我们就可以。”

“X250 TBB。”杰克说。

两人看着他，他耸了耸肩：“好吧，你们去了那么久，我也没有别的事可做。”

7

在三个警队监控室的帮助下，三小时后，他们终于在一条柏油碎石路上发现了卡车，这里是一个小山坡，可以俯瞰萨塞克斯海滩，被当作

[1] 杰梅茵·格里尔（Germaine Greer），1939 年 1 月 29 日出生。西方著名的女权主义作家、思想家和勇敢的斗士，近代女权主义先驱，她和美国的贝蒂·弗里丹是 20 世纪六七十年代西方女权运动的两面旗帜，其代表作《女太监》名列西方七大女性主义著作之一，深刻地影响了西方知识女性的思想和生活。

了一个停车场。

雷诺兹把福特福克斯停在50码外，旁边是一个装满包装纸和塑料瓶的垃圾箱。在旁边是一个告示：请保持佩文西湾的美丽。

在黑暗中他们无法看到佩文西湾是否漂亮，看不到大篷车或小船，甚至看不到大海——尽管他们可以听到海浪冲到下面的海滩上，卷起鹅卵石冲上卵石滩，然后在泡沫中又嗞嗞地把它们吸回大海。

这是一个温暖寂静的夜晚，满天繁星，还有波浪的声音，杰克甚至以为他们可能是在巴厘岛。

“现在怎么办？”他打了个哈欠。这是他们离开布罗姆利以来他说的第一句话。

马弗尔没说什么。杰克不知道他是否清楚了，所以再问了一遍：“现在怎么办？”

“不要再问。”马弗尔恼火地骂道。

杰克闭上嘴。他倒不介意被边缘化，反而很高兴可以不做任何决定。让他们为他做决定，他对结果就可以不负任何责任。

“征服者威廉一世就是在这里登陆的，你知道吗？”雷诺兹沉思道，“1066年。”

杰克低头看着海滩，想象着男人们拿着弓箭、长矛和狼牙棒，不停滑倒在卵石滩上。

他们会咆哮。他们的血液在卵石之间流动，消失在下面的土地里。

“你还顺走了我其他什么东西？”雷诺兹问。

“什么？”

“从捕获屋。除了我的西装和领带。”

杰克怒视着他。他们过得很愉快！他们是一个团队！现在他又不得不想起那些事。

他双臂抱胸，什么也没说。

“我们得让她离开卡车，”马弗尔说，“这样我们可以进去看看。”

“我们无法在没有搜查令的情况下搜查卡车，长官。”雷诺兹说。

“我们不行，”马弗尔同意，“他可以。”

他们都转身看着杰克。

“好的。”杰克放下手臂，心跳加快。他从未闯入过卡车，但知道如何操作。

既然在等马弗尔和雷诺兹的时候没有收音机来分散他的注意力，所以他只有研究那辆卡车的后面——他经过多次练习的眼睛在无所事事中已经研究了门锁的操作方式，找到了锁定机制中的薄弱环节。计划如何进去已经成了一种习惯。

肮脏的小习惯，既让他感到羞耻，又为此骄傲。他从来没有想过他会把这一点儿知识用于实际用途，但如果能使调查保持正轨，那他就非常愿意试一试。

“又一次非法搜查。”雷诺兹说着，闭紧嘴巴。

“如果没有第一次，我们现在会在哪里？”马弗尔回击道，“无论如何，韦罗妮卡·克里德在我们向她询问用来杀死艾琳·布赖特的刀子后几个小时内就突然离开，跑了。我认为这给了我们正当理由。”

“对于逮捕令，可能吧。但不是闯进去搜查！还派一个窃贼去翻个底朝天……长官，我认为这个国家任何法官都不会签署这样的命令！它至少会导致未成年人的犯罪行为！”

"那只鸟早飞了！"马弗尔气笑了，"我又不是让他去伦敦偷那该死的皇冠，只是在卡车后面找一些可以帮助我们抓住杀死他母亲的凶手的纸张！"

雷诺兹噘起嘴唇，并没有被说服。

"再说，"马弗尔接着问，"谁会说出去？"

"我不会！"杰克说。

马弗尔转向雷诺兹，他摇摇头说道："我对此感到非常不舒服，长官。"

"好吧，"马弗尔说，拿出电话，"当杰克和我抓住凶手时，你对我们两个都会觉得不舒服。"

"杰克和我。"雷诺兹说道。

"哦，好，"马弗尔说，"那就是都同意了。"

杰克在行李箱里翻找工具，而马弗尔在和当地警察通话，不到十分钟，一辆带警徽的巡逻车慢慢地驶过他们，然后在卡车旁停下来。

警车刚停下，杰克就悄悄溜进了夜色，凉爽的黑夜带着海风和冒险的激动拥抱着他。

当他绕过卡车的阴影时，一名身穿黄色马甲的警察敲了敲驾驶室的门。

一下。

两下。

三下。

"警察。请开门。"

门开了，声音很低，然后有人从驾驶室爬下来。他们带着那个女人离开问话，就像马弗尔要求的那样。她穿着厚厚的外套和靴子。

杰克用从福克斯拿来的十字扳手扭开了挂锁。这是把好锁，而且扳手不够长，但在杠杆作用下，锁头咔嗒一声弹了出来。接下来就是解开门上的锁扣这件简单的事情了，啪的一声打开了，杰克一跳就进去了。

他们看着杰克・布赖特轻松地跳进卡车后部。

“无论发生什么事，”马弗尔突然说，“我认为我们都不应该指控他。”

“什么？”雷诺兹说。“但他是‘金发姑娘’！他承认了！”

马弗尔眼睛一眨不眨地盯着卡车后面：“三年来，两支警队都未能找到杀他母亲的凶手。我不想指控他由于我们的失败而犯下的那些罪行。我对此感到不舒服。”

雷诺兹噘起嘴唇：“无论什么原因，长官，事实是，他盗窃并破坏了100多所房屋。即使他现在自首，监禁判决也是不可避免的！”

马弗尔点点头，沉默了一会儿，然后他说：“然而不是，不是吗？”

“不是什么？”

“不是不可避免的。”

雷诺兹皱起眉头，“您什么意思？”

“如果我们灵活……的话，那不就行了。”

雷诺兹不喜欢那声音里的意思。根据他的经验，灵活性是一种非常被人高估的素质。

“没法绕开法律，长官。”

马弗尔大笑起来：“我们都知道这不是真的！”

“我完全不知道，”雷诺兹生硬地说道，“毕竟，我自己逮捕了杰克・布赖特！两次！”

“你吗？”马弗尔说。

“你知道我做了，”雷诺兹皱起眉头，“宣读他的权利，距他整整九码。特别是第二次！”

“我没亲眼看到被捕，”马弗尔说，“你有证人吗？”

“证人？”雷诺兹说，“证明逮捕？”

“是的。”马弗尔说。

“在警察局被捕？”

“是的。”

“没有。”雷诺兹说。

“嗯。”马弗尔说。

“那是什么意思？”雷诺兹说道，愤怒起来。

“我的意思是，如果你没有逮捕的目击者，那就该信他的而不是信你的。”

雷诺兹诧异地看着总督察：“你的意思是信一个男孩的说法，一个骗子和小偷的说法，而不是一个有着无可挑剔记录的现役警察的话？”

“一名搞砸了第一次逮捕的现役警察，”马弗尔说，“没有人见证第二次声称逮捕一名无人陪伴、无人代表的未成年人的现役警察。这个男孩，他的母亲惨遭杀害，对警察和所有应该帮助他的人感到失望，从他自己的父亲到那些应该注意到三个小孩子不去上学、独自生活在房子里的所有人。那个男孩，雷诺兹？”

雷诺兹瞪着那辆卡车。“那是合法的逮捕，”他说，“你知道，我知道。”他没有说长官，也不在意。

卡车里面，海的味道被一种金属味道取代，这种味道堵在杰克的喉咙里面。

杰克静静站了一会儿。能听到女人和警察在外面说话。他必须快速找到他们需要的证据，然后离开。

他打开手机上的电筒四下看了看。路易斯是对的——用于制作刀具的机器可以放在棚子里。在集装箱的远端紧密堆叠在一起，甚至还有空间放一个小冰箱、一个电炉和一个微波炉。所有东西都固定焊在货车内壁上的金属框架上，这样在运输过程中任何东西都不会移动。

甚至一个塑料桶也被夹在墙上。但是没有文件柜，没有橱柜，没有保险箱，没有可以保留生意记录的地方。他甚至查看了冰箱和微波炉。

没有。

“该死。”他低声骂道。

他开始研究起这些工具。它们是烤箱大小的，一块一块闪闪发光的轴、刀片以及校准器。其中一个的底座上有个门可以打开，他第一次查看的时候还没注意到，里面是可以滑动的分段托盘金属抽屉——各种尺寸的隔断，每个都有一个铰接的透明盖子，所以可以看到里面分别是手动工具、钻头和半加工的刀片、手柄模具、不确定是什么的金属件以及木材、石头和皮革。

四个小抽屉，多个隔断。

但只有一个装着钻石。

杰克屏住呼吸，慢慢地，拿开盖子。

这个隔断单独衬有黑色天鹅绒，在这黑暗的新世界中，数十颗熠熠夺目的宝石像遥远的星系一样闪闪发光。

杰克呼出一口气，然后又深吸一口气。他迅速将天鹅绒叠在钻石上，将它们掏出来塞进牛仔裤的口袋里。

毕竟，他是一个窃贼。

但他不是为钻石而来的。

外面的声音略微大了一些："谢谢你，再见。"

该死！

杰克拼命地环顾四周。交易记录不在这里。滑动抽屉本来该是放它们的合理位置，但不在那里。他的雄心一落千丈，意识到放重要商业记录的合理位置根本不是在卡车的后面，而是在驾驶室里，在前面，VC会放在触手可及的地方！

他在错误的地方，而且没有时间找到正确的地方了。

他强迫自己站着不动，凝神听着。

他听到警车嘎吱嘎吱地开走，那女人的脚步踏过坚硬的柏油路面朝他走来。他瞥了一眼后门，开着的，但只是一点点。如果她检查一下的话，他就完了。

他无处可逃，无处藏身。

她没有检查。

当听到并感觉到她爬回驾驶室时，他松了一口气，她的动作带来的震动顺着金属传到他的脚上。如果他能感觉到她的动作，她也会感觉到他的动作。杰克知道现在任何举动都必须非常谨慎。他把电筒关掉，小心翼翼地走向门口。

发动机启动了。

杰克根本没料到会这样。他以为VC会进入驾驶室并再睡一会儿。

但 VC 没有睡觉。她要继续前进，离开。

和他一起！

车开的声音。

杰克慌了。他得离开！现在！

但是他还没动，液压制动器发出嗞嗞声，卡车向后猛地一窜。他准备再站起来，车子猛地向前冲到一边，他跌跌撞撞地跪倒，不得不抓住冰箱边缘防止自己摔倒。

车子转了弯，杰克甩出去了，闷哼一声。冰箱门也甩开了，照亮了这一幕。他再次抓住门，将自己拉回地面，眼睛刚好与冰箱齐平，他盯着里面，好像在寻找零食一样。

顶部有一个狭窄的冷冻室。他之前没注意到。

他一把拉开。

里面有一袋冻豌豆，在那下面，一个塑料袋里装着什么又大又平的东西，不应该放在冰箱里的某样东西，就好像刀子不应该放在靴子里……

雷诺兹觉得自己心脏病都要犯了。

刚被告知一旦他们回到蒂弗顿，他对杰克·布赖特的逮捕就会受到质疑，眼睁睁看着同样的小偷溜过停车场闯入私人住宅——而这一切都得到了高级警官的支持——就已经够糟了。

而不得不坐着等待，不知道卡车后面到底发生了什么更是罕见的折磨。

那里面可能有诱杀陷阱、武装警卫，说不定还有一只老虎在笼子里！

当韦罗妮卡·克里德——为达官贵人、穷凶之徒制刀的刀匠——谈完话回到驾驶室时，他已紧张得无法忍受。

然后她启动了发动机……

雷诺兹全身冰凉。他没想到会这样。

马弗尔也没有，他惊讶得哼出了声。

“长官？”雷诺兹紧张地说。

“给他一分钟。”马弗尔说。

雷诺兹给了他十秒钟，然后又问道：“长官？”这次更用力。但是马弗尔坐在那里一动不动。

卡车后退了，前进，然后画个弧线转弯。现在他们也看不到后门了，不知道卡车里面发生了什么，就像他们不知道一分钟前发生了什么一样。

刹车嗞嗞作响，雷诺兹看着大前轮转向，最后卡车驶出了停车场。

“长官！”他尖叫道。

“给他一分钟。”马弗尔说。

雷诺兹想到了纪律听证会——也许是审判。他要如何证明是马弗尔用冷酷无情的语气，派出那个孩子为他窃取证据，然而孩子受伤了或被杀了或被绑架了，再也没见过。这个肥胖、自私的教唆犯费金[1]，而自己——雷诺兹的想象突然中断了一下——又是什么角色呢？如果杰克·布赖特受到伤害，他在这一切中又扮演了什么角色呢？

“见鬼！”他喊道，终于甩开门，要去制止这种疯狂，这时那辆蓝色大卡车在夜幕中匆匆而过。

[1] 费金（Fagin）是狄更斯名著《雾都孤儿》中的窃贼团伙首领，后来成为“教唆犯”的代名词。

“见鬼！”他再次喊道，然后把自己扔回座位，猛地关上门，喊道：“快！快！快！”活像一个银行抢劫犯。

但马弗尔没有动，甚至没有发动车。

“长官！”雷诺兹对他大喊道，但马弗尔咧嘴笑了。

边笑边指。

杰克·布赖特，四肢着地，一个人在停车场中间。

“我告诉过你给他一分钟。”他说。

雷诺兹惊讶地看着那个瘦小的男孩小心翼翼地从路上爬起来，环顾四周寻找方向，然后一瘸一拐地朝他们的方向慢慢跑来，又大又平的什么东西在胸前。

他猛地打开后门，趴在座位上，喘着粗气。

“你拿到了吗？”马弗尔对着镜子说道。

“我拿到了 样东西。”男孩说，并把它拿出来。

“为什么这么冷？”马弗尔打开了车内灯。

在透明塑料袋内，可以看到一本黑色皮革分类账本。

封面上用金纹压印着：

《刀具大全》。

8

书里全是密码。

每个条目都是一系列看似无关的小段小段数字和字母，在这里或那里注释的符号和脚注也难以理解。

马弗尔在停车场嘟嘟囔囔地抱怨了半天，没有取得一丝一毫的进展。

“去他的鬼话，”他终于说话，然后一把合上书，递给雷诺兹，说道，“我来开车。”

在他们离开佩文西湾时，雷诺兹打开了《刀具大全》放在腿上。

他很享受这项任务。在学校，他一直擅长数学，能比其他同学更快地发现模式和异常情况。

他也喜欢填字游戏。《泰晤士报》《每日电讯报》上的那些，神秘的东西。他确信自己的才能能起到作用。

首先，他大致看了看画了线的每页，眼睛顺着条目扫过去，这些条目写得如此稳定而精确，几乎看不出手写的痕迹。他神态轻松地快速翻动这些书页，眼睛顺着条目移动，直到看完。

每页有十个条目，超过九页。如果假设（一想到这儿，他又不由自主地抖了一下）每个条目与一把刀有关，那么这意味着 VC 平均每年制作了不到十把刀，似乎并不多。

或者已经很多了。

雷诺兹意识到，他没有任何参考数字，因此任何猜测都毫无意义。

在后座，杰克·布赖特说了些什么。他转身看着那个男孩，但他睡着了，皱着眉头靠在座椅上，拳头在他的耳朵上掠过。

“他说什么了？”马弗尔问。

“没听清楚，长官，”雷诺兹说，“他睡着了。”

他再次翻阅，这次更慢。

他假设条目是按时间顺序排列的。以此作为焦点，就能找到日期。

天数是数字，月份用一两个字母表示，年份再次以数字表示。先确定了这两个。

默默庆祝完这个小小的胜利后，其他就没有什么值得高兴的了。每个条目都是混杂的数字和大小写字母，分成几个批次，好像是单词，但又不是。每条都有一个句号。

除此之外，每一条都是一串无法理解的鬼话。

他的眼睛因缺乏睡眠而火辣辣的，雷诺兹警探盯着一个随机的条目，希望它能奇迹般地自己重新排列为有意义的样子。

22AP 88S7433t 334546anPK 3gWC e0.3CTN133500

毫无意义。

14JL 98G7869r 667897aST7vAGC e0.7CCF72s6500

这个也没有。

12OC98W799h 223988iFH5lABT e0.5CTA1110250R

已经超过了98个。仍然没有意义。

19MR 99H7224a 775888yPK 3deWT n0.2CBR173250

“有什么发现吗？”马弗尔静静地问道。

雷诺兹叹了口气：“还没有，长官，虽然我可以看出它们是按日期排列的，所以我假设每个条目都与刀的买卖有关，但也就这样。这不是什么数学或语言密码，而是根据刀具的独特属性和制造商的交易——我们对此并不了解。”

马弗尔手指敲击着方向盘：“当然，与其他任何销售分类账都不一样。她每次买卖想要记录什么呢？日期、货品、价格、购买者，还有什么？”

“嗯……地址？质量？特殊功能？”

马弗尔点点头：“就是这样，不是吗？因此，即使她十分周密，我们仍然只谈论她记录的这六件事。所以，只要这是一个销售分类账，而不是尝试与火星人沟通，我们确实有一个解码的指南。我们只需将每个元素与刀具或购买者等联系起来。”

“但我们对刀具或购买者一无所知。”

“我们知道有一把刀和一个可能的购买者，”马弗尔说，“从那里开始吧。”

“好吧，在日期之后，”雷诺兹说，“每个条目都有一个字母和一个 7。”他随机读了些条目：“W7991，L7634，P7220……”

“之后是什么？”

雷诺兹花了一些时间检查几个条目，然后才回答：

“另一个字母，看上去是随机的。所以，一个随机字母，一个以 7 开头的随机四位数字，再一个随机字母……”

“然后？”

雷诺兹再次检查了几个条目：“然后是一个六位数的数字，还是看似随意。每个条目都有一个句号。”

“哪里？”

“大概在每条三分之二的位置。哦，前面有一个 0，好像它是 0.5、0.2，等等。”

他读了一个条目：“19MY00H7224a 775888yPK 3deWT n0.2CBR 173250。”

沉默。

“在句号之前是什么？”

“0，先生。全部都是。之后是一个数字和字母C。”

“全部都是？”

雷诺兹检查并点了点头：“看起来是的。”

马弗尔小心地拔了一根鼻毛，而雷诺兹则愚蠢地盯着膝盖上的那本书。M4高速公路的白线从黑暗中猛冲向他们，然后在车底下一闪而过。

杰克·布赖特挂在前排座椅之间，也盯着书，仿佛他也可以提供帮忙。

“为什么那条最后是R？”他问道，挪了挪身子，这样他就可以用肮脏的食指触摸他正在看的那条。

“在破解代码之前，我们无法分辨，”雷诺兹说，“它们都是字母和数字。”

另外十英里的黑色道路在他们身下嗞嗞作响。

“C可能代表克拉吗？”马弗尔说道，“可能是钻石的大小吗？”

雷诺兹皱起眉头，用手指指着条目。“是的！”他大声说道，“长官，我认为是对的！在每条下，它都是一个类似的值，从0.2到0.75，然后是C。”

他对马弗尔绽放出笑容，马弗尔冷冷地点点头：“我们还没到呢。”

“我知道，我知道。”雷诺兹再次斗志昂扬。他们知道日期。现在他们肯定知道每一串数字和字母都以某种方式解决了刀的细节——很可能是价格和买主。这只是时间问题。

他们在雷丁服务区停车，摇醒杰克，所有人都去上了厕所，买了一些咖啡，然后再往西走。

杰克在座椅上摊开，几乎立刻再次入睡。

在前排座椅上，雷诺兹警长再次下定决心打开了《刀具大全》。他确信，破解可能将亚当与谋杀凶器联系起来的代码只是时间问题。

雷诺兹皱着眉头，翻过书页检查。

“杰克是对的，”他突然说道，瞥了一眼马弗尔，“只有一个条目以字母结尾。”

“是吗？哪一个？”

雷诺兹第 100 次仔细翻阅这本书，翻着页，手指在寻找，眼睛在盯着……

12OC98W799h 223988iFH51ABT e0.5CTA1110250R

“这把刀是在 1998 年 10 月售出的。”

“艾琳被谋杀后的两个月，”马弗尔平静地说道，“亚当·怀尔在那之前已经拿到他的刀多年了。”

“但如果他同时拥有两把刀呢？”雷诺兹说，“之前有一把，之后又有一把呢？如果他用多年前买的或他人送的刀杀了艾琳呢？然后他惊慌失措地把它扔到了现场？他回到路边停车带试图找到它，但当他被抓走时才意识到警方已经找到了它。”

马弗尔点点头：“他是少数几个知道警察找到了谋杀凶器的人之一。”

“就是！因为他知道，警察会把它的照片发给媒体，而像他妻子这样的人可能会看到并询问他有关刀的问题，所以他需要尽快弄到另一把，因为如果他还拥有它，那警察怎么能拿到他的刀呢？这就无懈可击了。”

马弗尔加入进来:“问题是，他不是从架子上买一把相同的刀子，因为它不是数千把刀中的一把，而是唯一的一把。”

“或者，在这种情况下，”雷诺兹说，“两把中的一把。”

“所以，R 代表复制品[1]的意思。”马弗尔说。

雷诺兹点点头:“或者更换，或者重新订购，或者重新发行，但所有这些都意味着同样的事情——亚当·怀尔不得不委托制作一把新的 VC 刀来做掩护。八月底订购，十月完工。”

雷诺兹像傻瓜一样咧嘴笑了，他不记得上次他感觉如此之好是什么时候。马弗尔瞥他的眼神，是他以前从未见过的，所以他花了一点儿时间才意识到那是尊重。尽管雷诺兹警长认为马弗尔总督察是个蠢蛋，但他仍感到自豪。

“一旦他重新订购，韦罗妮卡·克里德一定知道他犯了什么罪，”马弗尔说，“这可能就是为什么她在我们稍作拜访后就如此快速地逃了。”

“完全正确。”雷诺兹说道，继续埋头看书。

现在他专注于那一条。拿出笔记本写下代码，这样他就可以把它分解玩弄，就像猜字谜一样。所有的字母，所有的数字。他知道前六个字符是日期，而 0.5C 是一颗半克拉的钻石，R 代表复制品，或者更换，或者重新订购，或者重新发行。

在那之后，就只是时间问题。

在斯温顿附近，雷诺兹把刀从手套箱中拿出来测量了一下，骄傲地

[1] replica 是复制品的意思，replacement 是更换，re-order 是重新订购，re-issue 是重新发行，这几个单词的首字母都是 r，所以马弗尔等人猜测这个字母可能代表这些单词的意思。

点点它再放了回去。

“明白了！”他喊道。

杰克醒了过来，打了个哈欠，揉了揉眼睛，然后挂在雷诺兹的肩上听他要说什么。

“我们需要的所有信息都在这里！她做的就是将其分解再混合起来，看起来像是胡言乱语，但一旦你破解它，就很容易读懂！”

他开始演示。马弗尔在开车，瞥了一眼，杰克·布赖特在他的耳边沉重地呼吸，雷诺兹为他们解开了密码，画出线条以显示拆开，圈住字母……

12OC98W799h 223988iFH5lABT e0.5CTA1110250R

“前六个字符是日期，我们已经知道了。然后是随机的大写字母。然后一个数字总是从 7 开始，这个国家的所有手机号码都以 07 开头，明白了吗？她只是删除了 0，使其不易识别，并将数字分成两部分，每一边都有一个上看起来像是随机的字母！他向马弗尔粲然一笑，马弗尔点点头。

“所以现在我们知道这些数字构成了一个电话号码。然后是另外两个字母——两个大写字母和一个数字，接着是一个小写字母和三个大写字母。FH5lABT。鉴于这是出现在钻石尺寸之前，这必然是产品的描述，有关刀的，所以我想象它就代表折叠刀柄或猎刀之类的，5 是刀片的长度，以英寸为单位。然后是小写字母，然后是 ABT，这可能代表关于刀的其他东西……”

“钛，”马弗尔说，“钛刀片。”

“是的，当然！”雷诺兹说，“鲍鱼壳刀柄！就是 AB 代表鲍鱼壳，

T 代表钛！[1]然后是克拉值之前的另一个小写字母，接着是更多的大写字母，但我不知道它们是什么意思。TA 1110250R。”

马弗尔慢慢地消化：“还有什么我们说过任何制造商都想记录的销售情况？产品、价格、日期、客户名称和地址——”

“地址！”雷诺兹说，“TA 是汤顿的邮编。”

“在谋杀案发生时，怀尔住在汤顿。”

“所以，TA 1 或 TA 11，这意味着最后一个数字是价格，这将是……”雷诺兹停顿了一下，瞥了一眼马弗尔，“10250 英镑。”

马弗尔轻轻吹了声口哨。“她知道。”他严肃地说。

“你还没有看到最棒的一点，”雷诺兹说，“所有这些散落的剩下的字母都有助于混淆其他信息是不是？你看它们……”

他把笔记本拿起来让杰克更容易看到。

“W——”杰克开始拼。然后他停了下来，吞了一口口水，“怀尔，它们拼起来是怀尔。”

[1] ABT=abalone + titanium，鲍鱼和钛金属的意思。

第八章
SNAP

他睡在满天的繁星之下

1

马弗尔和雷诺兹在早上九点之后回到了蒂弗顿警局，难得地，两人都情绪高涨，而杰克稍微落后他们，好像连雷诺兹都知道他不会跑了。

杰克坐在靠近门口的一把廉价塑料椅子上，双手深深地插入连帽衫的口袋里，等待接下来的命运，他的肚子里有一种平静的感觉，不熟悉但很受用。

“亚当·怀尔是我们的了，”马弗尔说，“我们掌握了很多证据，他永远都摆脱不了了。”

帕罗特和赖斯都露出了开心的笑容。帕罗特给他们鼓了一圈掌，而伊丽莎白·赖斯走了过来，搂着杰克的窄肩，给了一个母亲般的拥抱。

“帕罗特，找一辆巡逻车。我们现在去抓他。”

“遵命，长官。”他点点头，匆匆走到外面。

“赖斯，你必须留在这里，除非你能找到人换你。”

“我试试。”她说。

马弗尔转向杰克：“如果你愿意，你可以在这里等，但你也可以自由离开。”

杰克惊讶地看着马弗尔。

“先生！”雷诺兹抗议道。

“交易就是交易，”马弗尔耸了耸肩，“你要我把他锁起来，直到我们真的拖着戴着手铐的亚当进入班房？”

雷诺兹脸上的表情似乎在说，这正是他想要的。

马弗尔转向赖斯：“你有没有异议，赖斯？”

“绝对没有，先生，”她说，“交易就是交易。”

杰克试探性地站起来，不确定他是否被允许离开。

“他是我合法逮捕的。”雷诺兹坚持道。

马弗尔和赖斯都没说什么。

“上百起盗窃和破坏！那些受害者呢？”

他的话在沉默中结束了，杰克不知道该怎么办。

雷诺兹逮捕了他，但交易就是交易……

在他的帽衫口袋里，他的拳头紧张地抓紧——一只手抓着手机，另一只手抓着雷诺兹太太给他的小瓷俑。

雷诺兹太太。

令人尴尬的姗姗来迟，杰克现在才对号入座起来——令人惊讶，也令人惊喜！

他慢慢地把小丑从口袋里拿出来，摊开在手掌上，同时直视着雷诺兹警长的眼睛。

雷诺兹看到它一下子脸红了。“你是在哪里拿到的？”他厉声道。

“我隔壁邻居把它给了我，”杰克小心翼翼地说，“为了感谢我修好她的割草机。”

雷诺兹张张嘴，然后又闭上。

马弗尔皱了皱眉头，赖斯也显得很困惑。

杰克抓住门把手，雷诺兹举手投降。

“谢谢，”杰克说，然后对他们咧嘴笑了笑，“感谢这一切！”

他走出了警察局。

2

杰克非常想回家，想要看看乔伊是否还好，想要把小丑给梅丽，想要走进前门，发现父亲已经把房子还原成了一个家。

诸如此类……

他的内心充满希望，开始慢跑过特易购的停车场。

一辆汽车尖叫着蹦跳着停在他的屁股后面，杰克在发动机罩上愤怒地拍了一下，瞪着挡风玻璃。

司机是凯瑟琳·怀尔。

“杰克！”她透过敞开的窗户喊道，“请帮帮我！”

有一会儿杰克没动。他被搞糊涂了。

“你有什么急事？”

慢慢地，杰克直起身看着凯瑟琳·怀尔。她在哭，眼睛通红，泪水让睫毛膏在脸上画出了几道粗细不一的痕迹。头发很乱，似乎穿着睡衣。

“怎么了？”他问。

“杰克，”她急促地说道，不得不停下来重新开始，“我想你可能是对的……我想也许是亚当……”

她没说完，但杰克已经屏住了呼吸。

时间似乎慢了下来。他的目光从凯瑟琳身上移开，越过在阳光下闪闪发光的汽车的金属车顶。

这真的发生了吗？这里？三年后，在超市停车场？他是不是要在这里知道妈妈到底发生了什么？现在吗？

“我们可以谈谈吗？”她问道。

他看着她，一脸茫然。

“你是怎么找到我的？”他说。

“这是我唯一见过你的地方，”她说，然后重复道，“我们可以谈谈吗？拜托！”

他笨拙地点点头。

她等着。她等着。她一直等着。

他终于意识到了。上车，这样他们才能谈谈。

杰克慢慢走到沃尔沃前面，打开副驾驶的门进去。

里面很热，烤得发烫，即使窗户是摇下来的。

怀尔太太被紧紧地挤在方向盘后面，挤得这么紧，方向盘抵在她的大肚子上。

“谢谢。”她用飘乎不定的声音说道，然后擦了擦眼睛，深吸了一口气，松开手刹，然后他们慢慢地开出了停车场。

杰克想知道他们是在车里说话，还是开车去其他地方。

他想，肯定不是她的家。他可能在那里。

他们经过里面的车没人买得起的汽车展厅，然后经过了杰克的家。

他本希望怀尔太太停下来。

她没有停，直接驶过了他家。

他一直看着她，但她没有看他。她脸色苍白，双手在方向盘上颤抖。

“你还好吗？”他问道，尽管她是成人，而他还是个孩子。

她点点头，但是嘴唇哆嗦着，不停地擦着眼泪，所以他知道她不好。

她开上双车道，向北行驶。

“我们要去哪儿？”他问道。

她无声地摇了摇头，杰克感到一阵不安，就像一块冰冷的石头落到了肚子里一样。

“我们要去哪儿？”他沉声问道。

凯瑟琳·怀尔不禁呜咽一声，就像一个充满恐惧的大泡沫突然破开，杰克才突然意识到自己反应太慢，太迟钝，太愚蠢。

一团什么东西靠着他的后背，眼睛一阵模糊，一把刀抵住了他的喉咙。

鲍鱼壳。

3

怀尔家没人应门。

“该死！”马弗尔嚷着。运气不好！

雷诺兹和帕罗特绕到后面，看看是不是有什么事不对。

马路对面，一名男子正在洗一辆闪亮的汽车。马弗尔走到他面前，给他看了证件。邻居名叫诺曼·肯特。

“我们正在找亚当·怀尔。”马弗尔说。

“我今早上见过他，”邻居说，“我听到他七点左右离开的。”

“你看到他了吗？”

“不，我只听见他的面包车的声音。”

“什么样的面包车？”

“白色，侧面有一匹马，后门上有一个红色的花环。”

“容易发现。”马弗尔说道，肯特先生点点头微笑。

“那么怀尔太太呢？”

“她有一辆绿色的沃尔沃。”

“你今天见过她吗？”

“不，我好几天都没见过她了，”肯特先生停顿了一下然后说，“你认为她没事吧？”

马弗尔尖锐地看着他：“为什么她会没事？”

“没有什么理由，”肯特先生说，“只是她最近不舒服。通常她都是满脸笑容，挥手打招呼。但在过去的几周里，她看起来有些焦虑。我想是不是宝宝出了问题，但你不能问她这样的问题，对吗？”

“上帝，不能。”马弗尔说。

“我听到他们打架。”

“怀尔一家？什么时候？”

“我不记得了，”他说，“四五天前？亚当回家很晚，我知道。我以为他一直在喝酒，因为他没有开他的面包车，而且我注意到他在凌晨一点左右走路回来的。”

“那是很久以前的事了。”

肯特先生耸耸肩，好像他不知道酒吧的事情：“总之，当他进去的时候，我听到她对他大喊大叫。”

“那之后你看到凯瑟琳了吗？”

肯特先生挤着他的海绵，好像这可以帮助回忆一样，过了很长时间他说：“没有。”

“你有他们家的备用钥匙吗？”

“没有。”肯特先生说。

“谢谢你的帮助。”马弗尔说道。

他在怀尔家的前门和帕罗特、雷诺兹重新会合。

“有什么发现？”

“没有，长官。”

“邻居说他听到他们在四五天前打架了，他从那时起就没见过凯瑟琳。”

马弗尔的电话响了。他接通了，只是倾听，脸色却越来越严峻。

“什么时间？”他只说了这一句，然后挂断电话。

“是赖斯，”他说，“凯瑟琳·怀尔的母亲刚报警说她失踪了。显然，她已经待在那里几天了，今天早上七点钟下楼去泡茶，再也没有回来。”

他们同时看着前门。

“我们应该取得逮捕令。”雷诺兹说。

“或者是一块砖头，”马弗尔说道，然后从路上捡起一块砸碎了前门的玻璃，“不要眼睛带刺看着我，雷诺兹。我有充分的理由相信在这里发生了犯罪，凯瑟琳的生命可能会有危险。”

他们搜查了房子，一无所获。

4

“闭嘴！”亚当·怀尔吼道，“闭嘴！”

杰克什么也没说。

也许是对着他妻子吼，她现在正在啜泣，脸色通红。

“闭嘴！”

他越愤怒，她车开得越糟糕。

杰克不在乎。他在竭力想，在尽力计划——在头偏向一边、刀尖刺着脖子的情况下。

凯瑟琳·怀尔车开得很不稳，脚一会儿在油门上，一会儿在刹车上，刀经常刺到他，可以感觉到喉咙和锁骨上都在流血。

如果他动一动，如果他说话，亚当会杀了他。他毫不怀疑。

怎么阻止他呢？杰克不知道。他没有武器，没有技能，而亚当·怀尔在他身后，他必须转过身面对他，但一旦他转身，他的静脉会被切开，血液喷涌而出，即使只是无意间碰上了刀尖。

他们驶近双车道的尽头。他知道前面是一个环形交叉路口，通往 M5 高速公路。如果他们放慢速度，他可能会跳车。

他突然想到了母亲。她当时有过这样的计划吗？她试图跳下亚当·怀尔的车吗？她看到了他和乔伊、梅丽在路肩上吗？她是不是在疯狂地挥手希望得到帮助，还是看着他背转身避开她？

害怕。

愚蠢。

看着他们变得越来越小而不是越来越大？

泪水流进了杰克鼻子，但他很生气，真希望自己没哭。

哭泣从来解决不了任何问题。他现在不得不考虑其他事情。

比如活着。

杰克绷紧了身体，用眼睛的余光看向身侧的门把手。

他假想着门把手摸在手中会有什么感觉，门会如何打开，他该如何侧身翻滚——躲开刀锋——如何撞到路面，努力像醉汉那样保持放松状态，并祈祷不会被卡车撞上……

凯瑟琳犹豫着驶向环形交叉路口：“去哪里——”

“往北！”亚当喊道，“往北！”

“往北是哪条路？”凯瑟琳转过头看着她丈夫，她的嘴唇红肿，眼睛哭红了，但周围一圈都是黑色的眼影，被泪水冲着顺着脸颊往下流。她看起来像个小丑。

悲伤的小丑。

“左边！”亚当吼道，身子倾在座位之间，双手去拉扯方向盘，“左边！”

汽车急速摆向一边，而亚当在车内则摆向另一边，杰克扭着身子用力地把瓷小丑砸到他的鼻梁上。小丑在他的手里碎了，血顺着指关节往下流，虽然他不知道这血到底是谁的。

凯瑟琳尖叫起来，她丈夫摔倒在副驾座位后面，左手护着脸，右手持刀在空中乱舞。

杰克一下跳到了后座。他踩在亚当的膝盖上，先从他的手上抢下刀，手中小丑的碎片正巧擦过男人的眼睛。亚当一边大喊一边抓住他的手腕，杰克不停用瓷片刺着他的手臂，他终于松了手。

喇叭声刺耳响起。凯瑟琳再次尖叫起来，汽车转向另一个方向，杰克倒在司机座位的后面。

亚当胡乱地摆动手臂让自己挺直。他挣扎着坐在地板上，杰克一脚踢到他脸上。他只穿着运动鞋，但脸上的一脚终归还是一脚，亚当砰的一声撞在门上，像是戴着一个流血的面具在那里大喊大叫，连牙齿都是红色的。然后他蜷缩在副驾座位后面的位置，血滴在他手上，像哀悼者一样号叫。

“我的眼睛！我的眼睛！”

杰克滑入前座，摸索着座椅后倾操作杆。

他找到了，向后仰了一下，当座椅击中怀尔的后脑勺时，他再次叫出声来，蜷缩着，困在地板上。

“亚当！”凯瑟琳尖叫道。

“继续开车！”杰克喊道，“继续开车！”他打算让她开车去城里，去某个足够大到有警察局的地方。

亚当·怀尔试图将座椅往上推。座椅在杰克身下狂跳，他跳上去，双膝重重地压下来。

“你这个小浑蛋！我瞎了！我看不见！”

杰克转身坐在座椅靠背上，给它增加了额外的重量。后座和窗户上到处都是血。

他的左手正在流血，但还不足以造成这么多的混乱。仍然卡在手掌上的针状陶瓷碎片让他疼得颤抖了一下。刀柄很湿滑，他在袖子上擦了擦。

“我很抱歉，”凯瑟琳说，“我很抱歉！我不知道……”

她被眼泪呛了一下，恢复了足够的情绪继续说：“他说他只想跟你谈谈。”

“你不会用刀子谈，”杰克愤怒地说，“没有人用刀谈。”

他专注于看前方的道路。他们在高速公路上。他不知道在哪里，不知道方向。

“我们在哪儿？”他问。

“M5 向南。”她说。

“该死！”亚当喊道，“该死，该死，该死！”然后他呜咽道，“凯瑟琳，帮帮我吧！我的眼睛在流血，我看不到！我想我是瞎了！”

“闭嘴。”杰克说，筋疲力尽。他盯着膝盖上的刀，擦掉更多血液。

两把中的一把。

凯瑟琳又开始哭了起来。

亚当·怀尔叫了“凯瑟琳”一次，但她没有回答。

杰克眯着眼睛看着快速降下的太阳，一个蓝色的大路标说埃克塞特就在前面。

埃克塞特很好，那里有一个大警察局。他们会去埃克——

“停车！”杰克突然喊道。

“什么？”

“停在这儿！”

凯瑟琳把车猛甩过去，周围其他车纷纷咆哮避让。他们撞上路肩猛地停下，差点碰上一棵针叶树。

“熄火。”

她关掉了点火器。很长一段时间里，车里唯一的声音就是亚当·怀尔在后座的空间里啜泣呻吟。

突然一辆汽车从旁边驶过，让车身晃了一下。

又是一辆。

太危险。

杰克盯着前方的路，回忆让他在炎热的天气中瑟瑟发抖。

“这就是开始的地方。”他低声说。

“什么？”凯瑟琳抽着鼻子，“什么开始的地方？”

“这是我最后看到母亲的地方。”

凯瑟琳瞪着他，睁大眼睛。

“车就停在这里，”他说着，用刀指着前面，“然后她沿着路去找电话。”

凯瑟琳抬头向前看。看不到电话亭，一个大大的弯道隐藏了一切。

“我们等了一个小时，”杰克接着说，“我有块手表，是生日礼物。天气很热，热得汽车要熔化了似的。我们玩了会儿‘我是小间谍’游戏。我和乔伊。但是我们等了太久才去追她……”

他清了清嗓子：“我等得太久。”

凯瑟琳盯着他看。

“我们走啊走。我得背着梅丽，因为她还是个小鬼……”杰克摇摇头继续说，“但是当我们走到那里时，妈妈不见了。电话晃来晃去。”

“发生什么事了？”凯瑟琳问，声音低沉，惊恐万分。

“撒谎！”亚当喊道，“他在撒谎！”

他猛地挣扎了一下，又再次安静下来。凯瑟琳的眼睛没有离开过杰克，他的故事让她呆住了。

“有人停下来帮她。她以为他会停下来帮她，你知道吗？但他没有停下来帮她，他停下来杀了她。”

杰克用血淋淋的胳膊擦了擦鼻子，盯着太阳在天空变成橙色。

凯瑟琳颤抖得很厉害，杰克通过座位就能感受到。

“亚当？”她问道，“亚当？”

一段漫长而沉寂的沉默。

“亚当？”她再次叫道，声音因恐惧而颤抖。

“一个糟糕的选择，凯瑟琳，”他嘶哑地低声说，“我只是没控制住那一次。我再也不会这样了……”

凯瑟琳开始大哭，因为明白了那恐怖的一幕而抽泣得喘不过气来。

杰克感到奇怪。多年来，他一直想象着这一刻，听到有人承认杀死他母亲的那一刻。他一直认为，当它到来时，他会愤怒、咆哮、劈砍、燃烧。长期待在内心深处的愤怒和失落会像太阳一样爆炸，并以仇恨和复仇之火狂暴地烧掉整个星球。

但他现在听到亚当·怀尔忏悔时，只感到无聊。

没有任何意义。

什么也改变不了。

他甚至不想知道为什么。

它只是……结束了。

他下了车。

“你要去哪儿？”凯瑟琳问道。

男孩耸了耸肩，抬头看着路。“我不知道，”他说，“我只是想走走。”

“但我该怎么办？”她问。

他用双手慢慢地拍着身侧：“随你的便。”

杰克·布赖特转身走了，凯瑟琳觉得自己身体的某个部分和他一起离开了——某个不想再成为她的部分。她想要一个不同的生活，不同的未来。豌豆绿沃尔沃的方向盘压住她的孕肚，车里到处是血，而她的丈夫——她那蓄意谋杀的丈夫——困在后座底下不停流着血。

“凯瑟琳？”他哀求道，“你能带我去医院吗？”

凯瑟琳想了想，她可以带他去医院。

也可以不带。

“凯瑟琳？”他哭诉道，“我流了很多血。我想他切到了手臂上的静脉。我看不见了，呼吸不畅，像这样弯着。动不了！我动不了！你能把座位放好吗？这样我可以呼吸，拜托了……凯瑟琳？拜托！”

“别吵，”她说，“我在想。”

一个糟糕的选择，她在想。她必须小心，不要再做另一个糟糕的选择。在这里，在现在，在路肩上。

她盯着公路。那个男孩已经差不多走到转弯的地方了。

一个小小的身影，越来越小，在橙色的太阳逆光照亮的田野背景下模糊不清。

亚当又开始哭了起来，他更虚弱了。

她的心里几乎听不到他的声音。

终于她转动钥匙。

“凯瑟琳！”他哭了。

但是凯瑟琳没有回答他。她检查了后视镜，打转向灯，发动了这辆带有侧撞保护系统和自动童锁功能的豌豆绿沃尔沃。

当她从杰克·布赖特身边经过时，速度70迈。油箱是满的，如果她想，可以开一整晚。

也许她会开一整晚。

天亮后，事情会更清楚。

5

杰克在路肩上。

一丝风都没有，小虫子在空中打着转，汽车经过时掀起了路边的微小尘埃，长长的枯黄色草已经长到了他的臀部位置。

但是车现在没那么多，西边连绵起伏的山丘形成了高高的地平线。黄昏正在赶来的路上，暑热开始消退。

前方有一棵矮小的树。杰克走近一看，地上散落着野生的红苹果。他坐下来捡起了一个。

个头虽小但很完美，就像一个精灵的苹果。

他记得乔伊咬了一口，吐出酸涩的一大块。他记得把梅丽放在地上，旁边就是果子。他记得藏着妈咪包……

他慢慢起身，把血淋淋、满是泥土的手在牛仔裤上擦了擦，那些陶瓷碎片仍然让他疼得发抖。

苹果树像一个疲惫的旁观者一样靠在护栏上。

杰克身子探出温暖的金属栏杆，手在苹果树和防撞栏之间的狭窄缝隙中盲目地摸索着。

没期待能找到，但却触到了什么东西。

塑料的。很柔软。很熟悉。

他小心翼翼地把包从三年前放在那里的地方拉出来，当时他还只是一个男孩，乔伊还是乔伊，而梅丽不过是他肩膀上闷热笨重的负担。母亲只是走了很长时间，但还没有死……

包被压扁了，有点儿脏，但仍然很容易认出来——带拉链的粉红色塑料包，有“好妈妈”标志。

杰克盘腿坐在树下，打开了包。

包里的气味就像时间旅行一样。晒得暖暖的塑料的味道，还有婴儿奶瓶里发出的奇怪气味。

瓶子是他拿出的第一件东西。他举起来眯眼看了看，底部还有几滴水。然后是尿不湿，塑料袋里本来装有三个，现在还有两个。乔伊当时拿了一个，这样他们找到母亲时，她可以帮梅丽换。当然，他们从未找到。杰克想记起是谁后来帮梅丽换的，但他记不起来了。

包里还有很多东西。湿巾、法兰绒、一只带轮子的小木狗还有条弹簧尾巴，还有三个塑料罐装着吃的——枯萎的胡萝卜条、干燥的黑色苹果片、还没坏的娃娃果冻。

杰克用湿巾擦干手上的鲜血，然后吃了娃娃果冻。

包的底部有一个旧的红色皮革钱包。

杰克把钱包举到眼前，记忆像烟花一样绽放在头脑里；母亲在校门口微笑；自己在超市收银台处无聊地站在她旁边；他埋头做作业，她的手放在他背上……

他打开钱包，里面有钱，不多，几英镑。还有一张信用卡，他用拇指抚过上面凸起的代表她名字的字母。

“艾琳·布赖特女士”。

还有一张会员卡和两张茶包优惠券，打五折！

杰克翻开柔软的皮革内包，他不会错过任何东西。里面有几枚硬币，还有一张硬纸。

杰克的心跳得更快了。

这是一个秘密！只有母亲才知道的美妙的秘密……拜托、拜托、拜托……请不要让它成为购物清单，请让它成为那些珍贵的……

杰克屏住呼吸，从钱包里取出那张纸。

空白的。他翻过来。

这是他们一起在狂风大作的德文郡悬崖上照的那张照片。

他们没有做什么特别的事，只是笑着，头发飘到眼睛里，对自己的未来无忧无虑。父亲强有力的怀抱中抱着梅丽，乔伊穿着她从未脱下的那件套衫，而他在乔伊脑袋后面比画着兔子耳朵。母亲一只手搭在他的肩膀上，头略略侧着，仿佛在对他说话。

他不记得曾对他说过什么，但从她脸上的表情看，他知道是“我爱你”。

愤怒像断了线的气球一样从杰克的身体里飞出去，不见了踪影，即使是流着眼泪，他也感觉快乐得头晕目眩，以至于他想知道为什么自己要一直绷着那根残酷的弦。

他想，没关系了。已经晚了，但还来得及。

杰克盯着照片看了很长时间，当他再次抬头时，已是晚上。经过的汽车都打开了灯。附近，一只猫头鹰叫着，苹果树周围的干枯灌木突然安静了。慢慢地，慢慢地，唰唰声、沙沙声、爬来爬去的声音又活了过来……

小虫子。

他把钱包和其他东西一起放回尿不湿袋子里。VC 刀也放在里面。

他不想要那把刀，但他知道警察想要。排在后面的，还有路易斯……

他没把照片放回袋子里，而是放进口袋最里面，这样他可以时不时拿出来看一下。回到家，他会给乔伊和梅丽看。家就是他要去的地方。回到家人所在的地方，回到有马麦酱和烟火的家。

那要走很长一段路。今晚是不行了，他也不打算尝试，西边呈现出瑰丽的红色，今晚不会下雨。

所以他在路肩上躺下，把妈咪包当作枕头。

明天，一辆警车会发现杰克·布赖特伸直四肢躺在一堆苹果中，身上盖了一层路上吹过来的细灰，一动不动，他们会以为他死了。

明天，一名警察会来把他摇醒，就像妈妈摇醒他，让他去上学一样。

但今晚，他睡在满天的繁星之下，一个口袋里装着钻石，另一个口袋里则装满了爱。

他没有做梦。

致谢

凯瑟琳·怀尔支付了现金，以便作为一名角色出现在《断裂》中。她是为儿童和青少年癌症患者举行的 Clic Sargent Get In Character 年度慈善拍卖中出价最高者。感谢凯瑟琳以及所有逼得她如此慷慨的竞标者！

《断裂》中提到的制刀人是真实的，但其他人，除了在我的脑海中，均属虚构。

非常感谢世界各地的出版商和翻译，尤其感谢我的编辑萨拉·亚当斯、埃米·亨德利和斯蒂芬尼·格伦克罗斯，感谢他们的耐心、热情和洞察力。还要特别提到萨拉，是她第一个想到了刀子出现在床边这一幕……

断裂

FONGHONG
凤凰联动出品